Imogen Edwards-Jones

Hotel Babylon

EUROPA VERLAG

Imogen Edwards-Jones

HOTEL BABYLON

Aus dem Englischen
von Eike Harms

Europa Verlag
Hamburg Leipzig Wien

Für Eugenie Furniss
und Stephanie Cabot,
das Dreamteam

Die Deutsche Bibliothek – CIP Einheitsaufnahme
Ein Titeldatensatz für diese Publikation ist bei der
Deutschen Bibliothek erhältlich.

Die Originalausgabe
»Hotel Babylon«
erschien 2004 bei Bantam Press, London

Deutsche Erstausgabe

Umschlaggestaltung: Paxmann & Teutsch Buchprojekte, München
Satz: Paxmann & Teutsch Buchprojekte, München
Druck/Bindung: Druckerei Theiss, St. Stefan im Lavanttal, Österreich
ISBN 3-203-76521-7

Informationen über unser Programm erhalten Sie beim
Europa Verlag, Neuer Wall 10, 20354 Hamburg,

Vorbemerkung

Die hier geschilderten Ereignisse haben sich tatsächlich so zugetragen. Die großen und kleinen Geschichten, die Menschen, die Situationen, die Ungeheuerlichkeiten, die Betrügereien, die Peinlichkeiten, die Liebe, der Tod und der ganze Wahnsinn – all das ist aus dem wahren Leben gegriffen. Es wurde mir berichtet von einem Mann, der sein Leben lang im Großhotelleriegewerbe gearbeitet hat und heute ein Fünf-Sterne-Hotel in London führt. Seinen Namen möchte er nicht genannt wissen. Was mein Gewährsmann in etwa zehn Jahren erlebt hat, ist hier zu vierundzwanzig Stunden verdichtet. Der Ort der Handlung wurde in ein fiktives Hotel Babylon verlegt, und selbstverständlich sind die Namen der auftretenden Gäste und Hotelmitarbeiter geändert. Von diesen erzähltechnischen Modifikationen abgesehen, ist alles authentisch und so, wie es immer ist: Die Reichen verprassen ihr Geld, das Hotel kassiert ab, und die Zimmermädchen prügeln sich mit den Pagen um das Trinkgeld, das der Gast auf dem Nachttischchen zurückgelassen hat. Es ist ein ganz normaler Tag in einem Luxushotel im Herzen von London.

Von Sieben bis Acht Uhr

Mann, war das ein Abend gestern. Mann, geht's mir schlecht. In meinem Kopf ist ein Preßlufthammer am Werk, und meine Zunge fühlt sich an wie eine Roßhaarfußmatte. Ich wollte eigentlich nicht so versacken, aber wir haben Michelles Abschied gefeiert, da habe ich mich hinreißen lassen. Das ist das Problem, wenn man in einem Luxushotel arbeitet: Um einen herum herrscht eine solche Genußsucht und Zügellosigkeit, daß man am Ende eines langen Tages in der Tretmühle der Dienstleistungsbranche nur noch einen Wunsch hat: sich gepflegt die Kante zu geben.

Wir sind für die härteren Sachen zum Schluß noch ins Samantha's in der Oxford Street gezogen. Das ist ein Treffpunkt für Hotelangestellte, die einen trinken gehen möchten und es nicht eilig haben. Jeder, der in London in einem der Luxushotels arbeitet, kennt den Laden. Man muß nur seine Hotel-ID-Card vorzeigen, und schon ist man drin. Gestern waren haufenweise Leute von uns da, um Michelle zu verabschieden. Alle lieben Michelle. Sie hat mit mir an der Rezeption gearbeitet und hat jetzt eine neue Stelle im Claridge's. Oder war es das Dorchester? Sie hat es mir tausendmal erzählt, aber ich hab's vergessen.

Es war auf jeden Fall ein Wahnsinnsabend. James, der Einkaufsleiter, der gern alte Flaschen Château Rothschild 1982 mit Landwein füllt, um den Mädels, die er abschleppt, zu imponieren, verschwand irgendwann mit einer unserer Serviererinnen. Die Zimmermädchen haben unglaublich getrunken. Am besten war allerdings, daß Michelle von einer Mitarbeiterin von Jackie dabei erwischt worden ist, wie sie Adrian einen geblasen hat. Erstaunlich. Wenn Sie Adrian kennen würden, wären Sie auch erstaunt. Adrian ist unser Geschäftsführer. Er ist einer von der ganz vornehmen Sorte aus dem Savoy-Ausbildungsprogramm, immer gestreiftes Hemd und Manschettenknöpfe und Aftershave mit Zitrusduft. Man sollte es nicht für möglich halten, daß so einer auf einem Klo in der Oxford Street die Hosen runterläßt.

Aber im Grunde bin ich lange genug in der Hotelleriebranche tätig, um zu wissen, daß man die Leute nicht nach ihrem Äußeren beurteilen darf. Es sind immer die Piekfeinen im teuren Anzug, die in ihrem Koffer haufenweise Kondome und Pornohefte haben; und es sind immer die schrägen Vögel, die nur Mineralwasser trinken; und es sind immer die verheirateten Frauen, die mit den Hotelangestellten schlafen wollen. Eine Sache haben jedoch alle Hotelgäste gemein: Sie klauen – alle. Fernsehgeräte, Teelöffel, Aschenbecher, Bademäntel, Drinks aus der Selbstbedienungsbar im vierten Stock, KitKats, Chips, Teppiche, Möbel, Gemälde … Es sind Leute, die mal eben pro Nacht dreieinhalbtausend Pfund verbraten (Frühstück nicht inbegriffen), die dann in eine dieser kleinen Flaschen pinkeln, um den Betrag für einen Teacher's Whisky aus der Minibar nicht bezahlen zu müssen.

Das schönste an der Geschichte mit Michelle ist übrigens, daß sie heute noch einmal antanzen muß und zwar zum Abschiedsgespräch mit Adrian. Das sogenannte Abschiedsgespräch ist eine letzte kleine Sitzung mit dem Geschäftsführer oder dem Personalchef, der einem noch einmal erzählt, wo bei einem die Stärken und die Schwächen liegen, wo man sich noch verbessern kann oder wo vielleicht ganz besondere Talente in einem schlummern. Ach, wer da Mäuslein im Sitzungsraum sein könnte! Großer Auftritt um elf Uhr. Wenigstens etwas, worauf man sich freuen kann an diesem Morgen.

Es ist ein bißchen ruhig an der Rezeption, als ich an diesem Morgen ankomme. Mein Kollege Ben, der diese Woche Nachtdienst hat, ist nicht zu sehen. Zugegeben, ich bin ein paar Minuten zu spät. Es ist 7.05 Uhr, als ich meinen Mantel in der Personalumkleide aufgehängt habe und die Treppe wieder hochgelaufen bin. Aber natürlich hätte er nicht einfach abhauen dürfen. Er hat zu warten, bis ich da bin, muß mir kurzen Bericht erstatten, was in der Nacht vorgefallen ist, und erst dann darf er nach Hause.

»Morgen, Derek«, sage ich zum Portier, der nicht mehr ganz frisch aussieht nach der Nacht, die er sitzend auf seinem ledergepolsterten Stuhl zugebracht hat. »Hast du eine Ahnung, wo diese Karikatur von Empfangschef sich rumtreibt?«

»Ben, oder wer?«, fragt Derek.

»Ja, Ben oder wer.« Ich nicke.

»Hast du im Hinterzimmer nachgeguckt?«

»Hätte ich mir denken können.«

Das Hinterzimmer ist unser winziges Büro hinter der Rezeption, wo die abgereisten Gäste abgerechnet werden, wo die Faxe ankommen und wo man sich mit dem ewig nervenden, weil sich ewig ändernden Reservierungsplan am Computer herumschlägt. Ein klaustrophobisches Kämmerlein, in dem man sich so wenig wie irgend möglich aufhält. Es riecht nach Instantkaffee, muffeligen Keksen und ungeputzten Zähnen. In der Nacht dient der lange Schreibtisch allerdings auch schon mal als Bett. Ben hat bereits einen Rüffel bekommen, weil er im Hinterzimmer gepennt hat. Er ist es schließlich, den die Gäste als erstes zu Gesicht bekommen, wenn sie im Hotel ankommen. Und dies ist ein Luxushotel, wo man für eine Nacht mindestens zweihundert Pfund zahlt – man kann aber auch zweitausend zahlen. Das Gesicht, das sich den Gästen präsentiert, soll bereits diesen Luxus ausstrahlen und nicht zerknittert sein und Abdrücke von Büroklammern aufweisen. Ich gehe nach hinten, und natürlich, da liegt er. Auf dem Rücken, alle viere von sich gestreckt, der Mund offen, als wollte er Fliegen fangen.

»Morgen, du Penner! Aufstehen, aber ein bißchen plötzlich!«, rufe ich.

Ben zuckt heftig zusammen.

»Was ist? Mist!«, japst er und klappt kerzengerade hoch wie eine Marionette. »Ja, bitte? Ach, du bist's«, brummelt er und fährt sich durch sein strähniges braunes Haar. Er ist erleichtert, daß er nicht richtig erwischt worden ist. »Ich bin nur kurz eingedöst. Ich dachte, ich leg mich noch eben fünf Minuten hin, bis die ersten Gäste von den Morgenmaschinen aus Heathrow kommen.«

»Aber ja doch.«

»Nein, im Ernst«, protestiert er und klopft seinen ziemlich speckig aussehenden Anzug ab. »Und? Wie war es gestern bei Michelle?«

Ich erzähl ihm die Sache mit Michelle und Adrian, und er lacht sich schlapp. Er meint, das sei das Lustigste, was er seit Wochen zu hören gekriegt habe. »Und heute erzählt er ihr, wie sie war? Ob er ihr Punkte gibt: sieben von zehn? Oder doch acht?« Er sagt, das wäre fast das Aufbleiben wert, Michelle zum Abschiedsgespräch um elf antanzen zu sehen. Ich soll ihn später auf jeden Fall anrufen und alles haarklein erzählen.

Ben berichtet mir, daß die Nacht ruhig war. Nichts, womit er nicht hätte fertig werden können. Ein paar Übriggebliebene an der Theke, die etwas schwer von der Stelle zu bewegen waren, als die Bar schließen wollte, und ein Mädel, das um drei Uhr in der Früh hereingerauscht kam und mit einer Plastiktüte voller Kotze herumwedelte, als wäre das der letzte Accessoire-Schrei. Ansonsten, sagt Ben, soll ich Derek fragen, wo die Nutten abgeblieben sind, wenn es ums Auschecken geht, er habe nicht richtig aufgepaßt. Aber wir wissen beide, daß er wohl eher einfach an der Bar war und sich ein paar Wodkas genehmigt hat, um sich wachzuhalten, oder er hat auf dem Schreibtisch im Hinterzimmer geratzt. Ich lächle. Es ist ein bißchen nervig, mit Ben die Schicht zu wechseln, weil er immer nur das Allernötigste macht, und man selbst kann dann zusehen, wie man zurechtkommt. Um ehrlich zu sein, es ist nicht nur ein bißchen nervig. Es kann einen richtig fertigmachen. Heute besonders, weil ich so schrecklich verkatert bin.

»Sonst noch was, was ich wissen sollte?«, frage ich Ben und sortiere die Willkommens-Pfefferminzbonbons neu auf dem Empfangstresen, dann klicke ich probehalber meinen durchsichtigen Gratis-Hotelkugelschreiber ein paarmal rein und raus.

»Nö, eigentlich nicht«, sagt Ben. »Außer natürlich, daß heute noch der Ami kommt.« Er grinst. »Klimper, klimper.«

»Sehr schön«, sage ich ein bißchen munterer.

»Ja, ja«, Ben reibt sich die Hände, »unser guter Freund aus Texas.«

»Dann bis später«, sage ich zu ihm und dränge ihn sanft, aber bestimmt in Richtung Halle.

»Genau.« Er klappt seinen Jackenkragen hoch.

»Neunzehn Uhr.«

»Alles klar.« Er gähnt. »Ruf mich an, wenn Michelle kommt.« Er zwinkert. »Sie wird mir fehlen.«

»Ich dachte, du hast nur noch Augen für Jackie.«

»Ja, natürlich, Kumpel.« Er nimmt mich mit dem Zeigefinger der rechten Hand ins Visier und drückt ab. »Bis dann.«

»Ja«, entgegne ich. Ich bin etwas überrascht. Ich habe gedacht, Ben hätte was mit Jackie, unserer klasse aussehenden australischen Hausdame. Das geht schließlich schon seit drei Monaten so. Ich hab ihm ein paarmal an der Rezeption den Rücken freigehalten, daher bin ich im Bilde. Die beiden haben da so ihre Methode. Für gewöhnlich ruft sie unten an und sagt: »Zimmer 212 müßte mal inspiziert werden.« Ben rennt dann spitz wie Nachbars Lumpi die Treppen hoch, die beiden hängen das Schild »Bitte nicht stören!« an die Tür, treiben es ein halbes Stündchen miteinander, und dann schickt sie ein Zimmermädchen rein, um aufräumen zu lassen. Und weil das schon eine ganze Weile so geht, dachte ich, es wäre wohl die Liebe – oder wenigstens was in der Art. Aber anscheinend habe ich mich getäuscht.

»Bis dann«, ruf ich ihm nach und schieß ihm meinerseits in den Rücken, als er durch die Drehtür geht.

Groß Muße zum Nachdenken bleibt mir nicht, denn in dem Moment, wo Ben gegangen ist, klingelt das Telefon.

»Rezeption, guten Morgen«, sage ich so frischvergnügt, wie es sieben Bier und vier Wodka so gerade eben gestatten.

»Hallo«, höre ich eine amerikanische Stimme. »Hier ist Zimmer 514.«

»Guten Morgen, Sir.«

»Ich hatte ein Steak zum Frühstück bestellt, und das vor einer halben Stunde.«

»Das tut mir außerordentlich leid, Sir. Haben Sie mit dem Etagendienst gesprochen?«

»Etagendienst, Schwachsinnsdienst!«, raunzt er. »Ich habe es ewig läuten lassen, und keiner hat abgenommen, und dann sind Sie drangegangen.«

»Ganz recht, Sir, das wird dann zu uns umgeleitet.«

»Dann gehen Sie hin und regeln Sie das.«

»Das kann ich leider nicht, Sir.«

»Können nicht oder wollen nicht?«, fragt er. Seine Stimme wird lauter. »Ich habe in einer Stunde eine äußerst wichtige Sitzung. Wenn ich vor dieser Sitzung nicht mein Steak bekommen habe, gibt das eine Beschwerde, die sich gewaschen hat, und die Unannehmlichkeiten, die ich durch Ihre Schuld hatte, werden Ihnen in Rechnung gestellt.«

»Sehr wohl, Sir.«

»Ich kümmer mich umgehend drum, Sir«, sage ich.

»Tun Sie das!«, sagt er und legt auf.

»Etagendienst?«, fragt Derek auf seinem Lederstuhl.

»O Mann! Ein Ami, der ein Steak bestellt hat.«

»Ach, Gott.« Derek stöhnt. »Was haben die nur immer mit ihrem Steak? Was gibt es an einem schönen Teller Eier und Speck auszusetzen? Soll ich runtergehen?«

»Ach was«, sage ich. Wenn ich schon runter in die Küche muß, kann ich mir wenigstens noch in der Kantine einen Kaffee besorgen. »Ich geh schon.«

»Ich halt die Stellung«, sagt Derek, »bis du wieder da bist.«

Derek ist ein anständiger Kerl. Er ist seit über zwanzig Jahren Portier und Nachtportier und arbeitet seit fünf Jahren bei uns. Er hat die Stelle von seinem Onkel geerbt. Der Laden hier ist ein bißchen vornehmer als der Vier-Sterne-Schuppen um die Ecke, in dem er vorher gearbeitet hat. Derek sagt immer, daß er seine Stelle einem seiner drei Söhne vermachen wird. Er kann hier locker einen Tausender in der

Woche an Trinkgeld verdienen. So einen Job hält man natürlich gern in der Familie. Aber die Tage, wo die Concierge- und die Portierstellen vom Vater an den Sohn weitergereicht werden, sind gezählt. Die trendigen modernen Hotels wie das Sanderson und das Metropolitan lassen draußen lieber Male-Models herumscharwenzeln, und die anderen Großhotels sind längst in der Hand von Ketten, für die das Wort Tradition nicht mehr viel zählt.

»Soll ich dir einen Kaffee mitbringen?«, frage ich, als ich mich Richtung Treppe begebe.

»Nicht nötig, Kumpel.« Er gähnt. »Ich bin spätestens in einer Stunde weg. Ich kann dann nicht schlafen.«

Meine Güte, Schlaf, denke ich, als ich die Treppe runter zur Küche und zur Personalkantine gehe – Schlaf täte uns allen gut. Keiner schläft richtig in dieser Branche. Es ist gerade zwanzig nach sieben, und die Frühschicht in der Küche ist bereits seit mehreren Stunden am Tun und Machen. Der Frühstückskoch ist um fünf gekommen. Seither brät er am laufenden Band Würste und Spiegeleier. Er macht nicht nur seit halb sechs das Frühstück fürs Personal, sondern füttert auch seit sieben die ersten Gäste.

Das ganze Untergeschoß riecht nach Scheuermittel und Speck. Die Luft ist so drückend heiß in den Gängen, daß man kaum Luft kriegt. Ich gehe in die Küche, die vom Dunst hunderter fetttriefender Spiegeleier geschwängert ist. Ein Typ steht vor einer riesigen heißen, gußeisernen Bratpfanne. Sein Gesicht ist grau und glänzt fettig. Sein Blick ist glasig, wie er so vor sich hinstarrt; er hat nur die Eier im Blick. Jung sieht er aus, Anfang Zwanzig. Ich kenne ihn nicht. Muß neu sein. Die Fluktuation unter den jungen Leuten ist ziemlich hoch hier unten. Wer macht schon gern eine Fünfzehnstunden-Schicht in dieser Hölle? Wenn man sich allerdings erst einmal hochgearbeitet hat bis zum Chef de Partie oder gar zum Sous-Chef, dann will keiner mehr so schnell weg. Gute Köche verdienen mehr als hunderttausend Pfund im Jahr, und wer am Ende gar seinen eigenen Schuppen hat, drei- oder viermal soviel.

Ich spreche ihn an, aber der Typ hört mich nicht. Vielleicht ist es der Krach, den das Gebrutzel macht, oder er ist so hundemüde, daß er einfach auf Durchzug gestellt hat.

»Haaaalo!«, rufe ich. Jetzt dreht er sich um. »Der Ami auf 514 will wissen, was mit seinem Steak ist.«

Der Koch sagt kein Wort. Seine Miene verrät keine Reaktion. Mit seinem Bratenwender sticht er schließlich hinter sich, wo in einer Pfanne ein dickes Stück Rindfleisch brutzelt.

»Wie lange?«, frage ich, und er macht das Victory-Zeichen. Ich nehme an, er meint zwei Minuten. »Sehr gut.« Ich nicke. »Es ist eilig.«

Er läßt sich nicht beirren. Ungerührt wendet er sich einem Haufen Tabletts zu, die hinter ihm aufgebaut sind mit Tellern, Besteck, Servietten, Salz und Pfeffer und mit gerösteten Toastscheiben. Er läßt die fertigen Spiegeleier auf die Teller gleiten. Ab und an gibt es statt Spiegelei einen Klacks Rührei, den er aus einem riesigen Bottich löffelt. Dann fügt er ein paar Streifen gerösteten Speck hinzu, der sich unter der Warmhaltelampe links von ihm befindet. Das Ganze macht einen ziemlich unappetitlichen Eindruck. Aber komisch: Wenn das Essen erst einmal seine weite Reise durch die Gänge und Flure des Hotels bis ins Schlafgemach irgendeines Gastes gemacht hat, sieht es eigentlich ganz passabel aus. Dafür kostet es ja auch richtig was: Für ein großes Englisches Frühstück zahlt man in einem Londoner Spitzenhotel zwischen zwölf und fünfundzwanzig Pfund, was das Hotel natürlich freut, denn das Hotel kostet so ein Frühstück nicht mal fünfzig Pence.

Ich verlasse die Küche, als das Telefon im Raum nebenan zu läuten anfängt.

»Etagendienst, guten Morgen.« Ein junger Mann in Weiß ist rangegangen.

Ich geh weiter den Gang entlang bis zur Kantine, auf einen kleinen Kaffee. In der Kantine ist es immer kühl und irgendwie klamm, und es riecht immer nach kaltem Rauch, egal was es für Essen gibt. Obwohl ich gerechterweise zugeben muß, daß das Essen, das sie hier ausgeben, gar nicht mal so schlecht ist. Wenn man bedenkt, daß der Küche nur 1,20 £ pro Person und Tag zur Verfügung stehen, um uns alle satt zu kriegen – und die meisten Angestellten essen hier zweimal am Tag warm –, dann kann man sich eigentlich nicht beklagen. Häufig kriegen wir die Reste von den Banketts, die am Abend zuvor stattgefunden haben, und das übriggebliebene Gebäck vom Tee. Aber wir kriegen auch immer wieder sehr anständige Eintöpfe, ab und an Chili con Carne, und dann gibt es auch noch die diversen Curries für unsere Freunde aus Bangladesch, die nachts mit einem Wasserschlauch durch die Küche gehen und alles saubermachen. Ein paar sitzen noch hinten in der Ecke, als ich reinkomme, ihre Schicht ist um. Sie sind über ihr Essen gebeugt, als könnte es ihnen jemand wegnehmen, und reden kein Wort.

Ich hol mir einen Becher Kaffee und setz mich einem Typ gegenüber, der den braunen Kittel vom Reparaturdienst trägt und mit einiger Wahrscheinlichkeit Pole ist. Ich meine das bestimmt nicht abwertend, aber es gibt in englischen Hotels einfach Dinge, die sind so und nicht anders. Erstens: Die Mehrzahl der Leute im Reparaturdienst kommt aus Polen. Zweitens: Die Mehrzahl der Leute im Putztrupp kommt aus

Bangladesch. Und drittens: Die Zimmermädchen kommen nie aus England.

Ich erinnere mich, daß wir in einem Hotel, in dem ich arbeitete, tatsächlich einmal einen Hausdiener hatten, der Engländer war. Wir fanden das am Anfang alle ein wenig merkwürdig. Er war Anfang Fünfzig. Eine verkrachte Existenz vermutlich, keine Ahnung. Wir gewöhnten uns an ihn. Aber eines Tages brach er zusammen, heulte Rotz und Wasser mitten in der Kantine und stieß hervor, daß er es nicht mehr länger aushalte, er müsse es uns jetzt einfach sagen. Und dann erzählte er uns, daß er vorher im Gefängnis gesessen habe, weil er seine Frau mit einer Axt erschlagen hatte. Er verließ uns bereits am nächsten Tag, und ich habe seither nie wieder mit einem englischen Hausdiener gearbeitet – und bislang noch nicht ein einziges Mal mit einem englischen Zimmermädchen.

Der Kaffee und die Zigarette bewirken ihr toxisches Wunder: Mein Herz fängt an, heftiger zu pochen, und in meinem Kopf lichtet sich ein wenig der Nebel. Ich seh auf die Uhr. Mist! 7.45 Uhr. Wo ist die Zeit geblieben, verdammt? Ich laufe die Treppe hoch, zwei Stufen auf einmal nehmend, und düse hinter den Empfangstresen. Meine bessere Hälfte des heutigen Tages, Liz, heißt mich mit einem eisigen Blick willkommen.

»Wo bleibst du denn, du Idiot?«, fragt sie.

»Unten. Es gab ein Problem mit einer Bestellung beim Etagendienst«, erkläre ich. »Du warst ja nicht pünktlich.«

»Fünf Minuten«, fährt sie mich an.

»Na, egal«, wiegel ich ab.

Mit Liz zu streiten, hat keinen Sinn. Ich muß mit ihr den ganzen Tag zusammenarbeiten, da ist es besser, man gibt klein bei, zumal sie eine von der Sorte ist, die furchtbar nachtragend sein kann und einen wegen einer Kleinigkeit den ganzen

Morgen mit Schweigen abstraft. Sie ist Mitte Zwanzig, blond und hat einen unglaublichen Vorbau. Sie ist eine jener Zaubermäuse, bei deren Anblick Männer mittleren Alters auffällig nervös zu werden pflegen. Sie ist immer gebräunt, dabei macht sie, wie es scheint, nie Urlaub; ihre zentimeterdicken Wimpern kringeln sich fast einmal um sich selbst, und ihre langen Fingernägel sind aus hammerfestem Nylon. Sie, Ben, Michelle und ich teilen uns den Empfang. Vier Tage Dienst, einen Tag frei plus eine Woche Nachtdienst. Jetzt, da Michelle nicht mehr da ist, sind wir unterbesetzt. Wir sollen eine Neue kriegen, vielleicht schon morgen.

»Gibt's Probleme?«, frage ich.

»Nur eine Serviererin, die sich krank gemeldet hat. Mary.«

»Mary?« Ich muß lachen. »Das glaube ich, daß es der nicht gut geht. Die hat sich auf Michelles Party mit James abgesetzt. Und was hat sie gesagt?«

»Lebensmittelvergiftung.«

»Lebensmittelvergiftung? Kann man die von Gin-Tonic kriegen?«

»Anscheinend.« Liz zuckt die Achseln. »Nach dem, was mir Derek erzählt hat, was gestern so los war, wette ich, daß es noch ein paar Krankmeldungen mehr geben wird.«

»Wette gewonnen.«

»Meinst du, Michelle schafft es, zu kommen?«

»Das will ich doch hoffen«, antworte ich. »Ein bißchen Aufheiterung könnte ich gut gebrauchen.«

Das Telefon fängt an zu läuten.

»Rezeption, guten Morgen«, haucht Liz mit ihrer Schlafzimmerstimme. »Hm. Hm-hm. Verstehe«, sagt sie. »Tut mir leid, aber ich fürchte die ›Pille danach‹ gehört nicht zum Bestand unserer Hausapotheke, Madam«, fährt sie dann fort,

»aber wenn Sie einen kleinen Augenblick Geduld haben, unser Concierge Tony ist ab acht Uhr im Haus, er wird Ihnen sagen können, wo sie hier in der Gegend erhältlich ist, ja?« Sie lauscht. »Aber ja«, fügt sie hinzu, »ich gebe Ihnen Bescheid, sobald er da ist.« Sie legt den Hörer auf.

»Freut mich, daß du den Anruf gekriegt hast«, sage ich, »das entschädigt mich für den Schwangerschaftstest, den ich letzte Woche besorgen mußte.«

Von Acht bis Neun Uhr

Punkt acht Uhr kommt Tony durch die Drehtür. Sein Mantel ist nobel, sein Anzug von vollendetem Schick, seine Schuhe glänzen wie Spiegel. Sein Hemd von Daz ist taufrisch, dazu trägt er eine Krawatte von Prada. Sein dunkles, gewelltes Haar ist zur Seite gescheitelt, und im Gesicht führt er ein Lächeln spazieren, das in jedem den innigen Wunsch erweckt, Tony zum Freund zu haben. Aber es gibt noch andere Gründe, warum man gern Tony zum Freund hat. Es gibt einfach kein wichtiges Ereignis in London, von dem Tony nichts wüßte. Der Mann ist ein wandelnder Veranstaltungskalender. Er weiß, wo man zum Essen hingeht, wo zum Tanzen. Er weiß, welche Hollywood-Größe in welchem Theater auftritt und wo die After-Show-Party stattfindet. Er kann einem in Null Komma nichts einen Tisch im Ivy, Nobu, Hakkasan, Sheekey's, Petrus, im Wolseley oder Gordon Ramsay's reservieren. Er kann einem Karten für Veranstaltungen besorgen, die längst ausverkauft sind. Er kann einem Rabatte bei teuren Autos rausschlagen. Er kann einem Mädchen beschaffen, Stricher, Drogen. Oder eine Villa in Südfrankreich. Er kennt dieses atemberaubende Anwesen, das sein Concierge-Kumpel seinerzeit für ein Heidengeld für Courtney Love angemietet hat. Es ist wirklich himmlisch. Courtney kann allerdings nicht mitreden. Sie hat nur bezahlt. Die Zeit vorbeizukommen hat sie dann am Ende irgendwie nicht gefunden.

Tony besorgt einem alles: Wochenenden auf dem Land, Busfahrten durch London. Er mogelt einen an der Schlange bei Madame Tussaud's vorbei. Er weiß, wo man seine Uhr in Reparatur geben kann, wo man seine Schrotflinte reinigen läßt und welches Sari-Fachgeschäft wirklich erstklassige Ware führt. Er weiß, wo man mitten in der Nacht shoppen kann. Er weiß, woher man ein Mitbringsel für die Gattin bekommt. Er weiß, wo es genau die Schuhe gibt, die man überall vergeblich sucht. Er trägt seinen goldenen Concierge-Schlüssel auf dem Revers mit Stolz, und er hat allen Grund dazu, denn es sind die Schlüssel, die nur ihm allein alle Türen der Stadt öffnen.

»Alles klar?«, frage ich, als er reinkommt.

»Alles klar«, sagt er. Tony ist guter Dinge. Aber Tony ist ja fast immer guter Dinge. Ich wäre auch guter Dinge, wenn ich die Tausender kassieren würde, die er jede Woche an Trink- und Schmiergeldern zugesteckt kriegt und mit denen er bestimmt nicht sofort zum Finanzamt rennt. »Gestern ging was ab, hab ich gehört«, fügt er an.

»Woher weißt du das jetzt schon wieder?«

Tony lächelt und tippt sich mit dem Zeigefinger an die Nasenspitze. Hinten reckt und streckt sich gerade Derek und macht sich zum Gehen fertig. Mit Tony ist Steve, der andere Portier, gekommen, Dereks Schicht ist um. Und während Tony sich an sein Pult setzt, die Post durchgeht und die Broschüre für die Cotswold-Ausflugstouren durchblättert, öffnet Steve bereits die Tür für einen etwas zerzaust wirkenden Kerl, der gerade aus dem Flugzeug geplumpst sein muß.

»Guten Morgen, Sir«, begrüßt ihn Steve, »darf ich Ihnen das Gepäck abnehmen?«

»Äh, ja«, sagt der Zersauste und läßt augenblicklich alles aus den Händen fallen. Er geht durch die Tür und schnurstracks zum Empfangstresen.

»Guten Morgen, Sir«, sage ich, während Liz wieder ans Telefon geht.

»Andrew Oliver«, sagt Andrew Oliver mit einem jener transatlantischen Allerweltsakzente, die kein genaues Herkunftsland verraten. »Ich habe eine Frühanreise gebucht. Meine Sekretärin hat die Reservierung gemacht. Der Zuschlag ist im voraus bezahlt worden.«

»Sehr wohl, Sir«, sage ich. »Ich seh schnell nach.«

Es gibt nichts Schöneres für ein Hotel als einen Gast, der bereits vor der regulären Anreise-Zeit ein Zimmer haben möchte. Das ist einer der glücklichen Momente, wo wir es schaffen, ein Zimmer zweimal zu belegen. Das Verfahren ist denkbar einfach: Man hat einen Gast, der brav für seine Übernachtung zahlt, und dann nimmt man einen Frühanreisenden an und läßt den die Nacht davor ebenfalls bezahlen, weil er ja früher in sein Zimmer will. Worauf es jetzt ankommt, ist, zu gewährleisten, daß Gast eins draußen ist, bevor Gast zwei kommt. Sonst gibt's Ärger.

»Genau, Mr. Oliver«, sage ich und nehm mir seinen kanadischen Reisepaß vor. »Wir haben Zimmer 514 für Sie reserviert.«

»514«, wiederholt er mit einem tiefen Seufzer der Erleichterung, der nach Flugzeugessen riecht.

»Ja, 514.« Ich lächle, doch im selben Moment schrillen in mir alle Steak-mampfenden amerikanischen Alarmglokken. Rezeption, guten Morgen, wir haben da leider ein kleines Problem. Zimmer 514 ist alles andere als leer. Tatsächlich dürfte es auch die nächste halbe Stunde noch nicht leer sein, und dann muß erst noch aufgeräumt und saubergemacht werden, und unterdessen habe ich hier Mr. Oliver, der mir seinen Coq-au-Vin-Odem entgegenbläst.

»Genau, 514«, sage ich so gedehnt, daß Oliver bereits schwant, daß irgend etwas nicht in Ordnung ist.

»Was ist?«, fragt er. »Es ist doch alles in Ordnung. Ich

habe schon bezahlt. Hier ist das Fax mit der Bestätigung.« Er hievt seinen schweren Aktenkoffern auf den Tresen und läßt die Schlösser aufschnappen.

»Nein, Sir«, sage ich schnell, »das hat nichts mit Ihrer Reservierung zu tun. Wir haben Ihre Reservierung selbstverständlich vorliegen.« Ich fuchtel mit meinem Gratis-Hotelkugelschreiber herum. »Es ist nur so, wir hatten da ein ganz kleines Problem gestern abend. Der Gast, der Ihr Zimmer gestern hätte räumen sollen, ist erkrankt an ... ähäm ...«

»An einer Lebensmittelvergiftung«, springt Liz ein. »Entsetzliche Geschichte, ganz entsetzlich. Er konnte das Zimmer vierundzwanzig Stunden nicht verlassen. Austern, wenn ich mich nicht täusche.«

»Austern?«, fragt Mr. Oliver.

»Ja, Austern«, wiederholt Liz. Sie klingt, als würde sie den Quatsch glauben. »Er war nicht transportfähig. Strikte Anweisung von seiten des Arztes.«

»Aber wie auch immer, Sir«, bin ich zur Stelle, »wir sind komplett belegt, so daß ich Ihnen im Moment leider kein anderes Zimmer anbieten kann. Aber wenn Sie uns eine halbe Stunde geben, dann verspreche ich Ihnen, daß wir was für Sie arrangiert haben.«

»Eine halbe Stunde«, wiederholt Mr. Oliver völlig geschwächt.

»Genau, Sir«, sage ich. »Passen Sie auf«, füge ich an, als wäre mir gerade was Tolles eingefallen, »warum gehen Sie nicht erst einmal in den Speisesaal und genießen unser reichhaltiges Frühstück – Eier und Schinken, Kaffee, die ganze Palette – auf Kosten des Hauses, versteht sich. Und wir sagen Ihnen sofort Bescheid, wenn wir das Zimmer fertig haben, hm?«

Mr. Oliver ist eindeutig zu müde, um groß zu protestieren. Er will nur ein warmes Bett, einen heißen Kaffee und

CNN kucken. Statt dessen schlurft er jetzt Richtung Speisesaal, während ich seine goldene American-Express-Karte durch die Kreditkartenmaschine ziehe.

»Das ist noch mal gutgegangen«, sagt Liz und pustet sich eine blonde Strähne aus dem Gesicht.

»Ja, besser als bei Ben letzte Woche«, sage ich.

Vor ein paar Tagen hatte Ben die Dummheit begangen, einem wütenden Ami, der eben aus der Frühmaschine aus New York gestiegen war, eine ziemlich wüste Geschichte auftischen zu wollen. Statt mit dem üblichen schwererkrankten Gast anzukommen, erzählte er etwas von einer Überschwemmung, und der Reparaturdienst sei noch mit der Instandsetzung beschäftigt. Der Amerikaner glaubte ihm kein Wort. Er verlangte, das Zimmer zu sehen. Ben sagte, das sei nicht möglich, da sich das Zimmer noch in einem schlimmen Zustand befinde. Der Mann sagte Ben geradeheraus, daß er ihn für einen unverschämten Lügner halte. Ben sagte darauf, wenn er unbedingt darauf bestehe, dann würde er ihn eben zu dem Zimmer führen. Der Amerikaner bestand darauf. Also führte Ben ihn zu einem Zimmer am Ende des zweiten Flurs im ersten Stock, wo glücklicherweise tatsächlich gerade Bauarbeiten im Gange waren. Aber der Amerikaner glaubte ihm immer noch nicht und verlangte, den Geschäftsführer zu sprechen. Es endete damit, daß das Hotel ihm eine Nacht gratis geben mußte und dazu noch ein Flasche Schampus. Adrian war nicht sehr begeistert.

Das Telefon läuft jetzt langsam heiß. Das ist die Zeit, wo die Gäste anrufen, man möchte ihnen doch bitte schon mal die Rechnung fertigmachen. Gleichzeitig rufen die Kollegen an, um sich krank zu melden. Heute ist Freitag, wir können uns also auf einiges gefaßt machen. Montags und freitags melden sich die meisten krank. Das hat so überhand genommen, daß eine Regelung vorsieht, daß, wer an diesen Tagen nicht kommt, keinen Lohn kriegt, es sei denn, man legt ein ärztliches Attest vor. Aber wehe, wenn nicht. Wo wir gerade davon sprechen: Mein Kater wütet inzwischen wieder ziemlich heftig. Ein Königreich für ein Glas Wasser und eine Kopfschmerztablette.

Das Telefon klingelt wieder.

»Guten Morgen«, sage ich.

»Hallo, hier ist Jacinta«, höre ich eine weibliche Stimme.

Ich weiß sofort: Es ist eines der Zimmermädchen, das sich krank meldet. Es ist so lächerlich: Ich weiß, daß sie lügt. Sie weiß, daß ich weiß, daß sie lügt. Und dennoch spielen wir das alberne Spielchen von vorn bis hinten durch. Wenigstens unterscheidet sich ihre Begründung ein wenig von der unvermeidlichen Lebensmittelvergiftung, auf die sich alle geeinigt haben. Sie sagt, sie fühle sich nicht so ganz. »Unten rum.« Ich habe keine Ahnung, ob sie jetzt ein Frauenleiden meint oder schlicht Dünnpfiff, also sage ich nur: »So ein Mist aber auch«, und: »Na, dann gute Besserung«, bevor ich auflege.

Es ist auf jeden Fall reichlich spät, daß sie anruft und blaumacht. Die meisten Zimmermädchen ebenso wie die Mädels im Hausdamenbereich müssen spätestens um acht Uhr hier sein. In dieser Zeit gibt es für sie schließlich am meisten zu tun, in dieser Zeit müssen sie die Zimmer aufräumen und säubern, und zwar so schnell wie möglich. Je schneller sie ihr Zimmerpensum geschafft haben, um so eher können sie dann auch nach Hause gehen. Ein ungemachtes, leerstehendes Zimmer ist ein Greuel für jeden Hotelbetreiber und kostet bloß Geld. Jedes Hotel hat eine Liste, auf der aufgeführt ist, wie ein Zimmer auszusehen hat: zwei Badehandtücher über der Handtuchheizung (nach innen gesteckt), Waschlappen zusammengerollt aufs Waschbecken, Handtuchheizung auf niedrig, Spiegelschrankbeleuchtung an, Zahnputzgläser hinter den Wasserhähnen, Radio aus, Klimaanlage an. Und jedes Zimmermädchen, das was auf sich hält, will in ein Zimmer so früh, wie es nur irgendwie geht – am besten noch, bevor der Gast aus der Tür heraus ist, denn manche Gäste lassen ein Trinkgeld liegen, und da heißt es schnell sein, bevor Jez oder Dave, die beiden Pagen, ins Zimmer kommen. Letzte Woche kam ich an einem Zimmer im dritten Stock vorbei und sah, wie ein junges portugiesisches Zimmermädchen sich mit dem zweiundzwanzigjährigen Dave um ein Zweipfundstück prügelte. Routiniers, die in den Hotels der Welt zu Hause sind, pflegen das Trinkgeld in pagensicheren Ecken zu verstecken, unter dem Kopfkissen beispielsweise. Andere, die nicht so versiert sind, legen es mitten auf den Tisch. Dann muß das Zimmermädchen sich eben um das prügeln, was ihm eigentlich zusteht.

Und es steht ihm wahrlich zu. Man glaubt es nicht, mit was die Zimmermädchen es tagtäglich zu tun kriegen: schmutziger Unterwäsche, benutzten Kondomen, abgewetzten Pornoheften, Koksresten, blutigen Spritzen und Sexspielzeug mit deutlichen Gebrauchsspuren. Die Leute benehmen sich so unmöglich in Hotelzimmern, daß es nicht mehr feierlich ist. Ich erinnere mich an eine Pop-Gruppe, die Kokain genommen hatte, das anscheinend das reinste Abführmittel war. Es endete damit, daß die Bandmitglieder sich die Hintern mit den Fenstervorhängen abwischten, weil ihnen das Klopapier ausgegangen war.

Die Arbeit als Zimmermädchen ist vielleicht die übelste im ganzen Hotel, und manchmal ist sie eben dann richtig beschissen: Vor ein paar Monaten hat eine vornehme Dame mittleren Alters eine stolze Wurst in ihr Bett gemacht. Es war völlig verrückt. Die Frau hatte das Zimmer zusammen mit ihrer Tochter, ich glaube, sie teilten sich sogar das Bett. Die Tochter hatte das Hotel schon früh an diesem Morgen verlassen, die Mutter kam so um neun runter. Sie plauderte noch nett mit mir, erzählte mir von der Kunstausstellung, die sie sich heute ansehen wolle. Nachdem sie gerade eben diesen Riesenhaufen ins Bett gemacht haben mußte. Sie verlor kein Wort darüber. Das arme Zimmermädchen fiel fast in Ohnmacht, als sie die Schweinerei entdeckte. Sie konnte zunächst nicht herausfinden, warum es so furchtbar stank im Zimmer – bis sie die Bettdecke zurückschlug. Es war so furchtbar, daß Jackie, unsere Hausdame, die Angelegenheit übernehmen mußte. Das Zimmermädchen konnte es einfach nicht. Und das verrückteste war, daß die vornehme Lady, als sie am Abend zurückkam, wieder kein Wort über die Sache verlor. Am nächsten Tag reisten die beiden ab, und man faßt es nicht: Sie gaben niemandem Trinkgeld.

Aber immerhin bekommen die Zimmermädchen ab und zu ein Trinkgeld. Die Köche, die unten in ihrer Hölle schmoren, können davon nur träumen. Und eine Hölle ist es da unten nicht nur wegen der Hitze. Ich hatte bereits das Vergnügen, in der Küche zu arbeiten. Die ruppigen, ja brutalen Umgangsformen, die hier herrschen, sind so extrem wie die Temperaturen, die Köche sind wahre Teufel und lassen bei jeder Gelegenheit die Sau raus.

Ich erinner mich noch ganz genau. Mein erster Tag in der Küche. Um acht Uhr geht es los, wenn man nicht Frühstück hat. Die erste Teilschicht geht bis 15 Uhr, dann hat man bis 17 Uhr frei, das heißt, man hängt zwei Stunden im Pub rum, um dann noch einmal bis 23 Uhr zu schuften. Die Hitze und der Dampf überall sind wirklich nicht zu fassen, man glaubt, man sitzt in irgendeiner mittelalterlichen Folterkammer. Aber jetzt geht die Quälerei erst los. An meinem ersten Tag mußte ich mich auf den glühendheißen Ofen stellen, dann wurde mir im Kommandoton zugebrüllt, warum ich es mir als Ehre anrechnen dürfe, hier zu arbeiten. Ich wurde erst wieder runtergelassen, als meine Schuhsohlen durchgeschmort waren. Ich hatte eine Woche lang Blasen an den Füßen. Meine erste Aufgabe: Fischausnehmen und Kartoffelschälen.

Kartoffelschälen ist so eine Arbeit, die einen in den Wahnsinn treiben kann. Es gilt die Kartoffeln so zu schälen und zu beschneiden, daß man am Ende möglichst ebenmäßige kleine, eiförmige Gebilde erhält. Am Anfang habe ich zwei in der Minute geschafft, am Schluß einen Eimer in ungefähr einer Stunde, was auf etwa fünf pro Minute hinausläuft. Tagelang schälte ich nichts als Kartoffeln, und das drei Monate lang. Ich träumte schließlich von Kartoffeln. Ein Horror. Irgendwann wurde ich dann erlöst. Im Savoy haben sie einen Südamerikaner angestellt, der nur und ausschließlich Kartoffeln schält. Der macht das schon seit Jahren. Vor kurzem sollen sie ihm sogar einen Stuhl besorgt haben.

Eins habe ich beim Kartoffelschälen gelernt: Obwohl es natürlich auf Tempo ankommt, ist es nicht gut, zu schnell fertig zu sein. Ich habe einmal die Dummheit begangen, irgendeinem Idioten von Sous-Chef oder Chef de Partie zu erzählen, ich sei fertig und habe nichts zu tun. »Was ist los?«, schrie er. »Du hast nichts zu tun?« Ich nickte. »Dann komm mal mit«, sagte er und führte mich in den hinteren Bereich der Küche, wo drei Kühltruhen standen, riesige Dinger, in denen man einen ausgewachsenen Mann hätte auf Eis legen können. Er öffnete eine davon, holte etwa sechs Beutel gefrorener Erbsen heraus, riß sie einen nach dem anderen auf und schüttete den Inhalt zurück in die Truhe. »Also gut«, sagte er, »du kriechst da jetzt rein und holst mir jede einzelne Erbse raus und tust sie zurück in die Beutel. Und komm mir nicht noch einmal an, du hättest in der Küche nichts zu tun, ist das klar?« Weit über den Truhenrand gebeugt, machte ich mich daran, die Erbsen mit bloßen Händen aufzulesen. Ich brauchte drei Stunden, und als ich fertig war, waren meine Finger blau. Das erklärt vielleicht, warum ich beim Gedanken an die Küche immer leicht gereizt reagiere.

Im Moment ist es eher Liz, die mich reizt. Schon den ganzen Morgen spielt sie mit ihren Nylonnägeln Kastagnetten, und ich merke, wie es mir auf die Nerven geht. Vielleicht liegt es an meinem Kater, daß ich so empfindlich bin. Das Telefon klingelt wieder. Liz ignoriert es. Sie ist voll und ganz damit beschäftigt, ihre Oberweite auf dem Tresen zu drapieren und mit einem Dickwanst zu flirten, von dem sie wissen will, ob er seinen Aufenthalt bei uns genossen habe. Ich gehe ran.

»Rezeption, guten Morgen«, sage ich.

»Hallo, Zimmer 160 hier«, höre ich eine Frauenstimme sagen. »Ich habe eben mit jemandem von Ihnen gesprochen in einer bestimmten Angelegenheit ...«

»Ja.«

»Es ist ein bißchen delikat«, sagt sie.

»Ich verstehe«, sage ich. »Vielleicht kann ich Ihnen helfen.«

»Also ...« Sie räuspert sich. »Es ging darum, ob mir wohl jemand von Ihnen die ›Pille danach‹ besorgen könnte, und das ist jetzt fast eine Stunde her, und die junge Frau an der Rezeption sagte mir, sie würde sich wieder melden ... ähm ...«

»Ach«, sage ich. »Das tut mir furchtbar leid. Wenn Sie ein Sekündchen dran bleiben, dann will ich sehen, was ich für Sie tun kann, einen Augenblick.«

Ich geh rüber zu Tony, der an seinem Pult gleich rechts neben der Tür sitzt und gerade die Karten zählt, die er diese Woche für Cats, Les Misérables und The Mousetrap verkloppt hat. Mit seiner Provision von zehn Prozent kann er hier noch einmal vierhundert Mäuse in der Woche dazuverdienen.

»Ähm, Tony«, sage ich.

»Womit kann ich dienen, Kumpel?«, fragt er und sieht auf.

»›Pille danach‹?«, frage ich.

»Ah«, er stöhnt. »Die Apotheke am Ende der Straße«, sagt er. »Sie geben sie uns, wenn wir ganz lieb fragen, aber besser ist es, die Lady geht selbst, normalerweise wollen die noch das eine oder andere von ihr wissen.«

»Schön«, sage ich. »Ich habe allerdings das Gefühl, daß die Frau froh wäre, wenn wir sie für sie besorgen.«

»Na gut«, sagt Tony und erhebt sich. »Ich schick Dave.« Tony schnippt mit den Fingern in Richtung Dave, der beim Kofferkuli steht und das Messing poliert. Dave ist jung und auf Zack, er läßt alles stehen und liegen und läuft zu Tony. »Er kann da noch was lernen. Sitzt sowieso nur den ganzen Morgen faul rum, habe ich recht, Dave?«

»Ja, Mr. Williams«, sagt Dave.

»Zimmernummer?«, fragt Tony.

»160«, sage ich.

»160!« Tonys Gesicht erhellt sich. »Ist das nicht die, die gestern nacht hier mit einer Plastiktüte voll Kotze rumgerannt ist?« Ich habe keine Ahnung. »Doch, doch«, fährt Tony fort. »Ich kann mir gut denken, daß sie heute morgen nicht so ganz auf der Höhe ist.«

»Damit ist sie nicht allein«, brumme ich.

»Allerdings. Großer Auftritt elf Uhr, stimmt's?« Tony reibt sich die Hände. »Ich kann es gar nicht erwarten, Michelle wiederzusehen.«

Von Neun bis Zehn Uhr

Dave verläßt das Hotel durch die Drehtür und tritt auf den sonnigen Bürgersteig genau in dem Moment, als Adrian, der Geschäftsführer, auf der anderen Seite der Tür hereinkommt.

»Guten Morgen, Sir«, sagt Tony und bringt einen Stapel Doppeldecker-Broschüren säuberlich auf Kante.

»Wo will er hin?«, fragt Adrian und nickt in Daves Richtung.

»›Pille danach‹, Sir.« Tony grinst. »Zimmer 160.«

»Verstehe«, sagt Adrian.

»Ja, ja.« Tony grinst noch immer. »Gestern war anscheinend eine ganz besondere Nacht.«

»Ach ja?« Adrian grinst ebenfalls, so schnell läßt er sich von Tony nicht aus dem Konzept bringen. »Ich kann nicht mitreden. Ich bin gerade erst gekommen. Sonst alles in Ordnung?« Er sieht zu mir herüber.

»Alles in bester Ordnung«, beeile ich mich zu versichern.

»Kater?«, fragt er.

»Ich doch nicht«, lüge ich.

»Schön zu hören. Ich liebe einen professionellen Empfang. Guten Morgen, Liz«, ruft er und geht weiter in Richtung seines Büros.

»Guten Morgen, Mr. Thompson«, antwortet Liz nickend und schenkt Adrian ihr breitestes Hostessenlächeln.

Ganz schwer dürfte ihr das bei Adrian allerdings nicht fallen. Adrian sieht gut aus. Groß, braunes Haar, grüne Augen, er ist die Hotelleriekarriereleiter im Geschwindmarsch hochgeklettert, was nicht so ganz selbstverständlich für einen vornehmen Kerl wie ihn ist, der gleichzeitig was vom netten Kumpel hat. Also ehrlich, sich von seinen Angestellten einen blasen zu lassen, das ist nicht unbedingt das, was man von einem Mann in seiner Position erwarten würde. Er führt ein Unternehmen mit einem Jahresumsatz von etwa fünfunddreißig Millionen Pfund. Wie ein Kapitän auf einem Schiff müßte er eigentlich einen klaren hierarchischen Führungsstil pflegen als weiser, strenger Übervater. Aber Adrian ist, vielleicht ohne daß er es will, ein bißchen zu nett dafür. Die Angestellten mögen ihn. Er kommt zu ihren Abschiedspartys und benimmt sich daneben. Er veranstaltet sogar ganz exzellente Weihnachtsgelage, bei denen er versucht, die Köche unter den Tisch zu saufen.

Er und Tony kommen bestens miteinander aus, vor allem weil Tony Adrian alles mögliche besorgt – den Tisch im Restaurant, Konzertkarten, Reisen; letztes Jahr hat er ihm eine Limo besorgt, die ihn vom Flughafen abholte, als Adrian aus dem Urlaub zurückkam. Er hält ihm hier an der Front den Rücken frei. Dafür genießt Tony fast Narrenfreiheit im Hotel. Er kassiert seine zehn Prozent Provision bei den Theaterkarten; er achtet darauf, daß wir auch ja das richtige Mini-Cab-Unternehmen nehmen, und er verscherbelt seine Fahrten nach Dorset, in die Cotswolds und nach Stratford-upon-Avon.

Ein Musterknabe war Adrian im übrigen nie. Ich habe gehört, daß er mal rausgeschmissen wurde und zwar in einem dieser superschicken Boutique-Hotels in irgendeinem exklusiven Ski-Ort in Frankreich. Es heißt, daß er regelmäßig, wenn er Nachtdienst am Empfang hatte, zu vorgerückter Stunde seine Kumpels eingeladen und mit ihnen die Bar heimgesucht hat. Eines Nachts, nach einer dieser Orgien, hatte er die dumme Idee, ein kleines Nickerchen hinter einem der Sofas in der Bar zu machen. In kleineren Hotels ist derjenige, der Nachtdienst hat, für gewöhnlich allein, anders als hier, wo immer noch jemand in der Nähe ist, der Nachtportier zum Beispiel. Nun, während Adrian hinter dem Sofa ratzte, wurde in dem kleinen Hotel eingebrochen. Zwei Diebe machten sich über die Rezeption her, besorgten sich die Zweitschlüssel und gingen systematisch daran, die Zimmer zu plündern. Adrian erwachte, als er die ersten Gäste: »Voleurs! Diebe!« rufen hörte. Adrian reagierte geistesgegenwärtig und machte sich aus dem Staub. Er ging zum Skifahren, kam erst am nächsten Abend wieder und holte seine Sachen ab. Die Franzosen waren so kulant und machten keinen Vermerk in seiner Personalakte. Er war schließlich jung, studierte noch und hatte in dem Haus ohne großes Gehalt gearbeitet. Also kam er noch einmal mit einem blauen Auge davon. Aber so geht es schließlich oft mit der Wahrheit in Personalakten und Arbeitszeugnissen.

Wir hatten hier im Hotel einen Restaurantleiter, der am Ende wegen Diebstahls gefeuert wurde. Adrian rief hinterher mal bei dem früheren Arbeitgeber des Mannes an und erfuhr dann erst, daß der Mann auch dort wegen Diebstahls gefeuert worden war. Dort hatte man ein Gentlemen's Agreement getroffen. Als Restaurantleiter war er nämlich gut. Er hatte den Laden zum Brummen gebracht, hatte die Prominenz hergelockt und dafür gesorgt, daß das Hotel für die bessere Gesellschaft zum absoluten Muß wurde, zum Ort, wo man gesehen werden wollte. Man ging also darüber hinweg, daß er drei Kisten Wein hatte mitgehen lassen und daß er fünfhundert Pfund aus der gemeinsamen Trinkgeldkasse geklaut hatte. Die Abmachung lautete, wenn er aus freien Stücken das Haus verließe, würde man seine kleptomanische Neigung im Arbeitszeugnis netterweise unberücksichtigt lassen. So kam er also zu uns, und die ersten Monate ging auch alles gut. Er brachte die zahlende Kundschaft, und der Laden lief wie geschmiert. Dann tauchten erste Unregelmäßigkeiten in der Buchhaltung auf, und es war nur noch eine Frage der Zeit, bis sie ihn überführt hatten.

Wir haben heute noch irgendwann eine Revision im Haus, habe ich gehört. Jemand von den Angestellten klaut Miniflaschen Gin. Allein in den letzten vierundzwanzig Stunden sind sieben kleine Flaschen Bombay Sapphire verschwunden. Sonderbar, wer klaut denn so was? Normalerweise verflüchtigt sich Wodka aus den Flaschen. Von Wodka kriegt man keine Fahne. Wie auch immer, das Ganze geht jetzt schon ein paar Wochen, und Adrian wird langsam sauer. Er ist drauf und dran, die Handtaschen der Zimmermädchen zu durchsuchen, wenn sie abends nach Hause gehen. Mustafa, der faule Hund, sitzt den ganzen Tag unten in seinem Detektivbüro und sieht fern, und ich wüßte nicht, daß er schon jemals irgendwen überführt hat. Adrian ist jedenfalls der Meinung, daß ein unabhängiger Revisor von außen dafür sorgen könnte, daß der Dieb kalte Füße kriegt und sich in Zukunft gut überlegt, was er tut.

Das Telefon läutet und Liz geht ran. Ihre feuchten, glänzenden Lippen schmatzen irgendwie, wenn sie spricht. Ich muß mich wirklich zusammenreißen, damit sie mich heute nicht noch völlig wahnsinnig macht. Der Typ in 302 will auschecken. Ich erinner mich an ihn. Er ist einer von der fusseligen Sorte, so mit Schuppen auf den Schultern und Eigelb auf dem Schlips. Aber im Grunde, glaube ich, braucht so einer nur mal eine gründliche Generalreinigung. Liz jedenfalls teilt mir mit, daß sie mal eben »für kleine Mädchen« muß (was für ein blöder Ausdruck ist das jetzt schon wieder?), ob ich das mit der Rechnung für sie übernehmen könne. Also gehe ich ins Hinterzimmer, tippe die Zimmernummer in den Computer und drücke auf Drucken. Wo ist der schweigsame Ewan, unser Rezeptionspraktikant, wenn man ihn braucht? Der Drucker spielt verrückt und spuckt seitenweise Papier aus. Ich ahne, was los ist, und sehe nach. Tatsächlich: Telefonsex-Nummern noch und noch. Normalerweise kosten solche Verbindungen etwa fünfzig Pence die Minute, aber im Hotel kosten sechzig Sekunden stolze zehn Pfund, und Zimmer 302 hat gestern bis spät in die Nacht an der Strippe gehangen. Ich reiß das letzte Blatt ab und starre die Seiten an. Die Summe der Telefonkosten beläuft sich auf achthundertfünfzig Pfund.

Das klingt hoch, ist aber noch lange nicht rekordverdächtig. Vor ein paar Wochen hatten wir einen Gast, der innerhalb von zwei Tagen für dreitausend Pfund telefoniert hat. Einfach unglaublich. Wir haben zwischendurch bei ihm angerufen (wenn denn mal die Leitung frei war) und haben ihn darauf hingewiesen, daß seine Telefonrechnung bereits ziemlich hoch sei, aber das schien ihn nicht groß zu interessieren. Seine Schwester hatte im voraus für ihn bezahlt, und wir hatten ihren Kreditkartendurchschlag auf dem Schreibtisch, also sind wir nicht allzu nervös geworden. Aber als er auschecken wollte, hieß es plötzlich, er könne die Rechnung nicht bezahlen. Nach ewigem Hin und Her riefen wir dann bei der Schwester an, die sofort vorbeikam und ordentlich auf den Putz gehauen hat. Ihr Ärger richtete sich nur leider gegen uns, weil wir dem Treiben nicht rechtzeitig einen Riegel vorgeschoben hatten. Als ich ihr schließlich erklären konnte, daß wir sehr wohl zweimal mit ihrem Herrn Bruder in diesem Sinne gesprochen hatten, wurde sie etwas kleinlaut und bezahlte. Das heißt, ich nehme es an. Denn Adrian kam eigens hinzu, um sich darum zu kümmern, und ich hörte nur noch, wie sie sagte, sie wolle uns einen Scheck schicken.

Also selbst wenn dies hier nicht die höchste Telefonsexrechnung meines Lebens ist, weiß ich doch, daß sie hoch genug ist, um für Ärger zu sorgen, zumal die Reservierung von einer Firma vorgenommen wurde, und der Mann also eindeutig geschäftlich unterwegs ist. Es dürfte nicht so einfach sein, seinem Chef eine Telefonrechnung von achthundertfünfzig Pfund zu erklären.

Mit meiner meterlangen Rechnung gehe ich zurück an den Empfangstresen.

»O nein«, stöhnt Liz und zieht die nicht mehr vorhandenen Augenbrauen hoch. »Sag nicht, wir haben es mit einer Plaudertasche zu tun.«

»Sieht ganz so aus.«

»Telefonsex?«

»Was sonst?«, antworte ich und falte den Ausdruck zusammen.

»Mein Gott, was weiß ich«, sie sieht mich beleidigt an. »Er könnte schließlich auch mit seiner Frau gesprochen haben.«

»Das ist nicht dein Ernst. Niemand redet soviel mit seiner Frau. Aber egal.« Ich blicke auf, da ich höre, wie der Lift aufgeht. »Achtung, da kommt er.«

Der Mann nähert sich der Rezeption. Er sieht aus, als hätte er kaum ein Auge zugemacht letzte Nacht, was angesichts der Telefonrechnung auch so gewesen sein wird.

»Guten Morgen, Sir«, sage ich. »Ich hoffe, Ihr Aufenthalt bei uns hat Ihnen gefallen.«

»Sehr sogar«, sagt er. Sein Anzug leuchtet im Licht der Morgensonne. »Ich habe geschlafen wie ein Murmeltier.«

»Freut mich zu hören.« Ich lächle und reiche ihm die Rechnung, die ich halb in einen Umschlag gesteckt habe. »Möchten Sie die Rechnung sehen, Sir?«

»Ja, gern.« Er holt tief Luft und faltet die lange Papierschlange auseinander. »Achthundertfünfzig Pfund?« ruft er dann plötzlich. »Achthundertfünfzig Pfund? Sie behaupten, ich habe für achthundertfünfzig Pfund telefoniert?«

»Genau, Sir«, sage ich.

»Das ist absurd«, sagt er. »Achthundertfünfzig Pfund fürs Telefon? Das können Sie nicht verlangen.«

»Tut mir leid, aber das ist unser normaler Tarif für Servicenummern, Sir.«

»Servicenummern? Das sind keine Servicenummern!«

»Tut mir leid, aber da muß ich Ihnen widersprechen, Sir.«

»Hören Sie mir auf mit Ihrem Leidtun!« Er schreit mich inzwischen an. Auf seinen Wangen sind dunkelrote Wutflecken entstanden.

»Kein Grund laut zu werden, Sir«, versuche ich ihn zu beschwichtigen.

»Ich werde nicht laut«, ruft er noch einen Tick lauter.

»Sehr gut, Sir«, sage ich. »Das Zimmer macht zweihundertfünfzig Pfund die Nacht, wir haben zwei Nächte, Artikel aus der Minibar, das macht zweiunddreißig Pfund …«

»Für zwei Whisky!« bellt er und klatscht mit der flachen Hand auf den Tresen.

»Zwei Whisky, drei Tafeln Schokolade, eine Tüte Chips und die Flaschen Mineralwasser.«

»Und die Flaschen Mineralwasser«, äfft er mich nach, »du meine Güte, das macht den Kohl natürlich fett.«

»Und Sie haben für achthundertfünfzig Pfund telefoniert.«

»Das ist stationäre Wegelagerei«, er schüttelt wütend den Kopf. Ein paar Schuppen rieseln auf den Tresen. »Damit das klar ist, ich bezahle keine achthundertfünfzig Pfund für die Telefonrechnung. Sie hätten mich informieren müssen, wenn das Telefonieren bei Ihnen derart teuer ist. Und das sind keine Servicenummern, punktum.«

»0190-Frauen-mit-großer-OW ist eine Servicenummer, und der Anbieter informiert Sie darüber, sobald Sie die Nummer wählen.«

»Woher wollen Sie das wissen?« Sein Ton ist merklich ruhiger geworden.

»Weil wir viele Gäste hatten, die bereits vor Ihnen diese Nummern gewählt haben.«

»Wäre es möglich, daß wir zu einer Art Kompromiß kommen?« fragt er.

»Ich mache Ihnen sehr gern eine separate Rechnung fertig, wenn Sie das wünschen, Sir?«

»In Ordnung.« Er wirkt jetzt wirklich erleichtert.

»Und wir können Ihnen auch noch mit einem gewissen Rabatt entgegenkommen, sagen wir fünfzig Pfund.« Ich habe das bereits unzählige Male vorher gemacht. Normalerweise sind die Gäste dann so dankbar, daß sie den Restbetrag sofort bar bezahlen, was einem eine Menge Arbeit und Ärger erspart.

»Ach ja?« Er ist überrascht und fühlt sich schon wieder ganz obenauf, »das wäre allerdings sehr anständig von Ihnen.«

»Keine Ursache, Sir«, säusel ich.

»Kann ich das Zimmer mit der Kreditkarte bezahlen?« fragt er und leckt sich den Daumen. »Dann bezahl ich die Telefonrechnung in bar.« Er holt ein Bündel Fünfzigernoten aus der Brusttasche und blättert einen Schein nach dem anderen auf den Tresen. »Bitte sehr.« Er grinst. »Achthundert.«

»Vielen Dank, Sir«, sage ich. »Ich mach nur rasch einen Durchschlag von Ihrer Kreditkarte. Brauchen Sie Hilfe mit dem Gepäck?«

»Nein danke«, er sieht auf den Boden, wo seine kleine schwarze Reisetasche liegt. »Das krieg ich schon hin.«

Ich geh ins Hinterzimmer mit seiner grünen American-Express-Karte und zieh sie durch das Kreditkartenterminal. Während ich darauf warte, daß die Verbindung zustandekommt, ignoriere ich geflissentlich den aus dem Nichts wiederaufgetauchten Ewan, der eine Rechnung für Liz fertigmacht, und starre aus dem Fenster. Draußen hält gerade der Fleischerwagen beim Hintereingang zur Küche. Ein Mann im weißen Kittel und mit Papierhaube macht sich daran, Lammkeulen, Rinderhälften und ganze Schweine zu entladen. Zwischen neun und zehn wird jeden Tag frische Ware angeliefert. Ich weiß noch, was das jedesmal für eine Hektik war. Was die Lieferungen anging, mußte man absolut auf der Hut sein. Da wird unendlich viel gemauschelt. Das Problem ist: Weil die Lebensmittel, die in der Großhotellerie verwendet werden, so wahnsinnig teuer sind, versucht hier einfach jeder jeden zu beschupsen. Aber ich kann nicht sagen, wer eigentlich wen am meisten übers Ohr haut – die Lebensmittellieferanten das Hotel oder die Hotelangestellten das Hotel oder am Ende das Hotel die Gäste?

Ziemlich erfolgreich hat es einer im Lanesborough getrieben, habe ich gehört. Der Typ, der für den Lebensmitteleinkauf zuständig war, steckte mit dem Fleischlieferanten unter einer Decke. Er bestellte zum Beispiel fünf Kilo Parmaschinken, obwohl der Koch nur ein Kilo haben wollte. Das Hotel bezahlte dann die fünf Kilo, bekam aber nur das eine Kilo. Der Rest ging zurück zum Fleischlieferanten, der den Schinken weiterverkaufte und sich den Gewinn mit dem Einkäufer vom Lanesborough teilte. Der Schwindel funktionierte ungefähr sechs Monate, dann flog er auf. Der Typ aus dem Hotel ist, glaube ich, ins Gefängnis gewandert.

Aber irgendwie zocken alle ab. Köche werden von Lieferanten geschmiert, das weiß jeder, wie sollten die Firmen sonst ihre Produkte in die Hotelküchen kriegen. Sie sollten mal sehen, was um Weihnachten hier ankommt, nur um den Herrn Küchenchef bei Laune zu halten. Truthähne, Filetstücke, Lachs, Seezungen, Garnelen, Leberpastete, Trüffel – der Chef macht zwischen Weihnachten und Neujahr garantiert keinen Handschlag in seinem Laden. Er sitzt einfach da und haut sich die Delikatessen rein.

Gefährlich waren immer die Großlieferungen, vor allem beim Gemüse. Wenn man eine Bestellung hat, die so lang ist wie ein Kinderarm, mit Endivien, Bohnen, Broccoli, Himbeeren, Heidelbeeren, Blumenkohl, wer vermißt da die eine Kiste mit Äpfeln, die nie angekommen ist? Aber wenn man die Lieferung erst mal unterschrieben hat, hilft kein Reklamieren. Der Ärger ist einfach vorprogrammiert. Der Lieferwagen kommt zum Beispiel immer zu spät an. Der Koch schreit nach seinen Karotten, der Lieferant schreit, er sei spät dran, er müsse weiter, und gleichzeitig soll man jede einzelne Orangenkiste zählen, denn wenn irgendwas nicht stimmt, bekommt unsereins, der Gehilfe, das zu spüren. Entweder in verbaler Form, oder es wird einem was vom Lohn abgezogen.

Und dann setzt sich der Küchenchef am Ende des Tages hin und führt Buch. Er hat für gewöhnlich Anspruch auf Gratifikationen, so hat die Geschäftsleitung wohl das Gefühl, die Küche unter Kontrolle zu haben: Wenn der Chef es schafft, mit dem Budget auszukommen oder es sogar zu unterschreiten, kriegt er noch einmal tausend Pfund im Monat dazu.

Also zahlt es sich für ihn aus, wenn er unsereins zur Minna macht.

Tatsache ist: Spitzenküchen brauchen Spitzenware. Alles muß erste Wahl sein. Wenn man für ein Hauptgericht bis zu fünfundvierzig Pfund nimmt, darf der Gast das wohl verlangen. Und in der Regel ist das auch so. Das Fleisch, das täglich reinkommt, hat ein besseres Leben hinter sich als ein Großteil der Angestellten, die hier unten schuften. Der Küchenchef scheint jedes Tier persönlich gekannt zu haben, weiß, wo es gelebt hat, was es gefressen hat und ob es viele nette Kumpels zum Spielen gehabt hat. Ich wette, er macht sich tausendmal mehr Gedanken um die Rinderhälften, die hier ankommen, als um die Bangladeschis, die ihm den Boden schrubben.

Endlich ist die American-Express-Karte akzeptiert worden. Ich reiß den Beleg ab und gehe zurück zum Empfangstresen. Liz checkt gerade ein wohlhabend aussehendes Pärchen aus. Die beiden wirken etwas übernächtigt.

»Hatten Sie irgend etwas aus der Minibar?« fragt Liz und klickert wieder mit ihren Fingernägeln.

»Einmal«, antwortet der junge Mann.

»Einmal was?«, fragt Liz.

»Einmal Minibar.« Der junge Mann lächelt.

»Wie, einmal Minibar?« Liz ist verwirrt.

»Ja«, sagt der junge Mann. »Einmal die Minibar, bis zum letzten Malibu.«

»Ooo nein, nicht das Wort Malibu, bitte!« Die junge Frau kneift die Augen zusammen und hält sich den Kopf. »Das ist jetzt wirklich das Letzte, was ich vertragen kann.«

Während Liz ausrechnet, was eine komplette Minibarfüllung kostet, reiche ich dem Gast aus 302 den Kreditkartenbeleg.

»Bitte sehr, Sir, und beehren Sie uns bald wieder.«

Er beugt sich, um seine Reisetasche aufzunehmen.

»Ja, gewiß«, grummelt er und wendet sich ab. »Aber ich glaube, eher nicht.«

Ich stecke mir einen Stift in den Mund und muß mich zusammenreißen, um ihm nicht einen Stinkefinger hinterherzuschicken, als er durch die Drehtür nach draußen geht.

Von Zehn bis Elf Uhr

Liz bekommt einen Anruf von Adrian, daß wir zur Sitzung kommen sollen. Üblicherweise geht nur einer von uns hin, während der andere die Stellung am Tresen hält. Es gibt noch jede Menge Gäste, die auschecken wollen, und dann muß auch noch jemand nachsehen, daß auch wirklich keine der Prostituierten in einem der Schlafzimmer geblieben ist.

Die Prostituierten sind der Fluch unseres Gewerbes. Ein Großhotel ist ein wahres Mekka für sie. Verständlicherweise. Unser Haus ist bis unters Dach voll mit reichen Kunden, die sie nur allzugern um ihr Bares bringen möchten. Und unser Haus ist ebenso bis unters Dach voll mit reichen Kunden, die sich nur allzugern um ihr Bares bringen lassen. Die Männer sind allein, die Ehefrau oder Freundin ist weit weg, sie lassen es sich gut gehen, wobei ihnen die Firmenspesen den nötigen Auftrieb geben, und was jetzt noch fehlt, ist ein reizendes Wesen zum Verwöhnen und Verwöhntwerden. Die Statistik ist erstaunlich: Etwa neun von zehn Männern, die allein im Hotel wohnen, suchen früher oder später eine Begleitung. Ein angesehenes Haus wie das unsere wird sich selbstverständlich nicht nachsagen lassen, daß es Prostitution stillschweigend toleriert oder sogar befördert. Aber zu behaupten, daß hier nicht zuweilen ganze Horden von Nutten durch die Drehtür strömen, und so zu tun, als würde Tony nicht seinen Anteil kassieren, wäre auch gelogen.

Tatsache ist, daß das Haus voll mit ihnen ist, und jetzt ist genau der Zeitpunkt, wo man ein Auge auf sie werfen muß. Tony kennt einige von ihnen, und wenn er seinen Job gut gemacht hat, weiß er mehr oder weniger, welcher Gast in Begleitung zurückgekommen ist oder wer noch einen kleinen Extra-Etagendienst um Mitternacht bestellt hat. Und jetzt ist es unsere Aufgabe, aufzupassen, daß die Mädels auch wieder verschwinden. Sonst kann es passieren, daß der Mann zu seiner Sitzung in der Stadt eilt, oder wo immer er hinmuß, und das Mädel glaubt, es sei in Pretty Woman, und bestellt erst einmal den Etagendienst oder den Frisör oder irgendeinen Kram vom Concierge. Es ist ein Alptraum. Und dann beschwert sich der Gast hinterher, er habe aber nicht um 10.30 Uhr ein Frühstück mit Rauchlachs bestellt. Jetzt ist also die Zeit gekommen, auf den Etagendienst aufzupassen und immer im Auge zu behalten, wer schon ausgecheckt hat und daher eigentlich keinen Etagendienst mehr beauftragen sollte.

Liz und ich haben eine kleine Unterredung, wer die Stellung hält und auf Prostituierte aufpaßt und wer zur Bereichsleitersitzung geht. Ich gebe zu, ich will ums Verrecken lieber in die Sitzung. Die Vorstellung, einfach nur dasitzen zu dürfen, eine Tasse Kaffee und ein paar Kekse vor der Nase, übt auf mich im Moment einen unwiderstehlichen Reiz aus. Ich will gerade an das Gute in Liz appellieren, mich ziehenzulassen, als mir einfällt, daß sie über etwas Derartiges nicht verfügt. Also kehre ich den Vorgesetzten heraus.

»Ich habe so im Gefühl, daß wir heute ein paar wichtige Gäste erwarten, und als der Ältere am Tresen, denke ich, gehe ich wohl besser.« Ich nuckel dabei ein wenig an meinem Stift.

»Klasse«, sagte Liz und guckt mich etwas genervt an.

»Also, paß auf, ob dir irgendwas verdächtig vorkommt in den Zimmern, ja?«

»Ja, ja.« Sie atmet tief ein, als hätte ich ihr befohlen, Kartoffeln zu schälen.

»Also gut.« Ich lächle. »Dann bis später.«

»Viel Spaß«, sagt sie sarkastisch.

Ich könnte ihr wirklich manchmal eine scheuern. »Wünsch ich dir auch«, sag ich aber nur.

Ich gehe durch die Schwingtür und gelange auf den Flur, der zum Loungebereich führt. Es ist 10.10 Uhr, und es sind bereits ein paar gertenschlanke Frauen mit blonden Betonfrisuren auf den Beinen, sie tragen alle irgendwie Gold und Beige, rauchen und trinken Kaffee und haben wohl eine Art Sitzung. Die Lounge ist ein merkwürdiges Gemisch aus Alt und Neu. Die Wände sind vollständig mit Spiegeln behangen, was dem Raum was dekadent Französisches gibt, die Möbel hingegen sind alle ziemlich Art-Deco, dicke Sofas, Ledersessel und niedrige, mit Blattgold überzogene Tischchen. Aber das Gemisch gefällt anscheinend und beschert uns den regelmäßigen Besuch von Models, die hierher zum Foto-Shooting kommen.

Den Flur weiter runter gelangt man rechts zur Bar und zum hinteren Ende der Lounge. Am Ende findet sich, neben einer riesigen goldenen Statue, die brennende Fackeln in den Händen hält, die Tür zum Büro des Geschäftsführers. Eigentlich sind es mehrere Büros. Er hat eine Art Vorzimmer, wo seine Sekretärin, Angie, sitzt und wo alle wichtigen Faxe abgegeben werden. Links geht es zum eigentlichen Privatbüro von Adrian, alles ist mit Holz verkleidet und mit Leder beschlagen, und vor dem Fenster steht Adrians riesiger Schreibtisch. Rechts neben Angies Schreibtisch führt eine weitere Tür zu einem entschieden größeren Raum, mit einem Konferenztisch in der Mitte und hohen Sesseln drumherum. Das Holz-und-Leder-Büro benutzt Adrian, wenn er jungen Damen schmackhaft machen möchte, hier für schlappe fünfundzwanzigtausend Pfund ihre Hochzeit zu feiern, oder auch, wenn er Personal zusammenstauchen will. Der Konferenzraum wird für die tägliche Sitzung genutzt, und zu der hat jeder Bereichsleiter zu erscheinen.

Jackie, unsere blonde Hausdame, die was mit Ben hat, ist für den Housekeeping-Bereich da. James, der trottelige Einkaufsleiter mit seiner Achtzigerjahre-Tolle, ist ebenfalls da. Neben ihm sitzt der Leiter »Foods & Beverages«, daneben der Leiter »Tagungs- und Bankettorganisation«, daneben der Chef der Security. Der Personalchef glänzt durch Abwesenheit, da er auf Hochzeitsreise ist. André, der Restaurantleiter, ist ebenso anwesend wie der Chefkoch, der für gewöhnlich redet wie ein Wasserfall, sobald die Sprache aufs Essen kommt. Jetzt trudeln auch Tony ein und Gino der Bar-Manager sowie Lynette, die für die Reservierungen verantwortlich ist.

Die Sitzung beginnt immer nach demselben Ritual. Angie, die den gleichen Charme verblaßter Herrlichkeit verströmt wie die goldene Statue vor der Tür mit ihren Fackeln, betritt, ein Tablett in den Händen, den Raum. Auf dem Tablett steht eine große silberne Kaffeekanne und eine ähnliche Kanne mit Tee, ein Krug mit Milch, eine Dose mit Zucker und ein Teller mit Keksen. Für gewöhnlich hält man sich mit seinem ersten Keks eine ganze Weile auf, nimmt Kaffee oder Tee, und erst bei der zweiten Runde wird dann der Vorschlag laut, ob man nicht langsam zum Bourbon übergehen solle. Aber wir passen immer auf, daß mindestens zwei Kekse übrigbleiben, für Adrian, der in aller Regel zu spät kommt, weil er noch von irgendeinem total wichtigen Menschen am Telefon aufgehalten wird.

»Morgen allerseits, Morgen allerseits!« Adrian stürmt

herein und geht zu seinem Platz am Kopfende des Tisches, wobei er seine blau-rosa gestreifte Krawatte glattstreicht. Er ist ein ausgesprochener Krawattenmensch, unser Adrian. Er hat eine riesige Sammlung, die meisten Stücke sind Geschenke von Gästen. Die Typen aus der Golf-Region, die hier im August alles in Beschlag nehmen und locker mehrere Zehntausend Pfund pro Nase investieren, schenken ihm jedesmal gern drei oder vier Hermès-Krawatten. Aber das kecke Stück von heute will mir eher etwas billiger vorkommen. Vielleicht hat Dave vergessen, die anderen von der Reinigung abzuholen. »Also dann«, sagt er und setzt sich. »Irgendwas Dringendes im Dienstbuch, was ich wissen müßte? Irgendwelche Horrormeldungen oder Katastrophen?«

Die tägliche Sitzung ist normalerweise eine eher ernste Angelegenheit – anders als in den kleineren Hotels, wo solche Meetings zumeist willkommene Gelegenheiten zum Rumalbern und Tratschen sind. In einem Laden von dieser Größenordnung ist das kaum möglich. Aber anscheinend hat Adrian von der kleinen Indiskretion gestern abend Wind bekommen, und er wird sich denken können, daß wir ihn früher oder später in irgendeiner Form damit aufziehen. Adrian gibt sich leutselig und kumpelig. Kein schlechter Trick.

Ich erzähl ihm von der Frau mit der Kotzetüte, und Adrian lacht. Ich erzähl ihm außerdem von dem Typ, der Zeter und Mordio geschrien hat wegen seiner Telefonrechnung, sowie von dem kleinen Problem mit dem Früh-Angereisten aus Kanada. Adrian gratuliert mir zu dem Coup mit dem Fünfzigpfund-Nachlaß und sagt, das sei höchstwahrscheinlich die beste Methode gewesen, um den Mann zu beruhigen, und er notiert sich die Zimmernummer von dem übernächtigten Kanadier und ordnet an, daß wir dem Mann eine Flasche Schampus nach oben schicken sollen. Er nimmt sich das Dienstbuch des diensthabenden Bereichsleiters der letzten Nacht vor und fragt den Koch, was das Problem mit dem amerikanischen Geschäftsmann und dem Steak am frühen Morgen war. Der Koch ist ratlos, schiebt die Schuld auf irgendeinen Untergebenen und verspricht, ihn später ordentlich zusammenzuscheißen.

»Schön und gut«, sagt Adrian, »aber weil Sie Ihre Arbeit nicht im Griff haben und nicht rechtzeitig dieses Steak fertiggekriegt haben, konnte der kanadische Gast nicht in sein Zimmer. Wir hängen alle voneinander ab. Wir sind hier ein Team, und wir müssen arbeiten wie ein Team.«

Der Koch murmelt irgendwas vor sich hin.

»Ich weiß, es ist nicht einfach«, Adrians Stimme klingt versöhnlich, »aber deswegen verdienen Sie auch dreimal soviel wie die anderen Mitarbeiter in der Küche, daß Sie das hinkriegen, habe ich recht? Nun ja«, Adrian wendet sich vom Koch ab, »Lynette, was haben Sie Schönes für uns?«

Lynette ist groß und dünn und schrecklich schüchtern. Ihre Reservierungen nimmt sie sehr ernst. Vor sich hat sie ihre VIP-Liste, die sie durchzugehen und zu entscheiden hat, wer eine halbe und wer eine ganze Flasche Champagner gratis bekommt, wer ein Portemonnaie mit dem Hotel-Namen drauf erhält und wer einen Teddybären oder sonst ein »Treuepräsent«. Ab zehn Aufenthalten gibt's den Schampus und ab fünf den Teddybären oder irgendwas anderes. Sie klopft ihre Blätter auf dem Tisch gerade, und aus irgendeinem Grund fühlt sie sich bemüßigt aufzustehen. Das amüsiert nicht zuletzt Adrian, der breit grinst.

»Ja, also«, beginnt Lynette, »ich hätte da ein paar Dinge. Erst einmal: Die schwierige Mrs. Dickson ist wieder da.«

»Verstehe«, sagt Adrian. »Ich dachte, wir hätten sie auf die schwarze Liste gesetzt?«

»Schon«, sagt Lynette. »Aber das ist nicht so einfach, ihr Mann ist nun mal Teilhaber bei uns. Wir haben auf sie eingeredet und beteuert, daß wir ausgebucht sind, aber es hat alles nichts genützt. Sie glaubt einfach, ihr gehört das Hotel, und, zugegeben, ihrem Mann gehört es ja auch ein bißchen. Wie auch immer, sie bringt diesmal ihren Yorkshire-Terrier mit, es sollte also jemand da sein, der mit ihm Gassi …«

»Da ist ja, als hätten wir Geri Halliwell im Haus«, unterbricht sie Adrian mit einem Lachen. Er versucht sich heute wirklich bei uns einzuschleimen. Wir grinsen alle. Wir kennen seine Geri-Halliwell-Geschichte. Sie hatte eine Weile im Halcyon gewohnt, nachdem ihr Haus von Einbrechern leergeräumt worden war, und da mußte nun immer jemand parat stehen und ihren verkorksten kleinen Köter Gassi führen, Harry war sein Name. Die Töle war allseits verhaßt. Adrian reicht jetzt noch die Anekdote nach, wie sich Geri Halliwell eines Tages so einen Hometrainer zum Laufen für etwa achttausend Pfund ins Zimmer stellen ließ und den dann nur als stummen Diener benutzte. Und sie lebte anscheinend nur vom Etagendienst und von Club-Sandwiches. Ins Restaurant ist sie nie gegangen.

Alles lacht.

»Tja, also«, fängt Lynette nach einer gebührenden Pause wieder an, »ich habe Mrs. Dickson jetzt in das eine Zimmer getan, über das sie sich noch nicht beschwert hat.«

»Da fällt mir ein«, sagt Adrian und schnipst mit den Fingern, »kennt ihr die Geschichte mit Richard Gere, der das Hyde Park Hotel gebeten hat, die Teppiche komplett auszuwechseln. Er sagte, er könne das gepunktete Zeug, das da in den Räumen lag, nicht ertragen. Also haben sie ein Zimmer mit riesigem Kostenaufwand neu eingerichtet, und er ist nie wieder erschienen, um da zu wohnen.«

»Genau!« Tony lacht. »Haben die nicht auch eine extra große Dusche gebaut für Pavarotti, weil sie ihn in das alte Badezimmer nicht reingekriegt haben?«

Adrian grinst. »Tja, was tut man nicht alles.« Und geht nahtlos zu seiner Lieblingsstory von Michael Jackson über: Der hatte versucht, mit achtundvierzig Flaschen Evian seine Badewanne im Lanesborough zu füllen. Das Mineralwasser füllte die Wanne nicht einmal zur Hälfte, und dann war das Wasser ja selbstverständlich auch kalt. Bis auf den heutigen Tag rätselt Adrian, was Jackson mit diesem Wasser angestellt hat. Höchstwahrscheinlich ist er reingegangen und hat das heiße Wasser aus dem Wasserhahn dazulaufen lassen. Adrian schüttelt den Kopf. »Ein Mysterium.«

»Tja, also«, unterbricht Lynette zaghaft. »Und dann kommt noch Mr. Masterson heute.«

»Mr. Masterson?« fragt Adrian.

»Mr. Masterson! Der Ölbaron aus Texas.«

»Ach ja, *der* Mr. Masterton, natürlich.« Adrian nickt.

Meine liebe Güte. Seine grauen Zellen müssen gestern abend furchtbar gelitten haben. Jeder hier im Raum weiß nur zu genau, wer Mr. Masterson ist, und wir spitzen alle die Ohren. Ein dicker, fetter, quirliger Texaner, der so tut, als hätte er das Trinkgeldgeben erfunden. Er verteilt pausenlos Zehnpfundnoten. Wenn er im Hotel ist, meldet sich komischerweise nie jemand krank.

»Er hat uns per Fax gebeten, ein paar Trinidad Diplomatic zu besorgen und im Hotel-Humidor zu deponieren«, fährt Lysette fort.

»Ein paar was?«, fragte James verblüfft.

»Trinidad Diplomatic. Im Lanesborough kosten sie fünfhundert Pfund das Stück«, verkündet Lynette ziemlich forsch, wie ein Mädchen, das seine Hausaufgaben gemacht hat, und das hat sie allerdings.

»Nie davon gehört«, sagt James.

»Wie? Heißt das, du kriegst die nicht?« Gino sieht profitable Felle davonschwimmen.

»Immer mit der Ruhe!« James lehnt sich vor. »Mein Zigarrenhändler kommt in etwa einer halben Stunde vorbei. Ich bin sicher, er weiß, wo er ein paar herkriegt.«

»Ein paar?« Gino ist fassungslos.

»Mann«, sagt James leicht genervt, »es hat nun mal keinen Zweck, so kurzfristig bei Hunters & Frankau anzufragen. Wir werden sehen.«

»Es ist für mich von keinerlei Interesse, mit welchem Händler Sie arbeiten«, sagt Adrian und winkt mit der Hand ab, »das einzige, was mich interessiert, ist, daß von allem ausreichend da ist, gut?«

»Mein Kaviar-Mann kommt heute auch noch.« James grinst.

»Wird auch Zeit«, murmelt der Koch.

»Wo kommt der jetzt her?«, will Adrian wissen.

»Die Ware kommt von einem Trawler im Kaspischen Meer, via Iran und dann Frankfurt, glaub ich«, antwortet James, »der Mann ist auf jeden Fall nur halb so teuer wie der alte.«

»Die Ersparnis geht dann aber wieder in unsere Kasse, hoffe ich?«, fragt Adrian.

James tut entsetzt: »Aber selbstverständlich. Ich habe heute außerdem noch einen Termin mit dem Typ für Brandy- und Cognac-Raritäten.«

»Ach ja, sehr gut!« Gino reibt sich die Hände. »Du hast meine Liste, oder?«

»O Mann«, sagt James und klopft sich auf die Brusttasche. »Ich habe schon mit Sotheby's gesprochen und uns den JBE Massougues-Cognac 1802 zurücklegen lassen, den deine japanischen Freunde so gern trinken.«

»Großartig«, sagt Gino. Er rechnet sich aus, daß er den zu fünfhundert Pfund das Glas verkaufen kann.

»Und ich hoffe, daß der alte Salvatore im Lanesborough nicht die Flaschen Bignon-Brandy 1800 zu fassen kriegt; die sollen angeblich noch zu haben sein. Das ist der, den du zu siebenhundert verkaufen wolltest, falls du dich erinnerst«, schließt James und grapscht sich einen der Kekse.

James hat vielleicht den besten Job im Hotel überhaupt. Entweder er verbringt seine Zeit damit, völlig verrückte Kataloge durchzublättern, in denen die edelsten Weine, Whiskys, Cognacs, Brandys der Welt verauktioniert werden, um dann nach Gusto die edelsten Sachen auszusuchen; oder er wird von Veuve Clicquot oder Moët et Chandon eingeladen ins Champagne Châteaux in Reims. Dort wird er dann mit Schampus abgefüllt und mit Foie gras gemästet. Er wird wirklich zu Tode verwöhnt zum Dank für seine Bestellungen und in der Hoffnung auf viele weitere Bestellungen. Er fliegt zur Wacholderernte in die Toscana auf Einladung einer Gin-Fabrik, und dann muß er gleich zurück nach Südfrankreich, wo ihm jemand die letzten Geheimnisse der Weichkäsezubereitung verraten möchte. Aber am liebsten ist er mit dem Auto unterwegs, denn er bekommt für gewöhnlich dermaßen viele Sachen geschenkt, daß er sie anders gar nicht nach Hause bringen kann.

Das ist beim Küchenchef kaum anders. Die beiden arbeiten ohnehin eng zusammen. James schlägt zum Beispiel vor, man könne doch mal ein neues Olivenöl verwenden, und wenn der Koch dann tatsächlich fünfunddreißig Flaschen von dem Zeug bestellt, kriegen beide, James und der Koch, ein paar Liter gratis. Das funktioniert selbstverständlich auch bei weit kostbareren Waren, bei Lachs, Wildfleisch und ähnlichem. Die Küche braucht zum Beispiel Rebhühner, James bestellt gleich ein ganzes Schock, und dann teilen sich die beiden den Rabatt. Ich habe gehört, daß James' Lebensgefährtin letztes Jahr echt das Kotzen gekriegt hat, nachdem sie zuviel von der Gratis-Schokolade gefuttert hatte, mit der James nach Hause zu kommen pflegt.

»Tja, ich muß dann mal wieder«, kündigt der Koch an und erhebt sich. »Der Käsehändler steht in zehn Minuten am Hintereingang.«

»Nur zu, lassen Sie sich nicht aufhalten«, sagt Adrian.

»Besten Dank«, sagt der Koch und eilt zur Tür. »Wenn irgendeine Celine Dion den Wunsch nach Taramasalata verspürt und in jedem Zimmer Pita stehen haben will, Sie wissen, wo Sie mich finden.«

Während er grinsend die Tür schließt, steht mir der Käse-Mann vorm geistigen Auge. Mein Magen knurrt, daran ändern auch drei Kekse und zwei Kaffee nichts. Der Käse-Mann war immer ein Highlight im täglichen Kücheneinerlei. Er kommt jeden Tag in seinem kleinen Lieferwagen, parkt hinter dem Hotel und wartet drauf, daß der Chef und seine Gehilfen rauskommen und sich zu ihm nach hinten setzen, um köstliche Käseeckchen aus allen Teilen der Welt zu probieren. Dann wird ausgewählt. Ganze Stiltons, strenge Cheddars für die Käsetheke und Feta für den Salat. Die Auswahl ist riesig, und der Geruch, wenn man den Wagen betritt, erschlägt einen fast. Manchmal kriegt man ein kleines Stück auf einem Cracker zum Probieren, ein andermal eine hauchdünne, fast durchsichtige Scheibe, die ihr volles Aroma erst entfaltet, wenn sie einem am Gaumen zerschmilzt. Ach, was würde ich dafür geben, zwanzig Minuten im Wagen des Käselieferanten zu hocken und mir die Leckereien reinzupfeifen.

Und er ist nicht der einzige, der um diese Uhrzeit um die Gunst des Chefs buhlt. Der Lieferant für Pilze dürfte ebenfalls schon auf der Matte stehen mit seinen Körben voller Morcheln und den sorgfältig verpackten Trüffeln. Vielleicht ist auch schon der Fischhändler da mit seinen Tabletts voller Seehechte. Es gab mal einen, der brachte immer Seeigel aus Frankreich. Er kam mit der Morgenmaschine in Heathrow an, erledigte den Zoll und erreichte dann um diese Zeit das Hotel. Aber ich glaube nicht, daß heute noch nach Seeigeln verlangt wird. Seeigel waren ein bißchen späte Achtziger, oder?

Lynette geht weiter ihre Liste durch, wiederholt noch mal, daß wir ganz besonders nett zu Mr. Masterson sein müssen und zu der Teilhabergattin mit ihrem Hund. Außerdem kündigt sie an, daß heute abend ein Empfang im Ballsaal stattfinden wird, und wir ein Auge auf Trittbrettfahrer und andere ungebetene Gäste werfen sollten.

»Gut«, ruft Adrian und klatscht in die Hände. »Dann iss ja alles in Butter. Hat noch jemand was? Jackie?«

»Ich erinnere nur noch mal daran, daß heute ein externer Revisor im Haus ist, der gründlich Inventur machen wird«, sagt unsere Hausdame mit gebührendem Ernst in der Stimme.

»Ach ja, genau«, sagt Adrian. »Der soll sich vor allem die Bar vornehmen.«

»Verdammter Mist«, sagt Gino und läßt seinen Kopf in die Hände sacken.

»Tur mir leid, mein Freund.« Adrian grinst. »Haben wir's? Bestens. Ich muß mich sputen. Ich muß noch ein Abschiedsgespräch vorbereiten. Bis später dann.«

»Genau«, murmel ich. Das Abschiedsgespräch. Ich krame meine Sachen zusammen und mach mich auf. Ich muß mich beeilen. Ich will unbedingt an der Rezeption sein, wenn Michelle ihren Spießrutenlauf antritt.

Von Elf bis Zwölf Uhr

Ich spurte zum Empfang zurück. Liz dürfte sich wundern. Sonst bin ich alles andere als scharf darauf, nach der Sitzung sofort wieder an den Tresen zu kommen. Ich bummel normalerweise noch ein bißchen rum, genehmige mir eine Zigarette und einen kleinen Kaffee unten in der Kantine, bevor ich mich zurück an die Front begebe. Manchmal esse ich sogar noch was Kleines zu Mittag, zusammen mit den Leuten aus der Küche und den Polen aus der Werkstatt. Aber heute nicht: Großer Auftritt elf Uhr!

Ich bin etwas aus der Puste, als ich am Tresen ankomme. Damit dürften auch die letzten Reste Alkohol ausgeschwitzt sein.

»Ist sie dagewesen?«, japs ich.

»Wer?«, fragt Liz und stapelt ungerührt weiter irgendwelche Blätter übereinander.

»Na, Michelle natürlich«, sage ich.

»Ach, Michelle«, mokiert sich Liz. Sie und Michelle haben sich nie gut leiden können. Dabei sind sie aus demselben Holz geschnitzt. Dummerweise ist das Holz bei Michelle nur eine Ecke jünger, frischer und vermutlich einfach von besserer Qualität. »Also, bei mir ist sie nicht vorbeigekommen.«

»Na, dann ist ja gut«, grinse ich. »Ich will nichts verpassen.«

»Was verpassen?« Liz sieht auf.

»Ihren Spießrutenlauf!«, lache ich.

»Ach so«, sagt Liz. Der Sturz ihrer Rivalin scheint sie tatsächlich nicht groß zu interessieren. Aber vermutlich geht ihr einfach die gesteigerte Aufmerksamkeit, die Michelle genießt, auf den Keks. »Gibt Aufregenderes.«

»Wie man's nimmt«, sage ich. »Wo ist Tony hin?«

»Er hilft Jez und Dave dabei, die Frau aus der dritten Etage loszuwerden.«

»Ach ja, habe ich vergessen.«

»Ja«, grinst Liz, »während du an nichts anderes als deine Michelle denkst, tun andere hier ihre Arbeit.«

Dann erzählt sie mir, daß Jaguar anscheinend gestern nacht hier war, jedenfalls hatte sie, Liz, eben Probleme, sie aus Mr. Mayes' Zimmer zu kriegen, nachdem der zu seiner Besprechung gegangen war. Liz sagt, daß sie völlig ahnungslos gewesen sei, und ist sauer. Und ich stimme ihr zu: Ben hätte uns wirklich Bescheid geben müssen, daß Mr. Mayes im Haus ist. Er muß gestern noch sehr spät eingecheckt haben. Mr. Mayes kann so ziemlich zu jeder Tages- und Nachtzeit einchecken. Er ist Stammgast bei uns. Längst jenseits aller Gratis-Portemonnaies. Er ist aus Manchester und kommt dreimal im Monat runter und wohnt dann bei uns. Er arbeitet in der Unterhaltungsbranche, und wenn er hier ist, läßt er jedesmal die Sau raus. Er ordert immer ein paar Flaschen Cristal-Champagner beim Etagendienst; es kommen auch immer ein paar Gramm Koks zum Einsatz. Und er verhält sich dabei alles andere als diskret. Aber wir lassen ihn. Besser, er bleibt auf seinem Zimmer, als daß er die »Honour Bar« im vierten Stock unsicher macht. Und er hat immer eine Prostituierte bei sich. Er hat vier verschiedene Kandidatinnen, die sich aus irgendeinem Grund nach Automarken benannt haben: Mercedes, Jaguar, BMW und Rolls. Wir sehen alle geflissentlich über seine Eskapaden hinweg, weil der Mann einfach so wahnsinnig viel Kohle bei uns läßt. Das einzige Problem bereiten zuweilen die Mädchen. Und heute scheint wieder so ein Tag zu sein.

»Sie hat Frühstück bestellt, und ich hab ihr gesagt, daß das nur möglich ist, wenn sie bar bezahlt«, erzählt Liz. »Da hat sie mich durchs Telefon angebrüllt. Sie meint, sie würde mit ihren Mädels woanders hinziehen, wenn sie kein Frühstück auf Kosten des Hauses bekommt. Sie hat gesagt, Mr. Mayes investiert hier jeden Monat fünf Riesen, und wenn wir weiterhin auf seine Kundschaft Wert legen, sollten wir ihr lieber entgegenkommen.«

»Klingt gar nicht gut«, stöhne ich.

»Das kann ich dir sagen«, sagt sie. »Ich habe Tony schon Bescheid gesagt, gleich nach der Sitzung. Er soll sich darum kümmern.«

»Dann ist ja alles klar.« Fast immer wird Tony zu den Prostituierten hochgeschickt. Er ist da Spezialist. Und wo wir gerade von ihm sprechen, taucht er auch schon im Lift auf. Im Schlepptau hat er Jaguar. Sie ist eine unglaublich attraktive Frau, lange Beine, langes schwarzes Haar, großer Busen – sie könnte Model sein, wäre sie nicht zufällig Prostituierte. Sie schlendert zur Eingangstür in ihren hohen schwarzen Stiefeln, winkt noch kurz Tony zu und ist verschwunden.

»Mannomann, Tony«, sage ich, als Jaguar draußen auf dem Bügersteig davonstolziert. »Was hast du ihr erzählt?«

»Nichts Besonderes.« Tony grinst. »Nur daß ich wüßte, daß Mr. Mayes jeden Moment zurückerwartet wird und daß, wenn ihr an der Aufrechterhaltung der lukrativen Beziehung zu Mr. Mayes gelegen sei, sie sich lieber an die Vereinbarung halten solle.«

»Sehr klug«, sage ich.

»Die alten Tricks sind immer noch die besten. Und zufällig wußte ich tatsächlich, daß ...«

Er verstummt, und ich sehe, was er sieht. Draußen entsteigt Michelle einem Taxi. Sie ist zehn Minuten zu spät dran. Sie trägt kniehohe Stiefel, fleischfarbene Nylons und einen sehr knappen Mini-Rock. Damit weist sie eine gewisse äußere Ähnlichkeit mit der soeben entschwundenen Jaguar auf. Ich finde, sie sieht viel besser aus, wenn sie ihr schwarzes Kostüm und die weiße Bluse anhat, die an der Rezeption getragen wird. Steve, der Portier, kriegt den Mund kaum noch zu, als er sie sieht, wie sie durch die Drehtür schwebt, mit hoch erhobenem Kopf. Selbst Dave vergißt, seinen Kofferkuli zu polieren und sieht ihr nach.

»Morgen allerseits«, ruft Michelle. Ihr australischer Akzent ist auch nach drei Jahren noch nicht verschwunden.

»Morgen, Michelle«, ruft Tony zurück. »Gute Party?«

»Super«, sagt sie, ohne ihren Schritt zu verlangsamen.

»Na, kleine Unterredung mit dem Chef? Dann nimm nur nicht den Mund zu voll!« Er lacht.

»Ha-ha-ha«, macht Michelle, ohne zu lächeln, und geht zur Schwingtür. »Wird anscheinend wirklich Zeit, daß ich hier verschwinde.«

»Oha, auf zu neuen Ufern, was, Savoy, oder wie? Ich habe gehört, der Chef da ist sehr entgegenkommend.«

»Fick dich ins Knie, Tony«, sagt Michelle und verschwindet durch die Tür.

Jez und Dave kichern vor sich hin. Nur Liz scheint nicht besonders beeindruckt. Sie schenkt ihre ganze Aufmerksamkeit einem Trupp ländlicher Damen in Cordröcken und komischen Turnschuhen und Plastikeinkaufstaschen und weist ihnen den Weg zur Lounge für den Morgenkaffee. Frauen, die nur zum Einkaufen in die Stadt kommen, schätzen unser Hotel. Wir sind nicht weit entfernt von der Sloane Street, und mit dem Taxi ist es nur ein Katzensprung zu all den Geschäften, die sie so sehr lieben, wie General Trading und Peter Jones. Während des Schlußverkaufs haben wir jeden Tag dreißig bis vierzig solcher Frauen, die bei uns Kaffee trinken und die hauseigenen Butterkekse futtern. Ihre Unterhaltung dreht sich ausschließlich um runtergesetzte Bettwäsche und Steppdecken zum Schnäppchenpreis. Aber das Hotel liebt sie. Sie kosten uns so gut wie nichts. Das Kännchen Kaffee und die paar Kekse sind für zehn Pence schnell gemacht, und berechnet werden ihnen zehn Pfund. Die Kaffee-Damen sind eine jener netten Einnahmequellen, auf die man nicht mit Verachtung herabblicken sollte. Sie machen keinen Dreck, stören nicht lange und müssen kaum betreut werden. Besser geht es nicht.

Die Bar-Mannschaft scheint auch bester Dinge zu sein, wie sie so durch die Drehtür kommt. Alles lacht und flachst herum, auf italienisch. Keine Ahnung warum, aber die Leute in der Bar sind immer Italiener. Drei von vier in unserer großen Bar jedenfalls: Alfredo, Francesco und die treue Seele Gianfranco, der dem Bar-Manager, Gino, folgt, wo immer der hingeht. Sie sind allesamt freundliche, gutaussehende Kerle, aber sie bleiben eher unter sich. Das muß wohl mit ihren Arbeitszeiten zusammenhängen: Sie kommen um kurz nach elf am Morgen, und sie gehen nicht eher, als bis der letzte Gast der Bar den Entschluß faßt, endlich zu Bett zu gehen. Aber ihre lange Arbeitszeit wird mehr als wettgemacht durch die Trinkgelder, und es gilt: je später der Abend, desto spendabler die Gäste. Nichts lieben die Barkeeper mehr als eine Gruppe von Leuten aus der Golfregion, die erst einmal ein paar Flaschen Dalwhinnie-Whisky 1919 ordern und dann so richtig loslegen. Schon legendär ist die Geschichte mit den Saudis, die letzten August an einem einzigen Abend achtzehntausend Pfund ausgegeben haben. Sie haben dann tausend Pfund Trinkgeld gegeben, das sich die Crew geteilt hat. Das ging fast den ganzen Monat so.

Aber anscheinend ist Tony gewillt, ihnen die gute Laune zu verderben. Denn als sie schon halb an der Rezeption vorbei sind, ruft er ihnen nach: »Hey, Leute!«

»Che?«, fragt Gianfranco und dreht sich um.

»Alles gut vorbereitet für die Inventur?«

Das Wort Inventur verfehlt seine Wirkung nicht. Alle fangen an zu disputieren.

»Ihr wollt mir doch nicht erzählen, daß ihr den Revisor vergessen habt?« Tony lacht.

»Uns sagt ja niemand was«, schimpft Gianfranco.

»Oha«, sagt Tony, »na, dann viel Spaß.«

Die Barmänner sind gerade durch die Schwingtür in Richtung Umkleideraum entschwunden, als in der Drehtür der leibhaftige Revisor erscheint. Ich nehme jedenfalls an, daß er es ist. Er trägt einen langen Trenchcoat und hat eine Aktentasche sowie ein Klemmbrett unter dem Arm.

»Guten Morgen, mein Name ist Kent«, sagt er und legt sein Klemmbrett auf den Tresen. »Hotel-Revisionen. Ich habe einen Termin mit dem Geschäftsführer, mit Mr. Thompson.«

»Sehr wohl, Sir«, sage ich und greife zum Telefon. Im stillen staune ich über den originellen Namen, den seine Firma führt. »Ich sag seiner Sekretärin, daß Sie da sind.«

Die bloße Nachricht von der Ankunft des Revisors reicht aus, daß alle im Haus wie elektrisiert sind. Wie ein Lauffeuer verbreitet sich die Kunde, daß ein Typ von draußen da sei, der jeden einzelnen unter die Lupe nehmen soll. Und nichts hassen Hotelangestellte mehr, als von so einem unter die Lupe genommen zu werden, und diejenigen, die mit Spirituosen zu tun haben, am allermeisten.

Ein Großteil des Personals glaubt, daß einer der Vorzüge an unserem Job im Hotel der ist, daß man sich schnell mal zwischendurch einen genehmigen kann, um gut über den Tag zu kommen. Gino und ich trinken regelmäßig ein paar Kurze, vor allem wenn ich Nachtdienst habe. Dann kommt er immer mit einem kleinen Glas Wodka oder Brandy an und stellt es mir hinter den Tresen. Das ist hundertprozentig illegal, aber alle drücken ein Auge zu. Das Dumme ist, daß unabhängige Revisoren sich gern genau auf diese Praktiken stürzen. Beim Geschäftsführer machen sie sich beliebt, indem sie als die großen Unbestechlichen auftreten, und die stolzen Honorare, die man ihnen zahlt, haben sich fürs Hotel schnell amortisiert. Denn sie finden garantiert was.

Früher war dieser übliche Mundraub noch viel einfacher als heute. Man nahm einfach die fast leere Wodkaflasche mit, und auch die noch nicht ganz so leere Bailey's-Flasche wurde schon mal eingesteckt und Muttern zu Weihnachten geschenkt. Es sind immer Gin, Wodka und Bailey's, die aus irgendeinem Grund verschwinden. Whisky und Wein wird in aller Regel nicht angerührt. Ganz einfach, weil die im Keller lagern, wo die Flaschen regelmäßig bewegt werden, und man zwei Schlüssel braucht, um da reinzukommen. Wenn man es allerdings wirklich wollte, wäre auch das kein Problem. Aber heutzutage, in Zeiten, wo nichts ohne Computer läuft, ist das alles nicht mehr so einfach.

Ein paar Tricks funkionieren jedoch auch heute noch. Zum Beispiel der, leere Wodka- und Ginflaschen mit Wasser zu füllen und für die Optik ins Regal zu stellen. Das klappt, sofern keiner sieht, daß man sich an den Flaschen zu schaffen macht. Ein anderer Trick klappt nur, wenn man sehr eng mit der Barmannschaft zusammenarbeitet. Man bringt dem Gast einfach nicht, was er ordert. Er ordert einen Doppelten und kriegt einen Einfachen, kassiert wird aber ein Doppelter, in der Hoffnung, daß der Gast es nicht merkt. Wenn er nur betrunken genug ist, klappt das sogar. Man merkt sich dann einfach, wie viele Drinks man zu viel berechnet hat und kann am Ende eines Monats dann den Überschuß mit nach Hause nehmen. Ziemlich genial. In meiner letzten Stellung lief das auf etwa eine Flasche Wodka im Monat hinaus.

Der Revisor ist natürlich auch hinter den Flaschen Wasser her, den Gläsern Orangensaft, die die Kellner tatsächlich vergessen haben zu berechnen. Und natürlich auch hinter einer gewissen tagesformbedingten Verlustrate – dem Danebengeschenkten und Umgekippten, den diversen Unfällen zu vorgerückter Stunde. Derlei Verluste können schnell mal eine ganze Flasche Gin ausmachen. Die Geschäftsführung zieht für gewöhnlich zehn Prozent vom Trinkgeld und vom Bedienungsanteil ab für alle möglichen Bruchschäden, Diebstähle und Fehlbeträge in der Kasse. Wenn eine Flasche Hildon-Water im Einkauf vierzig Pence kostet und für den Kunden £ 3,50, dann hält sich der Fehlbetrag in Grenzen. Wenn man allerdings einen Bombay-Sapphire-Dieb im Haus hat, dann kann die monatliche Verlustrate und der Fehlbetrag in der Kasse schon ziemliche Dimensionen annehmen.

Während Mr. Kent sich daranmacht, Gino in seiner Bar das Leben schwerzumachen, taucht an der Rezeption eine andere zwielichtige Gestalt auf, das Handy am Ohr. Der Typ hat schulterlanges, dunkles lockiges Haar und trägt einen Anzug, der in mehreren Farben changiert. In der freien Hand hält er eine schwer aussehende Reisetasche. Noch bevor er dazu kommt sich vorzustellen, kommt James durch die Empfangshalle mit ausgestrecktem Arm auf ihn zugestürmt – Händeschütteln, Schulterklopfen – und bugsiert ihn nach hinten zu seinem Büro.

»Was meinst du, wer das war?« frage ich Liz. »Zigarren oder Kaviar?«

»Zigarren«, sagt Liz.

»Woher weiß du das?«

»Ich hab ihn schon mal gesehen. Er kommt alle paar Monate, und immer mit einer bleischweren Tasche, und wenn er wieder geht, trägt er nichts als sein freundliches Lächeln im Gesicht. Und überhaupt«, fügt sie hinzu, »der Kaviar-Mensch sieht immer nach Osteuropa aus und riecht nach Fisch. Der Typ hier schien mir eher latinomäßig.«

»Wieder was gelernt«, sag ich und zucke mit den Achseln. »Ich glaube, ich geh mal was essen.«

Liz ist einverstanden. Sie macht gerade Diät und will sowieso nichts essen. Sie zeigt mir ihren Du-darfst-Müsliriegel, der unter dem ledernen Dienstbuch liegt, und ermahnt mich, nicht zu lang zu bleiben.

Unten in der Kantine ist es proppenvoll. Es gibt kein Tageslicht und keine direkte Luftzufuhr. Die Tische und Bänke glänzen im Licht der Neonröhren, und es riecht nach Zwiebeln, Schweiß und vor allem nach dem unvermeidlichen Zigarettenrauch. Ich hol mir ein Tablett und begebe mich zu der sogenannten Salatbar. Es gibt Tomatenscheiben mit Basilikum, die aussehen, als hätten sie bereits gestern auf irgendeinem Bankett ihren großen Auftritt gehabt. Es gibt Schüsseln mit ziemlich schlaffem Kopfsalat und welche mit Dosenmais und roter Paprika. Ich bin unschlüssig. Selbst der Bottich mit Nudeln und Thunfisch aus der Dose will mich heute nicht so recht überzeugen. Ich geh zum warmen Büffet. Was sich hier findet, wurde irgendwann gestern abend zusammengerührt und heute dann noch mal mehr oder weniger warm gemacht. Unter den roten

Warmhaltelampen ist alles längst mit Häuten überzogen. Zwei Küchenhilfen füllen Chili con Carne in einen Bottich. Weil es wohl einigermaßen heiß sein wird, nehme ich mir zwei Löffel davon und reiß mir ein paar Stücke vom Stangenbrot ab.

Ich sehe mich im Raum um. Der Platz neben Alfredo, Francesco und Gianfranco ist besetzt. Aber ich bin nicht traurig drum. Ich müsste mir nur die ganze Zeit ihr Klagen anhören, was die Revision bei ihnen angeht. Ich gehe lieber rüber zu den Zimmermädchen.

»Hallo«, sage ich und setze mich zu dreien von ihnen an den Tisch. Sie stellen ihr auf spanisch oder vielleicht auch portugiesisch geführtes Gespräch ein. Keine sagt ein Wort. Sie sind alle ein ganzes Stück älter als ich. Vierzig bis fünfzig. Sie werden wohl alle Kinder haben, von denen sie hoffen, daß sie es einmal besser haben werden als sie. Das ist allerdings keine große Kunst. Sie verdienen 4,50 £ die Stunde und müssen sich noch mit den Pagen um die Trinkgelder prügeln. Das heißt, vorausgesetzt sie sind legal hier.

»Wie läuft's bei euch«, sage ich, um die Konversation in Gang zu bringen.

»Wie es läuft?« fragt die Frau in der Mitte zurück. »Ich hatte heute zwei Kondome und einen Tampon in der Toilettenspülung.

»Das tut mir leid«, sage ich und schaufel mir Chili in den Mund.

»Ich glaube, ich habe eine Peitsche kaputtgemacht«, sagt die Frau zu ihrer Linken und sieht besorgt aus.

»Wie bitte?« Ich halte im Kauen inne.

»Ich habe vor dem Schrank gesaugt, und da ging plötzlich die Tür auf und die ganzen Sachen fielen raus«, erzählt sie. »Handschellen, so ein Gummianzug und eine Peitsche, und die habe ich in der Tür eingeklemmt, als ich alles wieder reintun wollte, und dabei ist sie kaputtgegangen. Jackie sagt, ich muß warten, bis sie mit dem Gast gesprochen hat, ob ich die Peitsche bezahlen muß.«

»Verstehe«, sage ich, als gäbe es da was zu verstehen.

»Und ich habe in einer Minibar drei KitKats entdeckt, wo nur Karton drinsteckte.« Die dritte im Bunde ist ausschließlich für die Minibars zuständig.

»Ich hasse das«, sagt die Frau in der Mitte. »Dieser Aufwand, um die KitKat-Verpackung wieder heile zu machen.« Sie verdreht verächtlich die Augen. »Es ist wirklich einfacher zu bezahlen.«

»Und«, fügt die Frau rechts an, »sie haben Anna Maria heute morgen in einem Bett gefunden. Sie hat geschlafen.«

»Nein!«, sagt die Frau in der Mitte und richtet sich gerader auf.

»Si, si. Fernsehen an, Tür zu und so weiter. Tief geschlafen, in dem Bett, das sie gerade gemacht hat.«

Sie alle schütteln mißbilligend die Köpfe. Diese Frauen arbeiten wirklich hart, und aus irgendeinem Grund sind sie sehr stolz auf das, was sie tun. Sie könnten es auch als Zumutung empfinden, den verrückten Reichen ein Stückchen Schokolade aufs Kopfkissen zu legen und darauf zu achten, daß der Waschlappen genau im Fünfundvierziggradwinkel zum Waschbeckenrand liegt. Aber dem ist nicht so.

Ich beiße ein Stück vom Stangenbrot ab und danke meinen Sternen, daß ich meinen Lebensunterhalt nicht damit verdienen muß, Bettlaken mit Bremsspuren abzuziehen. Ich kann mich in meinem Job wenigstens verändern, ja sogar verbessern, kann es zum Geschäftsführerassistenten bringen oder womöglich selbst zum Geschäftsführer. Würden Sie mir glauben, wenn ich Ihnen sage, daß ich immer nur den einen

Wunsch hatte – in einem Hotel zu arbeiten? Schon als Sechsjähriger. Sonderbar, nicht? Es war mein Kindertraum, mich langsam hochzuarbeiten und am Ende vielleicht selbst einmal ein Hotel zu führen. Aber was für einen Traum träumen diese Frauen? Erschreckend. Sie sind für immer dazu verdonnert, den Dreck anderer Leute wegzuräumen. Als Zimmermädchen steigt man nicht auf. Man fliegt allenfalls raus. Selbst die Mädels bei Jackie im Hausdamenbereich haben eine Ausbildung. Zimmermädchen fangen damit an, Zahnpasta vom Waschbeckenrand zu wischen und hören auf damit, Zahnpasta vom Waschbeckenrand zu wischen. Sie bekommen ihren Stundenlohn von 4,50 £, ihre zwei, drei Mahlzeiten und hin und wieder ein Trinkgeld von einem gutgelaunten Ami. Wie ich so darüber nachdenke, wird mir ganz mulmig. Ich wische meinen Teller mit dem letzten Stück Weißbrot sauber und überlege, ob ich runter in den Personal-Aufenthaltsraum gehen soll, um eine zu rauchen.

Ich gehe runter und merke sofort, daß das ein Fehler war. Ich habe nicht auf die Uhr gesehen. Es ist schon fünf vor zwölf. Der Raum ist voll mit Küchenpersonal. Sie rauchen noch schnell eine letzte Zigarette, bevor bei ihnen die Mittagsservice-Hölle losbricht. Die blaßgrünen Wände sind vor Qualm kaum zu sehen. Unmöglich, sich hier länger als eine Minute aufzuhalten. Das würde man hinterher in der Empfangshalle meilenweit riechen. Und da ich zu faul bin, nach draußen zu gehen, beschließe ich, wieder nach oben zu marschieren und mich in die Gesellschaft meiner wundervollen Kollegin Liz zu begeben.

Von Zwölf bis Dreizehn Uhr

Zurück auf Posten. Liz hat Ärger mit ein paar Gästen, die zu spät abreisen. Es ist immer um diese Zeit, daß man feststellt, daß einige Gäste noch nicht ihr Zimmer geräumt haben. Für gewöhnlich ist es das Zimmermädchen, das bei uns unten anruft und uns mitteilt, daß sie in ein Zimmer nicht reinkann, weil draußen das Schild »Bitte nicht stören« hängt. Oder manchmal bemerkt man auch im Computer, daß irgendwelche Zimmer, die grün auf dem Bildschirm erscheinen und FI (frei und inspiziert) sein sollten, rot und BS (belegt und schmutzig) sind. Eigentlich müssen die Gäste das Hotel bis um 11.30 Uhr verlassen haben. Aber wenn mich jemand darum bittet, länger bleiben zu dürfen, lassen wir ihn auch bis 14 Uhr auf seinem Zimmer, ohne einen weiteren Tag zu berechnen; ansonsten rufen wir allenfalls an und fragen, ob sie womöglich noch länger bleiben und einfach einen halben Tag bezahlen wollen. Niemand wird einfach vor die Tür gesetzt. Die Zimmermädchen haben aber derartig viele Zimmer zu machen, daß wir die frühe Uhrzeit einfach ansetzen müssen, damit sie irgendwann mal fertig werden.

»Es tut mir leid, wenn ich störe, Sir«, höre ich Liz ins Telefon sprechen, als ich ankomme, »aber das Zimmer ist eigentlich bis um halb zwölf zu räumen, und jetzt ist es zwölf Uhr. Können Sie uns wohl sagen, wieviel Zeit Sie noch benötigen werden?« An der Art, wie Liz zusammenzuckt und leise jault, erkenne ich, daß der Mann am anderen Ende der Leitung außer sich ist. »Das tut mir wirklich außerordentlich leid, Sir«, meldet sich Liz wieder zu Wort, »vielleicht kommen Sie einfach kurz nach unten an die Rezeption, dann können wir uns um die Sache kümmern.« Der Mann redet noch ein Weile, dann hat er offensichtlich aufgehängt.

»Alles in Ordnung?«, frag ich.

»Klar.« Liz seufzt. »Er sagt, ihm sind hundert Pfund gestohlen worden, und er macht das Hotel dafür verantwortlich.«

»Na klar.« Ich nicke. »Höchstwahrscheinlich einer von denen, die sich am Abend so die Kante geben, daß sie nicht mehr merken, was sie ausgeben.«

»Wahrscheinlich«, sagt Liz. Sie wendet sich mir zu und lächelt.

»Was gibt's?«, frage ich argwöhnisch.

»Tust du mir einen Gefallen?«, fragt sie.

»Na gut.«

»Da ist noch ein Zimmer, das nicht geräumt ist, und es geht auch niemand ans Telefon. Ich hab bestimmt ein dutzendmal angerufen. Nichts. Gehst du mal hoch und siehst nach?«

»Du meinst, wir haben einen Exitus zu beklagen?«

»Quatsch«, sagt Liz und macht eine wegwerfende Handbewegung. »Keine Ahnung, guck einfach mal nach.«

Ich fahr mit dem Lift in den dritten Stock. Als ich oben ankomme, ist dort gerade schwer was los. Zwei Polen vom Reparaturdienst versuchen direkt vor dem Lift, den Spannteppichboden zu glätten, der sich verzogen hat; und unweit steht einer vom Reinigungstrupp und saugt den Flur. Wenn ich mir den Teppich, rot mit goldenen Borten, so ansehe, müßte der eher ersetzt als repariert werden. Er macht dem Hotel wirklich keine Ehre: Abgewetzt ist er und an manchen Stellen schon richtig fadenscheinig. Was wir brauchen, ist eine Rockband, die hier mal die Sau rausläßt, und schon wären wir das Problem los.

Wenn es um Renovierung geht, sind Promis, die sich danebenbenehmen, wirklich sehr hilfreich. Ich weiß von einem Hotel, das seinen kompletten Speisesaal neu einrichten ließ, Teppiche, Tapeten, Vorhänge und alles, nachdem eine Rockband dort eine Tortenschlacht veranstaltet hatte. Der Geschäftsführer hatte eine Unterredung mit dem Manager der Gruppe und schilderte ihm die Verwüstung, um ihm dann eine Rechnung fürs »Aufräumen« zu schicken, mit der das Hotel tatsächlich eine Komplettrenovierung finanzierte. Im Grunde räumt ein Hotel bei so einem Vorfall immer eher ab als auf. Ich habe mich köstlich amüsiert, als ich seinerzeit hörte, Oasis habe das Atrium des Landmark Hotel zu Klump geschlagen. Von wegen. Sie haben höchstwahrscheinlich ein bißchen auf den Tischen getanzt, mit ein paar Drinks in der Gegend rumgeworfen und Klavier gespielt. Ich kann mir das Strahlen im Gesicht des Geschäftsführers gut vorstellen, der dank Liam und Noel seinem Laden endlich einen neuen Anstrich verpassen konnte.

Ich nicke den Polen zu, die sich unterhalten und mich nicht zu bemerken scheinen. Man hat manchmal das Gefühl, man arbeitet hier bei der UNO oder so. Es kann vorkommen, daß man die Leute anspricht und beim besten Willen nicht verstanden wird. Wenn man Wörter verwendet, die in ihrem Einsatzbereich nicht gebraucht werden, sieht es schlecht aus mit der Kommunikation. Gleich bei dem Typ mit dem Staubsauger finde ich das fragliche Zimmer. Das Schild »Bitte nicht stören« hängt an der Tür, also klopfe ich laut an. Keine Reaktion. Ich klopfe noch mal. Ich benutze meinen Plastik-»Ving«-Generalschlüssel, um die Tür schließlich zu öffnen. Das Zimmer ist eindeutig nicht aufgeräumt. Aber ein Gast ist auch nicht zu sehen. Ich sehe ins Badezimmer, und auch dort ist niemand. Das beste wird sein, bei Lynette anzurufen und zu fragen, ob wir das Zimmer heute noch brauchen, wenn nicht, würde ich es einfach lassen, wie es ist, und warten, bis der Gast zurückkommt und ihm einen Extratag berechnen.

Ich rufe Lynette an, und sie wird sofort ganz hektisch. Das Hotel ist in diesem Moment zu zwanzig Prozent überbelegt, und sie sucht verzweifelt nach jedem Zimmer, das sie noch vergeben kann. Lynette belegt das Hotel ständig über, denn seit dem Siegeszug des Handys ist die Rate der Absagen und Umbuchungen in letzter Minute drastisch gestiegen. Im Geschäftsleben herrscht mittlerweile ein so hohes Tempo, daß heute niemand mehr garantieren kann, daß er morgen auch wirklich da ist, wo zu sein er heute ankündigt. Also überbucht sie, und die Buchung kann sich zwanzig- bis dreißigmal am Tag ändern. Lynette ist so gut im Jonglieren, daß sie im Zirkus auftreten könnte. Aber in diesem Moment nervt sie einfach nur. Sie hält mir einen Vortrag, daß der Mann raus müsse, er habe schließlich nicht für länger reserviert, und sie habe da ein Paar aus Lancashire, das übers Wochenende seinen Hochzeitstag begehe, und die kämen am Nachmittag an.

Ich stehe da und denke nach. Was tun? Ich wähle Adrians Durchwahl, aber Angie geht ran und sagt, er sei in einer Besprechung. Bleibt mir anscheinend nichts anderes übrig, als die Sachen hier selber zu packen. Also fang ich an. Ich nehme seinen Koffer aus dem Schrank und lege die Kleidung hinein. Ich packe seine Kulturtasche und die Kulturtasche in den Koffer. Ich pack seine Bücher zusammen, seine Zeitungen und das Automagazin. Dann hieve ich den Koffer nach unten.

Liz ist entsetzt, als ich ihr erzähle, was ich getan habe. Sie legt tatsächlich ihre Hände an die Wangen, als wolle sie

Munchs Gemälde pantomimisch darstellen, und ruft ein ums andere Mal: »Das kannst du doch nicht tun! Das kannst du doch nicht tun!«

»Vergiß es«, sage ich mit einem Achselzucken, »ich hab's getan, und jetzt ist es, wie es ist. Wir brauchen das Zimmer.«

Zum Glück wird Liz abgelenkt durch die Ankunft des anderen Sorgenkindes. Der Typ mit dem Diebstahl kommt. Für einen Gast in einem renommierten Fünf-Sterne-Hotel sieht er nicht sehr proper aus. Sein Haar könnte einen Kamm gebrauchen, sein Anzug eine Reinigung, und das Gesicht ist noch ganz zerknittert vom Bett.

»Guten Tag, Sir«, sagt Liz höflich, aber bestimmt.

»Morgen«, antwortet er. »Also«, er kommt gleich zur Sache, »ich möchte unverzüglich den Verlust von hundert Pfund melden, die mir aus dem Zimmer entwendet wurden. Wo ist der Geschäftsführer?«

»Es tut mir leid, das zu hören, Sir«, sagte Liz. »Sind Sie sicher, daß Sie das Geld nicht einfach verlegt haben? Diebstähle kommen bei uns eigentlich nicht vor. Unsere Sicherheitsvorkehrungen haben bislang noch nie versagt, Sir«, lügt sie. Das ist eine unserer Techniken. Einfach leugnen, daß hier irgendwer was klauen könnte. Dabei trägt er für die Sachen sogar selbst die Verantwortung; wir haften für nichts, was der Gast im Zimmer hat. Wertgegenstände sollen bei der Rezeption abgegeben oder in den Hotelsafes deponiert werden. »Haben Sie das Geld im Safe deponiert?«, fragt Liz. Ich frage das auch immer. Aber es bringt die Leute natürlich nur auf die Palme.

»Natürlich nicht!«, ruft er. Er klingt reichlich bedient. »Wenn ich gewußt hätte, daß in Ihrem Hotel Diebe rumlaufen, hätte ich es reingetan.«

»Es gibt in unserem Hotel keine Diebe, Sir«, sagt Liz ruhig und höflich.

»Und wieso bin ich jetzt hundert Pfund ärmer?« fragt er und stützt sich auf den Tresen.

»Darf ich fragen, was Sie gestern abend gemacht haben, Sir?«, fragt Liz.

»Ich war essen. Ich war spielen. Dann bin ich zurückgekommen.«

»Sind Sie sicher, daß Sie es nicht beim Spielen eingesetzt haben?«

»Nein. Ich meine, ja, ich bin sicher«, sagt er.

»Also, in dem Fall würde ich sagen, rufen wir am besten die Polizei.« Liz greift zum Hörer und will wählen.

»Wissen Sie was?«, sagt der Mann plötzlich. »Ich habe wirklich keine Zeit für solche Scherereien. Machen Sie mir einfach die Rechnung, und dann ist gut.«

Das ist fast immer so. Ich habe keine Ahnung, ob der Kerl allen Ernstes versucht hat, dem Hotel Geld aus dem Kreuz zu leiern – was er im übrigen nie gekriegt hätte –, ob er einfach nur seine Kohle beim Zocken verloren hat oder ob womöglich doch einer unserer Leute in Versuchung geraten ist. Egal, die Erwähnung der Polizei, die wir ja tatsächlich hinzuziehen müßten, tut einfach Wunder. Der Mann kriegt seine Rechnung, bezahlt und macht sich vom Acker. Die Etagenhausdame darf aufatmen und ihre Mädels losschicken. Eine Sorge weniger.

Ich seh auf die Uhr. Es ist zwanzig vor eins. Michelle braucht wirklich lang, um sich zu verabschieden. Oder der Revisor hat sich bei Adrian vorgedrängelt, und sie sitzt immer noch bei Angie und wartet.

In der Empfangshalle herrscht zunehmend reger Durchgangsverkehr. Immer mehr kommen auf einen Drink herein, gehen in die Bar, bevor sie sich ins Restaurant verfügen. In der Regel kann man die Leute, die in einem exklusiven Hotel wie diesem zu Mittag essen, in bestimmte Gruppen einteilen. Die erste Gruppe bilden die Spesenritter, die Geschäftsleute, die in der Stadt oder Umgebung arbeiten und sich hier mit einem wichtigen Kunden oder Klienten treffen. Sie essen T-Bone-Steaks, nehmen Kaffee und Cognac und lassen sich richtig Zeit. Dann gibt es die aufgetakelten Ladys, die sich hier regelmäßig mit ihresgleichen auf einen Schampus treffen. Sie trinken nicht viel und essen noch viel weniger, aber die Angelegenheit kann sich bis zum späten Nachmittag hinziehen, wenn sie aufbrechen müssen, um die Kinder von der Schule abzuholen. Und dann gibt es die Ausnahmeesser, Leute, die in der Stadt zu Besuch sind, um sich ein Musical anzuschauen, die ihre achtzigjährige Großmutter zum Geburtstag ausführen, oder junge Männer, die ihre Verlobte den Eltern vorstellen wollen. Sie brauchen meist lang zum Bestellen und bleiben bis zum frühen Abend.

Aber es sind ausschließlich die Geschäftsmänner, die immer erst einen Aperitif in der Bar nehmen. Gino sieht den Kunden sofort an der Nasenspitze an, ob sie Geld ausgeben wollen und nicht. Er hat mir mal erzählt, es sind diejenigen, die reinkommen und ohne zu überlegen sofort einen doppelten Wodka ordern, die die Kohle bringen. Die anderen, die lange herumstehen und beratschlagen, was man denn wohl mal nimmt, sind es nicht wert, daß man sich groß für sie ins Zeug legt.

Ich lächle einer Gruppe von Geschäftsmännern zu, die irgendwie kaum voneinander zu unterscheiden sind in ihren superfeinen Nadelstreifenanzügen, den maßgeschneiderten Hemden und den dunkelroten Hosenträgern. Ich starre ihnen auf ihrem Weg zum Restaurant nach, so daß ich fast jemanden übersehen hätte, der versucht, möglichst unbemerkt durch die Glastür zu schlüpfen. Michelle.

»Miss Lane«, rufe ich, als sie Richtung Drehtür eilt.

»Ach, hallo«, sagt sie und bleibt abrupt stehen.

»Du wolltest doch wohl nicht verschwinden, ohne auf Wiedersehen zu sagen?«, frage ich und versuche, so beleidigt wie möglich zu klingen. Ich mag Michelle. Wir haben acht Monate am Empfangstresen gearbeitet. Sie ist ein viel besserer Kumpel als Liz. Man kann mit ihr so richtig schön über andere ablästern, und sie geht gern mit einen trinken. Eben ein echter Kumpel.

»Natürlich nicht.«

Sie lächelt, sieht zu Tonys Pult rüber, wartet auf irgendeine spöttische Bemerkung von ihm. Aber Tony hat zu tun. Er hat Kundschaft, ein junger Typ, den ich hier schon häufiger gesehen habe und der ein Büro gleich um die Ecke hat. Er schickt jede Menge russische Kunden zu uns, und er zahlt Tony fünfhundert Pfund im Monat, damit gewährleistet ist, daß es diesen Kunden an nichts mangelt. Tony hat ein paar solcher Deals laufen, spricht aber nicht darüber. Wenn Adrian davon wüßte, käme es bestimmt zum Krach. Geschäfte neben dem Hotel sind tabu.

Michelle kommt hinter den Tresen und nutzt das riesige Blumengesteck darauf als Schirm, in der Hoffnung, daß Tony sie nicht sieht. Liz ist mit Telefonieren beschäftigt; hin und wieder beißt sie ein Stück von ihrem gesunden Riegel ab.

»Also, wie war's?«, frage ich Michelle.

»Viel besser, als ich befürchtet hatte«, sagt sie. »Aber er ist wirklich alles durchgegangen. Jeden Kommentar, den irgendein Gast mal irgendwann zu mir abgegeben hat. Einfach alles.«

»Echt? Deswegen hat das so lange gedauert. Klingt hart.«

»War's auch.« Sie nickt.

»Hat er was zu gestern gesagt?«, frage ich.

»Kein Wort«, antwortet sie. »Gott sei Dank. Mir war das so peinlich, als ich zu ihm reinmußte. Mann, ich habe ihn gestern mit runtergelassenen Hosen gesehen.« Sie kichert. »Ich hatte immer das Bild vor Augen. Aber er war total professionell. Wahnsinn. Wie manche Leute das können. Die legen einfach einen Schalter um.«

»Genau«, sag ich. »Aber so ist Adrian nun mal, oder? Netter Kumpel, wenn er will, und wenn er nicht will, ist er der große Boss.«

»Muß wohl so sein.« Michelle zuckt mit den Achseln. »Na ja, ich geh jetzt mal besser. Ich halt dich bloß von der Arbeit ab.«

»Wie geht's?« Liz hat den Telefonhörer aufgelegt und sich Michelle zugewandt.

»Gut, danke«, sagt Michelle, »und dir?«

»Ziemlich viel zu tun.« Sie grinst.

»Ich seh's«, sagt Michelle.

»Wann geht's bei dir los?« fragt Liz.

»In einer Woche«, sagt Michelle. »Ich fahr vorher noch kurz in Urlaub.«

»Super«, sagt Liz. »Sehr gut.«

»Spanien«, sagt Michelle.

»Super«, sagt Liz. Das Telefon geht wieder los. »Bis bald«, formt Liz mit den Lippen und hat schon den Hörer am Ohr.

»Ich geh«, sagt Michelle noch einmal.

»Ich bring dich noch bis zur Tür«, sage ich.

Michelle geht an Tonys Pult vorbei, ohne was zu sagen. So in sein Gespräch mit dem Geschäftsmann vertieft, würde es Tony nicht im Traum einfallen, eine zotige Bemerkung zu machen. Aber aus den Augenwinkeln verfolgt er Michelle, und man merkt, daß ihm was auf der Zunge liegt.

Steve kommt zur Tür, als wir durch die Drehtür gehen wollen.

»Wiedersehen, Michelle«, sagt er und reicht ihr seine weißbehandschuhte Hand. »Alles Gute.«

Wir gehen noch ein paar Schritte auf dem Bürgersteig, dann gebe ich Michelle einen Kuß auf die Wange und sage ihr, daß sie sich mal melden soll. Sie lügt und sagt, daß sie das tun werde. Das ist das Problem in unserer Branche. Man kommt überhaupt nicht mehr dazu, soziale Kontakte zu pflegen. Die meiste Zeit bin ich viel zu ausgelaugt, um irgend etwas zu unternehmen. Also sitze ich zu Hause und seh fern. Ich wink ihr nach, während sie die Straße entlanggeht. Sie wird mir wirklich fehlen.

Ich nicke Steve zu, der gerade eine Taxitür öffnet und darauf hofft, den Fahrgast um etwas Kleingeld zu erleichtern. Steve hat ein Talent dafür, Leuten ihr Kleingeld abzunehmen. Jedesmal wenn er eine Tür öffnet, wenn er ein Taxi ranwinkt, wenn er für irgendwen eine Tasche trägt, kriegt er ein Pfundstück. Sie stecken alle in seiner rechten Hosentasche und klimpern bei jedem Schritt. Am Ende der Woche kann er zwischen sechshundert und tausend Pfund in kleinen Münzen beisammen haben. Kein Wunder, daß so manch einer Steve um seine Stelle beneidet. Selbst wenn das bedeutet, bei Wind und Wetter in einer dicken, unbequemen Uniform draußen zu stehen und immer und ewig freundlich zu allen zu sein.

Ich kann eine Zigarette gebrauchen. Ich gehe also um die Ecke zum Hintereingang und steck mir eine an. Der Lärm, der mir aus der Küche entgegenschlägt, ist um einiges größer als üblich. Der Chef muß einen seiner Tobsuchtsanfälle haben. Anscheinend sind seine Hühnerlebern nicht eingetroffen. Ich höre ihn immer wieder »Leber, Leber, Leber« brüllen. Durch die Dampfschwaden, die aus dem Fenster zu mir nach draußen dringen, sehe ich, wie seine Sous-Chefs hilflos um ihn herumwieseln.

Die Stunde vor dem Mittagsservice ist immer der reine Wahnsinn. Am schlimmsten ist eigentlich der Erwartungsdruck, der auf allen lastet. Für den Chef ist das jetzt die Zeit, wo er den Paß macht, was heißt, daß er die hereinkommenden Bestellungen koordiniert. Das hört sich einfach an, ist aber in Wahrheit die komplizierteste Aufgabe in der Küche. Er steht da, überwacht und steuert die Arbeit von etwa hundertfünfzig Leuten. Es ist, als würde man eine Symphonie dirigieren: Jeder hat seinen genauen Einsatz und muß im Takt der Küche spielen. Wenn irgendwer patzt, reißt er alle mit. Es ist wirklich ein enormer Streß, vor allem wenn einer Mist baut, und es baut immer einer Mist. Und dann flippt der Chef eben so richtig aus. Dann müssen die Sous-Chefs einspringen und retten, was zu retten ist. Die Sous-Chefs schwirren immer herum wie die Fliegen und kontrollieren alle Bereiche der Küche. Anders die Chefs de Partie, die eine der vier Küchenstationen betreuen als Sauciers, als Entremetiers, die das Gemüse zubereiten, als Rôtisseurs, die fürs Fleisch zuständig sind, oder als Gardemanger, die die kalten Speisen zubereiten. Dann gibt es noch die Jungköche, die seit etwa zwei Jahren dabei sind und die Arbeitsabläufe bereits kennen, aber natürlich immer noch Fehler machen, und schließlich sind da die Gehilfen, wie ich einer war, die ganz neu sind und von Tuten und Blasen keine Ahnung haben und dazu da sind, zur Minna gemacht zu werden. Und natürlich gibt es dann noch die Kellner und Serviererinnen. Es ist ein riesiger Ameisenhaufen, und es herrscht Hektik. Man arbeitet unter Hochdruck und gegen die Zeit, es gibt keine Sekunde Verschnaufpause. Aber heute scheint mir das Tohuwabohu wirklich noch eine Spur größer als sonst.

Ich trete meine Zigarette aus und gehe ums Haus zurück zum Eingang. Obwohl die Sonne scheint, ist es verdammt kalt. Als ich wieder hereinkomme, sehe ich gerade noch, wie Tony sich von seinem Geschäftsmann verabschiedet. Er sieht zufrieden aus. Er hat ein breites Grinsen im Gesicht und sicherlich einen dicken Umschlag mit Scheinen in der Innentasche. Liz nickt mich zu sich. Ihre Nylonfingernägel arbeiten auf Hochtouren.

»Da bist du endlich«, sagt sie, »ich hab dich angepiepst. Ich muß dringend mal auf's Klo, und das Telefon klingelt ständig.«

»Oh, tut mir leid«, sage ich und hole den kleinen roten Pager aus meiner Tasche. »Hab vergessen ihn anzuschalten.«

»Toll!« Liz verdreht die Augen.

»Laß mich nur machen«, sage ich und gehe hinter den Tresen. »Nimm dir Zeit, kein Problem«, füge ich an und überlege, daß ich Ben anrufen muß, um ihn in Sachen Michelle auf den neusten Stand zu bringen. Aber das Telefon geht wieder los. Ich hab keine Chance. Jackie ist dran.

»Hallo«, sagt sie. »Ich wollte fragen, ob Sie bitte Ben hochschicken könnten, um hier einen Checkout für mich zu machen. Zimmer 407 muß wirklich inspiziert werden.«

»Wie wirklich?«, frage ich verwundert.

»Wirklich wirklich«, sagt sie.

»Tja«, sage ich, »Ben ist leider noch nicht im Haus. Er hat Nachtdienst die Woche.«

»Aber natürlich«, sagt sie.

»Ich könnte schnell hochkommen und Ihnen helfen«, schlage ich vor.

»Nicht nötig«, antwortet sie. »Ich mach das dann mal selbst.« Sie legt auf.

Ich muß lachen. »Die ist unmöglich«, sage ich.

»Wer?«, fragt Tony, dessen Sensoren immer auf Klatsch und Tratsch eingestellt sind.

»Diese Jackie«, sag ich.

»Hat sie niemanden, der es ihr besorgt?« Tony grinst.

»Woher weiß du das?«, frage ich. »Ich dachte, das wäre ein Geheimnis.«

»Also erstens solltest allmählich wissen, daß es in einem Hotel keine Geheimnisse gibt. Und zweitens, wenn es doch eins gibt, ist es meine Aufgabe, es herauszubekommen. Und drittens: Das hat sie auch schon vor Ben so gemacht.«

»O nein«, mir klappt die Kinnlade runter.

»Die reine Wahrheit. Ben ist nicht der erste, der in Jackies Wäschekorb wühlt«, sagt Tony und sieht mich mitleidig an.

Wie kann man nur so naiv sein.

Von Dreizehn bis Vierzehn Uhr

Jackies Wäschekorb will mir nicht aus dem Kopf, und ich beschließe, Ben vorerst lieber nicht anzurufen. Ich glaube zwar nicht, daß Ben ernsthaft in Jackie verliebt ist, aber die Tatsache, daß er nicht der erste ist, der mit Jackie Zimmer inspiziert, will mir gar nicht gefallen. Ich weiß nicht, ob ich es ihm sagen soll, daß er bloß der Trottel vom Dienst ist. Würde es ihn kratzen? Geht mich das alles überhaupt was an? Keine Ahnung. Wir sind befreundet. Er hat mich eingearbeitet. Er ist jetzt seit zwei Jahren im Empfang, und wie es aussieht, möchte er auch hier bleiben. Anders als ich, der ich eigentlich noch ein bißchen weiter will. Der Herr Vater soll schließlich stolz auf seinen Sohn sein. Ich sehe ins Leere, das Telefon klingelt, und ich laß es klingeln. Vielleicht, überlege ich, erzähle ich es ihm heute abend. Mal sehen, in was für einer Stimmung er ist.

Liz kommt vom Klo zurück. Ich weiß nicht, was sie getrieben hat, aber sie ist umgeben von einer massiven Parfümwolke. Warum machen Frauen das? Sich so hinter einem Geruch zu verschanzen? Sie hatte gerade angefangen, normal zu riechen, nach ihrer Parfümdusche am Morgen. Und jetzt hat sie wieder aufgerüstet. Wenn sie sich über den Tresen beugt, weichen die Gäste unwillkürlich einen Meter zurück.

In der Empfangshalle ist jetzt der Bär los. Horden von Geschäftsleuten machen Mittagspause, eilen zu Tisch oder gehen erst mal in die Bar. Ich höre förmlich Ginos Cocktailmixer klirren. Das Geräusch von Eis an Silber ist bestens geeignet, um die müden Geister wiederzubeleben. Die Bloody Marys werden jetzt wie am Laufband produziert.

Tony hat an seinem Pult einen jungen Mann, der ihm Fahrrad-Rundfahrten anbieten will. Ich kann ihn bis hier hören. Der Junge ist schlaksig und ziemlich forsch und dürfte damit auf wenig Gegenliebe bei Tony stoßen. Um diese Zeit stehen bei Tony für gewöhnlich diverse Agenten Schlange. Die nächste Stunde werden sich hier Leute mit dicken Aktentaschen und Stapeln von Broschüren auf die Füße treten und versuchen, Tony davon zu überzeugen, daß er ihre Angebote in seine Mappe mit aufnimmt. Tony fragt sie, wie die Konditionen aussehen, und je nachdem wie attraktiv seine Provision ausfällt, werden die Produkte in Tonys kleine Ledermappe eingelegt, oder man wird höflich dazu aufgefordert, wieder zu gehen. Selbstverständlich hat der Junge mit seinen Fahrrädern null Chance.

»Unsere Gäste sind eher taxiorientiert«, sagt Tony und streckt ihm die Hand hin. »Ich wünsche viel Glück, mein Junge. Die Idee ist doch gar nicht schlecht.«

Tony ist nie unhöflich zu jemandem; er sagt, man weiß nie, ob man ihn nicht irgendwann doch mal braucht. Also glaubt jeder, der mit ihm spricht, man sei sein Kumpel. Das ist einfach eine Begabung, die Tony hat. Der schlaksige Junge schleicht sich, und Tony schnappt sich das Time-Out-Magazin. Die Conciergen-Bibel. Sie sagt ihm genau, was läuft in der Stadt, was wann und wo beginnt. Er hat außerdem immer das Golden Keys Journal auf dem Pult liegen. Es ist randvoll mit Hoteltratsch und verzeichnet minutiös, welcher Concierge in Singapur, Mailand oder Boston wohin gewechselt hat.

Lynette kommt um die Ecke geflitzt und huscht in unser Hinterzimmer. Sie hat einen ganzen Stapel Papier in der Hand und sieht ziemlich unglücklich aus.

»Na, alles unter Dach und Fach?«, frage ich.

»Wir sind im Moment bei Minus zehn«, sagt sie und sieht mich nervös an.

»Was, zehn Zimmer überbelegt?« sage ich.

»Ich weiß, ich weiß«, stöhnt sie, »aber das kann sich auch schnell wieder ändern. Vor zwei Stunden war ich bei Minus zwanzig.«

»Verstehe«, sage ich.

»Haben Sie auch noch irgendwen eingecheckt?« fragt sie und blättert ihren Papierstapel durch.

»Nur die aus der Morgenmaschine und den Kanadier.«

»Du meine Güte, kümmern Sie sich drum, daß der seine Gratisflasche Champagner bekommt wegen der Scherereien heute morgen?«

»Kein Problem«, sage ich.

»Sonst noch wen?«, fragt sie mit gezücktem Stift.

»Bis jetzt nicht, Lynette, aber es ist gerade erst Mittag.«

»Mittag?« Lynette sieht mich völlig verwirrt an.

»Ja.«

»Mein Gott, ich dachte, es wäre schon drei.«

»Schön wär's.« Ich schüttle mitleidig den Kopf.

»Puh. Ach, ich muß dran denken, für 505 Satinbettwäsche zu besorgen.«

»Ich kann anrufen, wenn Sie wollen.«

»Würden Sie das für mich tun?«

»Aber ja, aber gern.«

»Für den Texaner.«

»Wann wird er erwartet?«

»Irgendwann heute nachmittag«, sagt sie, springt auf und eilt davon Richtung Schwingtür.

Ich rufe Jackie an, um zu veranlassen, daß der Texaner seine Satinbettwäsche in der Penthouse-Suite bekommt. Zimmer 505 kostet zweitausend Pfund die Nacht ohne Frühstück, und ich wette, ihm werden weitere hundert Pfund für die Bettwäsche berechnet. Wie man sich denken kann, liebt ein Hotel solche Sonderwünsche. In dem Hotel, in dem ich zuletzt gearbeitet habe, tauchte einmal Madonna auf und beschwerte sich über das Heimfahrrad, das in unserem Fitneßstudio stand. Also besorgten wir ihr ein anderes und berechneten ihr den dreifachen Preis fürs Zimmer. Sie war ohnehin schon die ganze Zeit am Meckern und zwar wegen der Farbe der Vorhänge. Fünf oder sechs verschiedene Zimmer hat sie nacheinander ausprobiert. Aber Madonna hat das Meckern wahrlich nicht allein gepachtet. Cher war mal im St. Martin's Lane Hotel und hat vorher ankündigen lassen, daß sie ausschließlich Produkte aus biologisch-kontrolliertem Anbau wolle, und zwar von Harrods. Das Hotel ist in einen wahren Bio-Taumel gefallen und hat für sie ein Heidengeld ausgegeben. Außerdem wollte Cher verschiedene Heimtrainer auf ihrem Zimmer haben, also hat das Hotel sein Fitneßstudio leergeräumt und alles in ihrem Zimmer wieder aufgebaut. Schließlich erschien die Künstlerin, sagte, was sei denn das für eine Bruchbude oder etwas Ähnliches, und dampfte wieder ab. Ich habe keine Ahnung, was die mit dem ganzen Essen gemacht haben.

Aber was Sonderwünsche angeht, ist Michael Jackson sicherlich der ungeschlagene Meister aller Klassen. Als er zu uns ins Lanesborough kam, wollte er das amerikanische Zeugs zu futtern haben, das er zu futtern gewohnt ist. Wir mußten jemanden beauftragen, der uns Schokoriegel, Bonbons und ein Getränk namens Gatorade aus den Staaten besorgte. Aber das war im Grunde nicht anders zu erwarten.

Jackson ist der einzige Star, den ich kenne, der seinen eigenen Koch mitbringt, nur damit der ihm dann irgendwelche Kindergerichte zubereitet, Hamburger, Chicken Nuggets oder Fischstäbchen. Seine Suite verwandelte er in eine Spielhölle, überall standen Play-Stations und Computer herum mit Sachen wie Space Invaders. Wir mußten auch einen zusätzlichen Fernseher im Raum installieren, damit er den ganzen Tag Zeichentrickfilme sehen konnte.

Er war mit Sicherheit der forderndste Gast, mit dem ich je zu tun hatte. Andererseits war er aber auch der entgegenkommendste, wenn es um seine Fans ging.

Es hingen nämlich immer Hunderte von ihnen vor dem Hotel rum, die einen Singsang anstimmten und ihn riefen, in der vagen Hoffnung, daß er sich mal kurz am Fenster zeigt. Die Jungs vom Etagendienst und ich haben uns daraus immer einen Spaß gemacht. Wir haben ein bißchen am Vorhang gewackelt, haben uns einen weißen Handschuh angezogen, und dann, als die Schreie immer lauter wurden, haben wir mal kurz ein bißchen rausgewunken. Die Fans sind völlig durchgedreht. Und wir sind hinter dem Vorhang zusammengebrochen vor Lachen. Einmal haben wir es etwas weit getrieben. Wir haben gewunken und gewunken, und die Leute brüllten: »Er ist es! Da ist er! Er kommt raus!« In dem Moment hat mir einer der Jungs eine Schubs gegeben, und ich landete mit meinem weißen Handschuh draußen auf dem Balkon. Fünfhundert Blitzlichter gingen los. Dann erst sahen die Leute, daß ich es war. Ich habe in meinem Leben noch nie einen so lauten Seufzer der Enttäuschung gehört.

Es gab dann noch den harten Kern der Superfans, die draußen vor der Absperrung ihr Lager aufgeschlagen hatten, mit Zelten und Schlafsäcken und allem drum und dran, und als es dann nachts so richtig kalt wurde, ließ Jackson ihnen hundert Becher mit heißer Schokolade rausbringen, was ich eigentlich ganz nett fand. Auf so eine Idee käme kein anderer Star. Die Leute flippten dann natürlich erst recht aus.

Jackie reagiert etwas unwirsch auf meinen Anruf. Ich weiß nicht, ob es daran liegt, daß Ben nicht da ist und sie inspizieren kann, oder an meiner unpassenden Frage vorhin, ob ich ihr helfen könne. Natürlich hat sie die Satinbettwäsche längst organisiert. Und sie sei sich sehr wohl bewußt, daß der Texaner heute komme, und im Zimmer sei bereits alles hergerichtet. Ich lege auf und ärgere mich, daß ich überhaupt angerufen habe.

Unterdessen notiert Liz was auf einem Zettel.

»Sehr gern, Sir, natürlich, Sir, selbstverständlich, Sir«, sagt sie. »Ich schick sofort jemanden hin.« Sie legt auf. »Ob du diese Nachricht wohl Mr. Maison im Speisesaal bringen könntest?«, fragt sie, reicht mir den Zettel und setzt ihr mustergültiges Lächeln auf, das andeutet, daß Widerspruch zwecklos ist.

»Na gut«, gebe ich mich geschlagen, »weiß man was Genaueres, wie unser Mann aussieht?«

»Blaues Hemd, roter Schlips, Glatze«, sagt sie.

»Das sollte genügen«, sage ich und nehme den Zettel.

Ich gehe ins Restaurant. Goldene Kronleuchter, Stühle mit hohen Lehnen, weiße Leinentischdecken, umherwuselnde Kellner, Stimmengewirr; der Saal ist rappelvoll, und es riecht himmlisch. Rotwein, Trüffelöl, Roastbeef, brutzelnder Fisch – mir läuft sofort das Wasser im Mund zusammen. Nichts verströmt so sehr den Ruch von Dekadenz wie ein gutgeführter Speisesaal in einem Hotel. Jetzt noch Zigarrenrauch und das Knarren von Lederpolstern, und ich bin wieder zurück in der guten alten Zeit, als ich im Savoy Grill gearbeitet habe.

Der Savoy Grill war phantastisch. Vor seiner Neugestaltung durch Marcus Wareing roch es dort förmlich nach altem Geld und Establishment. Es war alte Schule in Reinkultur. Rippenstücke vom Lamm, Rinderschmorbraten und vierundzwanzig verschiedene Arten, Kartoffeln zuzubereiten, von Pommes sables bis zu Pommes soufflé. Als ich dort gearbeitet habe, herrschte im Land noch die Zeit des großen Überflusses. Die Leute haben richtig Geld ausgegeben. Roger Moore war Stammgast. Einmal war er mit zwei Bekannten bei uns zum Mittag. Die haben einfach nichts ausgelassen. Nach drei Stunden belief sich ihre Rechnung auf viertausendfünfhundert Pfund. Sie haben bar bezahlt, ein riesiger Haufen Scheine. Ich nahm also den Packen und zog ab. Als ich wieder an ihrem Tisch vorbeikam, stellte ich fest, daß schon wieder ein riesiger Haufen Scheine auf dem Tisch lag. Sie waren ganz offensichtlich nicht ganz bei der Sache, und ich wollte sie auf den Irrtum aufmerksam machen.

»Gentlemen«, sagte ich daher, »Ihre Rechnung ist bereits bezahlt.«

Einer der drei drehte sich zu mir um und sagte: »Sie Trottel, das ist das Trinkgeld.«

Ich nahm die zweihundert Pfund, die da lagen, und überlegte auf meinem Rückzug fieberhaft, wie ich das verfluchte Tronc-System umgehen könne. Im Savoy Grill wanderte nämlich das ganze Trinkgeld in einen gemeinsamen Topf, den sogenannten Tronc, und der wurde dem Rang nach aufgeteilt. Mir fiel auf die Schnelle aber keine Lösung ein. Man konnte aber auch ohne Tricks im Savoy Grill eine Menge Geld dazuverdienen. Ich kam auf etwa vierhundert Pfund im Monat, der Maître und der Restaurantleiter brachten schätzungsweise zweitausendfünfhundert und dreitausend Pfund jeden Monat mit nach Hause. Die Bedienung war in den Preisen nie inbegriffen, und das Trinkgeld war immer bar. Die einzige praktikable Lösung, den Tronc zu umgehen, wäre im übrigen gewesen, das Trinkgeld zusammen mit der Tischdecke abzuräumen, und es dann später einzustecken. Aber wehe, wehe, wenn das rauskam.

Es war wirklich ein interessanter Arbeitsplatz. Margaret Thatcher war häufig da. Sie war eine große Whisky-Liebhaberin. Sie orderte immer Doppelte. Ihr Tisch war immer die Vier. Nur die ganz großen Namen bekamen einen der Banketttische an der Seite – die Nummern vier bis acht. Sie standen am hinteren Ende des eichengetäfelten Saals. Es sah fast aus wie in einem exklusiven Club für ältere Gentlemen. Wegen der hohen Alkovenwände hatte das Ganze etwas sehr Intimes, niemand konnte die Gespräche vom Nebentisch hören.

Die intime Atmosphäre war es wohl, wegen der Queen Mum ständiger Gast war. Als ich in der Küche arbeitete, haben wir immer rumgelästert: Sie brauche eine Trittleiter, um auf den Stuhl zu kommen und so weiter, weil sie so klein sei. Aber sie war großartig. Ihre Security-Mannschaft setzte sich immer geschlossen an einen Tisch, dann marschierte Queen Mum weiter und setzte sich an den nächsten. Sie kam immer ziemlich spät und immer mit Freunden, nie mit anderen Mitgliedern der königlichen Familie. Bestellt hat sie immer ein Tagesgericht. Sie hatte es gern einfach. Am liebsten Fish & Chips. Sie trank süßen Veuve Clicquot (der eigens für sie produziert wurde) oder Champagner-Cocktails, mit einem Schuß Brandy, einem Stück Würfelzucker und einem Schuß Angostura. Oben drauf kam dann eine Maraschinokirsche. Nach dem Essen bestellte sie immer einen grünen Kartäuserlikör und danach noch einen gelben. Unglaublich. Die ganze Küche stand kopf, und sie bestellt Fish & Chips und

Butterbohnen. Für sie waren wir anscheinend eine bessere Imbißbude.

Prinzessin Diana war Stammkundin im Claridge's, aber auch im Savoy Grill. Einmal mußte ich aus der Küche im Savoy ein halbes Dutzend Austern holen, die sie bestellt hatte. Einer der Köche, der sie vor meinen Augen öffnete, sagte zu mir: »So, jetzt knutsch ich Diana.« Dann leckte er sich die Hand und wischte mir ihr über die Austern, bevor er sie mir in die Hand drückte. Ich wußte nicht, was ich sagen sollte und ob ich sie servieren sollte oder nicht. Ich hab's trotzdem getan. Es gab so etwas wie einen Diana-Effekt. Jeder, der in ihre Nähe kam, war hin und weg und fing ein bißchen an zu spinnen. Ich werde nie vergessen, wie ich sie einmal getroffen habe. Sie brauchte einen nur mit ihren tollen blauen Augen anzusehen, und schon hatte es einen erwischt.

Die Queen war mehr der Claridge's-Typ. Ihr gefiel es dort sogar so gut, daß es scherzhaft als zweiter Wohnsitz der Königlichen Familie bezeichnet wurde. Sie hielt dort diese riesigen Banketts mit bis zu tausendfünfhundert Gästen ab. Es waren so viele, daß die Leute auf verschiedene Räume verteilt werden mußten. Zum Empfang gab es Champagner und Cocktails, dann wurde das Essen angekündigt, und alle setzten sich auf ihre Plätze. Aber immer, wenn die Queen durch die Reihen ging, mußte alles aufstehen, sich verbeugen oder einen Knicks machen. Und sie rannte so an die vier-, fünfmal am Abend durch die Reihen. Wir Kellner mußten dann sofort in dem innehalten, was wir gerade taten, uns in Reih und Glied aufstellen und uns verneigen, bis sie vorbei war. Dummerweise haben wir unseren Auftritt einmal vergeigt, weil wir einfach kichern mußten. Es war wie früher in der Kirche. Man wußte, daß man nicht lachen durfte, also ging es gar nicht anders, und man mußte losprusten.

Das Merkwürdigste, was mir von der Queen in Erinnerung geblieben ist, ist die Tatsache, daß sie den ganzen Abend nur Campari-Orange trank, was wohl der übelste Drink im Angebot war. Prinz Philip seinerseits trank vor allem Bier, Lager und Bitter. Zu meiner Zeit stand er vor allem auf Ruddles Ale und einen Cocktail namens Silver Bullet, der aus Kümmelschnaps, Gin und Zitronensaft besteht. Man kriegt ihn im Bowlenglas auf Eis, und er ist tödlich.

Es waren für gewöhnlich diese banalen Dinge, die mich an den Royals und an den Stars so faszinierten, die ich bedienen durfte. Kathleen Turner war immer auf Süßigkeitenklau bei uns aus. Wenn nach dem Essen der Kaffee kam, pflegte sie die mitservierten Petit fours schnell in eine Serviette einzuwickeln und in ihrer Handtasche verschwinden zu lassen. Dann reklamierte sie, sie habe keine Petit fours bekommen. Einmal habe ich sie dabei erwischt, und sie rief mich zu sich.

»Sie haben gesehen, wie ich die eingesteckt habe, stimmt's?«, fragte sie.

»Ganz recht, Madam«, antwortete ich.

»Aber Sie werden das doch niemandem erzählen, oder?«

»Nein, Madam, natürlich nicht«, sagte ich.

Und dann ging ich los und holte ihr eine ganze Schale mit neuen Petit fours. Am Ende steckte sie mir ein Fünfzigpfund-Trinkgeld zu, das ich aber garantiert nicht in den Tronc getan habe.

Nicht alle Prominenten sind so angenehm im Umgang. Noel Gallagher zum Beispiel ist einer der rüpelhaftesten Menschen, die ich je getroffen habe. Es war im Lanesborough so um Weihnachten herum, und er war ganz eindeutig in Festtagsstimmung. Er und ein Troß von Leuten hatten seit dem Mittag im Speisesaal gesessen, und jetzt war es neun Uhr am Abend. Draußen standen die Leute Schlange für einen freien Tisch. Die Geschäftsführerin weigerte sich, ihm noch weitere Drinks zu servieren, und legte ihm nahe, sich doch in die Bar zu begeben. Gallagher lehnte ab und sagte, das sei sein Tisch und er würde den nicht für andere frei machen. Die Geschäftsführerin sagte, in Ordnung, und gab ihm noch eine halbe Stunde. Als sie dann wiederkam und ihn fragte, ob er jetzt hinüberwechseln wolle in die Bar, sagte Gallagher: »Wissen Sie was? Lecken Sie mich!«, und schüttete ihr ein Glas Wein ins Gesicht.

Aber es sind nicht nur die Prominenten, die sich schlecht benehmen; manchmal reagieren auch die Hotelangestellten ihrerseits etwas sonderbar, wenn sie mit Berühmtheiten in Kontakt kommen. Ich habe einmal Mariah Carey auf ihr Zimmer begleitet. Wir kamen an, ich öffne die Tür, und da sehe ich einen Typ vom Reparaturdienst, Hosen runter, der auf ihrem Klo sitzt. Ich dachte, mich trifft der Schlag. Zum Glück hatte Mariah nicht in seine Richtung gesehen. Ich schaffte es, ihn unauffällig rauszuschaffen und erfuhr dann von ihm, daß er ein Fan sei, und es sein größter Wunsch wäre, daß ihr Hintern irgendwie seinen berühre. Tja.

Ich sehe mich im Restaurant um. Hier scheint heute keine Prominenz zu sitzen. Ich gehe zu André, dem Restaurantleiter, und frage ihn, ob er einen Gast hat, der auf meine Beschreibung paßt.

»Blaues Hemd, roter Schlips, Glatze«, sage ich.

André sieht mich hilflos an. Er muß an drei Tischen das Servieren des Hauptgangs überwachen, und dann ist da dieser Kellner, der nichts Besseres zu tun hat, als den Kaffee für seinen Tisch vor den Hauptgängen zu holen, was die Küche bald wahnsinnig macht.

Andrés Koffeinspiegel ist eindeutig zu hoch, er schwitzt und kann sich kaum noch konzentrieren. Ich muß lachen.

Daß der alte Trick immer noch funktioniert. Als ich hier gearbeitet habe, war es ein beliebtes Spielchen, André echten Kaffee zu verabreichen. Er hat es mit dem Herzen, darf also eigentlich keinen trinken. Aber er genehmigt sich jeweils am Morgen ein paar Espressos. Nach elf Uhr ist dann Entkoffeinierter angesagt. Nun muß man wissen, daß André ein ziemlich dummer Hund ist. Er ist die Sorte Restaurantleiter, die einen die Tische decken lassen, dann eine Gabel klauen und sagen, man solle noch mal überprüfen, ob auch wirklich alles in Ordnung ist. Und wehe man bemerkt die fehlende Gabel nicht, dann ist die Hölle los. Die Kellner haben es sich daher zum Ziel gesetzt, André mit Koffein vollzupumpen. Wenn er nach seinem Entkoffeinierten verlangt, kurz bevor der Mittagsservice losgeht, wird ihm also ein dreifacher Espresso verabreicht in der Hoffnung, ihn so richtig in den Orbit zu schießen. Man muß jeden Tag damit rechnen, daß er tot umfällt, und dann möchte ich nicht in der Haut der Kellner stecken.

Ich kann Mr. Maison auf der anderen Seite des Saals entdecken. Er ißt mit zwei anderen Männern mit Schlips und Glatze. Als ich näher herankomme, sehe ich, daß sie einen roten Château Palmer Margaux 1989 zu vierhunderfünfzig Pfund die Flasche trinken. Sie scheinen irgendwas zu feiern. Ich reiche Mr. Maison den Zettel, und er macht viel Gewese darum, sein Portemonnaie aus der weit über den Bauch geschnittenen Stoffhose zu wühlen. Ich stehe da, lächle und warte und denke mir so, daß es schön wäre zu sehen, wie Mr. Maison eine braune Note aus dem Portemonnaie zieht. Aber dem ist nicht so. Kein Portemonnaie kommt zum Vorschein, sondern ein Fünfzigpencestück, das er mir zufrieden in die Hand drückt. Ich bin kurz davor, es einfach auf den Boden plumpsen zu lassen. Ich tue es nicht.

Ich muß gestehen, ich bin etwas genervt, als ich zur Rezeption zurückkomme. Aber ich erinnere mich, daß heute noch der Texaner kommt, und das flößt mir wieder etwas Zuversicht ein.

Von Vierzehn bis Fünfzehn Uhr

An der Rezeption ist es zur Zeit relativ ruhig. Liz nuckelt laut an einem Pfefferminzbonbon, während sie die Pässe eines französischen Paars studiert, das gerade eingecheckt hat. Sie grinst, als sie endlich rausbekommen hat, wie alt die Frau ist.

»Hättest du gedacht, daß sie vierundvierzig ist?« Sie sieht zu mir rüber und lutscht heftiger an ihrem Bonbon.

»Also, ich habe sie kaum gesehen. Sie waren schon fast im Lift, als ich aus dem Restaurant kam«, sage ich. Das Bonbongelutsche ist mindestens ebenso nervig wie das Fingernägelklappern.

Die Taschen der Franzosen stehen noch immer auf dem Kofferkuli beim Tresen. Weder Jez noch Dave sind sonderlich scharf darauf, ihn in den dritten Stock zu bringen. So wie die Amerikaner dafür bekannt sind, daß sie gern Trinkgelder geben, sind Franzosen dafür berüchtigt, knauserig zu sein. Aber damit stehen sie nicht allein da. Italiener sind auch nicht zu gebrauchen, ebenso wie Spanier und Griechen. Japaner geben gern, und die Russen sind so glücklich, plötzlich richtig Geld zu haben, daß sie alle an ihrem Glück teilhaben lassen wollen. Aber die beliebtesten Gäste sind immer noch Araber – noch beliebter als Amerikaner. Die Leute aus der Golfregion werfen mit Geld um sich wie andere Leute mit Konfetti zu Karneval. Ich hatte mal eine Kollegin, der wurde ein Hin- und Rückflugticket nach Indien geschenkt,

Erste Klasse, einfach so, weil sie so freundlich zu den Saudis gewesen war. Der Concierge war allerdings etwas stinkig, denn er hatte bloß eine Uhr im Wert von fünfhundert Pfund bekommen. Das ist natürlich das Problem, wenn die richtigen Geldsäcke kommen: Man entwickelt schnell Futterneid und fängt an, sich zu beißen. Man kann auch jetzt förmlich spüren, wie alle nur darauf lauern, daß der Texaner kommt.

Ich sehe auf meine Uhr und grinse. In der Küche dürfte jetzt noch immer die Hölle los sein. Die letzten Hauptgänge werden bestellt, und der Patissier wird inzwischen auch aus seiner Meditation erwacht sein. Ich hatte mal einen Freund, der war Patissier in einer Hotelrestaurantküche. Das sind meist ziemlich schräge Vögel. Ich glaube, die sind die meiste Zeit völlig bekifft. Mein Freund war es jedenfalls. Ihre Arbeit unterscheidet sich komplett von dem, was sonst in der Küche um sie herum geschieht. In ihrem Raum ist es kühl, damit keine ihrer Zutaten schmilzt, und es ist ruhig bei ihnen, denn sie machen Präzisionsarbeit en detail. Wenn der Küchenchef ein kulinarischer Maler ist, dann ist der Patissier ein Kupferstecher. Nichts, was er tut, ist laut oder geschieht schwungvoll. Die, die ich kennengelernt habe, waren alle ruhig, introvertiert und Perfektionisten von der Sorte, die stundenlang damit zubringen, eine Rose aus Zuckerguß zu formen. Sie können Körbchen aus Zucker machen und Sahne in Öffnungen spritzen, von denen man gar nicht wußte, daß es sie gibt. Sie werden von der übrigen Belegschaft geradezu ignoriert, aber wenn der Nachmittagstee näherrückt, kommen sie ganz groß raus. Die Objekte ihrer Kunstfertigkeit können auf dem Kuchenbüffet oder auf dem Dessertwagen bewundert werden. Zugegeben: In einem eher traditionell ausgerichteten Etablissement wie dem unseren finden sich dort vor allem die alten Renner wie Apfelkuchen, Schokoladenkuchen und Brotauflauf. Aber es gibt auch Obstsalat in Grand Marnier oder Beeren mit etwas Sabayon für die anspruchsvolleren Gäste.

Bevor ich mir noch länger das Geschmatze von Liz anhöre, gehe ich lieber ins Hinterzimmer und sehe die E-Mails durch. Ewan ist mit dem Fax und dem Telefon meist ziemlich ausgelastet und kommt daher nicht dazu, regelmäßig die E-Mails nachzusehen, und mir macht es nichts aus. Eine nette Abwechslung zum Frontdienst, nur die drückende Enge und die schlechte Luft hier im Büro sind lästig. Ewan leiert am Telefon gerade jemandem seine Wochenendpläne runter. Ich nicke ihm zu, er nickt zurück. Ich öffne das Programm, es erscheinen fünf Mails. Die beiden ersten sind Reservierungsanfragen, und ich leite sie gleich weiter sowohl an Lynettes als auch Ewans Adresse, die dritte Mail gehört der Gattung Spam an und stammt von Ryanair, die uns darüber in Kenntnis setzt, daß sie noch ein paar Gratisflüge haben; die vierte kommt von einer Kellerei, die irgendeinen neuen Wein aus Südafrika anpreist; die fünfte lautet im Betreff: »Bitte helfen Sie mir!«

Ich versteh nicht gleich. Es geht um eine Minibar-Rechnung von 10,70 £, die seinerzeit nicht bezahlt wurde. Doch als ich länger lese, kapiere ich, daß es nicht um die Rechnung an sich geht, sondern um das Rechnungsdatum. Sie möchte, daß wir das Datum ändern. »Ich darf zu dem Zeitpunkt einfach nicht bei Ihnen im Hotel gewesen sein«, schreibt sie. »Leider hat mein Mann Ihren Brief geöffnet und gelesen, und wie Sie sich vorstellen können, bin ich jetzt in größten Schwierigkeiten und bitte Sie inständig, mir bei der Lösung des Problems zu helfen.« Sie übermittelt uns im folgenden zwei E-Mail-Adressen, eine, die ihr Mann lesen kann, eine andere, die er nicht lesen kann. Wir sollen nun das Rechnungsdatum ändern und damit den Termin ihres Hotelaufenthalts. »Meine Ehe hängt von Ihrer Antwort ab«, schreibt sie. »Ich sende Ihnen in Kürze eine ›offizielle‹ E-Mail von meiner anderen Adresse, mit der Bitte, den ›Irrtum‹ aufzuklären, so daß mein Mann, wenn Sie antworten, die Antwort ebenfalls lesen kann. Ich beschwöre Sie, mir zu helfen.«

Gute Güte, denke ich, als ich die Nachricht ausdrucke, was für ein Krampf wegen einer nichtbezahlten Minibar-Rechnung. Arme Frau. Die Vorstellung, daß ihre Ehe kaputtgeht, nur weil sie sich beim Auschecken um das Bezahlen zweier Getränke gedrückt hat, will mir etwas grotesk erscheinen. Ich gehe nach draußen und teile Liz den Fall mit. Sie liest die E-Mail einmal und noch einmal und dann ein drittes Mal; ihr scheint die Geschichte zu gefallen. Sie behauptet, sie könne sich noch ganz genau an die beiden erinnern, und fängt an, sie minutiös zu beschreiben. Ich höre gar nicht zu.

»Was soll ich jetzt tun?«, unterbreche ich ihre Ausführungen.

»Schreib an die Ehemann-Adresse und sag, daß das Datum ein Versehen war und fertig«, sagt Liz und guckt mich an, als wäre ich ein bißchen blöd.

»Meinst du?«, frage ich. Ich würde es am liebsten tun. Aber irgendwie habe ich das Gefühl, daß es nicht in Ordnung ist. Irgendwie ist da der Wurm drin. Und da ich mir heute schon einen Stiefel geleistet habe – indem ich ein Zimmer einfach ohne Genehmigung geräumt habe –, halte ich es für das klügste, zu Adrian zu gehen und ihn zu fragen. »Ich glaube, ich frag besser die Geschäftsführung.«

»Wenn du meinst, daß du nicht selbst eine einfache Entscheidung treffen kannst ...« Liz wedelt resigniert mit der Hand.

»Ich denke, es ist besser«, sag ich.

»Schön«, sagt sie und wendet sich wieder dem Tresen zu. »Mach, was du willst.«

Ich nehme den Ausdruck und gehe durch die Schwingtür. Sie ist sauer, denke ich, weil ich ihr die E-Mail weggeschnappt habe.

Ich werde von Angie in Adrians Büro begleitet. Adrian sitzt an seinem Schreibtisch und verschwindet fast hinter den ganzen Präsentkörben mit Obst, den Champagnerflaschen und Teddybären auf seinem Schreibtisch. Er hat seinen Mont-Blanc-Stift gezückt und ist offensichtlich dabei, Willkommenskarten zu unterzeichnen: Mit besten Empfehlungen des Geschäftsführers.

»Es tut mir leid, wenn ich Sie störe, Mr. Thompson«, sage ich und bleibe in der Tür stehen.

»Kommen Sie rein, kommen Sie rein.« Er winkt mich näher. Seine goldenen Manschettenknöpfe blinken in der Sonne. »Was gibt es für ein Problem?«

Ich reich ihm die E-Mail und erkläre, was los ist. Er legt seinen Stift weg, liest die Mail, und ein zaghaftes Grinsen stiehlt sich auf sein Gesicht. Dann sieht er auf.

»Sie kann einem leid tun«, sagt er. »Das dürfte eine der dümmsten Methoden sein, sich erwischen zu lassen, eine Minibar-Rechnung.« Er lacht. »Was für ein Drama.«

»Dann schreib ich ihr also zurück, daß der Fehler auf unserer Seite liegt?«

»Ganz so einfach ist das nicht«, sagt Adrian.

»Nicht?«

»Nun, das wäre strenggenommen Betrug«, sagt Adrian. »Und wenn der Fall je vor Gericht kommen sollte und unsere Rechnung als Beweismittel verwendet wird, dann müßten wir vor Gericht lügen oder es würde herauskommen, daß wir gelogen haben. In jedem Fall würden wir nicht gut dastehen.«

»Aha«, sage ich. »Aber ich habe ein bißchen Mitleid mit der Frau. Sie klingt echt verzweifelt.«

»Das versteh ich.« Er zuckt die Achseln. »Aber wir müssen auch an das Hotel denken, und das bedeutet, daß wir uns besser nicht einmischen.«

»Na gut«, sage ich. »Und was schreib ich ihr jetzt?«

»Nichts Besonderes«, sagt Adrian, »schreiben Sie einfach: ›Wir bedauern Ihnen mitteilen zu müssen, daß wir Ihnen in dieser Angelegenheit nicht weiterhelfen können‹, und fertig. Wenn sie noch mal schreibt, leiten Sie die Mail an mich weiter, ich kümmer mich dann drum.«

»Tja«, sage ich und nehm den Ausdruck wieder an mich. »Dann können wir also gar nichts für sie tun?«

»Nein«, sagt Adrian und nimmt seinen Mont Blanc wieder in die Hand. »So leid es mir tut.«

Als ich mich abwende und zur Tür gehen will, klopft es, und Tony stürmt herein.

»Tony«, sagt Adrian.

»Sir«, sagt Tony. »Es hat sich jemand bei uns reingeschlichen, Sir.«

»So, so.« Adrian richtet sich gerade in seinem Sessel auf. »Und wie kommen Sie zu der Vermutung?«

»Na ja, falls es kein Gast ist oder ein Neuer im Reparaturdienst, den ich noch nicht kenne ... Der Typ kam auf jeden Fall rein, nahm den Lift in den dritten Stock und ist verschwunden.«

»Ist verschwunden?«, fragt Adrian.

»Ja, genau«, sagt Tony und bemerkt im selben Moment, daß er mit dieser Aussage etwas dumm dasteht. »Ich habe mit einem Kunden am Telefon gesprochen, aber

Liz hat ihn gesehen. Sie sagt, er hatte seine rote Baseballkappe etwas sehr tief ins Gesicht gezogen, und sie hat vorgeschlagen, mal nachzusehen, da habe ich Dave hochgeschickt. Aber als Dave im dritten Stock war, war der Mann verschwunden.«

»Hm.« Adrian steht auf und kommt um seinen Schreibtisch herum. »Haben Sie schon Mustafa informiert.«

»Das war das erste, was ich getan habe. Er hängt jetzt an den Monitoren.«

»Sehr gut. Ich will nicht erleben, wie hier einer mit unseren Gemälden rausmarschiert. Die Polizei hat vor kurzem eine Warnung ausgegeben, die Gegend wird offensichtlich gerade von einer Bande von Kunstdieben heimgesucht.«

Adrian erzählt uns, daß die Kunsträuber in dieser Woche im Cadogan Gardens und in Blakes Hotel zugeschlagen hätten. Anscheinend sind die ganz unverfroren ins Hotel marschiert, haben die Bilder abgehängt und sind wieder gegangen. Jeder im Hotel hat sie für Leute vom Reparaturdienst gehalten, die zügig ihrer Arbeit nachgingen. Das Blakes sei bereits zuvor Opfer einer solchen Bande gewesen, sagt er. Beim Mal davor waren Leute gekommen und hatten Tische, Stühle, Glaswaren und Besteck abgeholt, und weil sie es so deutlich sichtbar für jedermann machten, hat keiner sie aufgehalten.

»Erinnern Sie sich noch an den Kerl, der die ganzen Fernseher mitgenommen hat?« fragt Tony. »Das war im My Hotel.«

Er erzählt dann die Geschichte von dem Dieb in dem nagelneuen Laden in Chelsea, My Hotel. Er hatte sich dort offiziell einquartiert. Das Hotel war in allem auf dem neuesten Stand. In jedem Raum standen Laptops, auf denen man auch fernsehen konnte. Wahnsinnsteile, die ungefähr fünftausend Pfund kosten. Der Gast bittet nun den Concierge, ihm von

Harrods zwei Computertaschen zu besorgen, was der auch brav tut. Der Gast packt daraufhin zwei schöne Rechner in die neuen Taschen, geht aus dem Hotel und ward nie mehr gesehen. Das Hotel hat versucht, seine Spur zu verfolgen, aber es stellte sich nur heraus, daß er das Zimmer mit einer gestohlenen Kreditkarte gebucht hatte.

»Man muß verdammt aufpassen«, sagt Adrian. »Wißt ihr noch die fünf Laptops, die aus dem Konferenzraum verschwunden sind im Lanesborough?«

»Ja, klar.« Tony nickt. »Die sind alle zur Mittagspause gegangen, oder? Und haben natürlich einfach alles stehen- und liegenlassen und nicht abgeschlossen. Als sie zurückgekommen sind, waren die Rechner weg.«

»Tja«, Adrian seufzt. »Schreckliches Geschäft.«

Natürlich kalkuliert das Hotel immer eine gewisse Diebstahlsrate mit ein. Aschenbecher, Teelöffel, Bademäntel – das ist alles quasi im Übernachtungspreis inbegriffen. Aber wenn Kühlschränke, Klobrillen (zwei viktorianische Holzklobrillen im Savoy), Teppiche und Ölgemälde aus dem Schlafzimmer verschwinden, dann wird es lästig. Die zehn Prozent, die auf den Preis draufgeschlagen werden, können keinen vergoldeten Stuhl ersetzen, der über die Feuertreppe geschafft und in einen Lieferwagen verfrachtet wird.

»Es sind gar nicht mal so sehr die Kosten für neue Gemälde«, räumt Adrian ein, »es ist mehr der Ärger und die Mühe, angemessenen Ersatz zu kriegen.«

Als Adrian Tony und mich noch mal eindringlich auffordert, die Augen offenzuhalten, klopft es wiederum an seiner Tür. Sally kommt rein. Sie trägt ein dunkles Kostüm, ihr blondes, glattes Haar fällt ihr knapp auf die Schultern. Ihre Wangen zieren hübsche Rougedreiecke. Sally ist unsere glamouröse Vorzeigedame, sie macht die PR und das Marketing.

Sie hält die Kontakte zur Presse, vergibt Gratisaufenthalte im Hotel und geht zu geheimnisvollen Seminaren, wo es um Imagefragen und Kommunikationsstrategien geht. Sallys eigentlicher Job sind aber die sogenannten »Rundgänge«. Sally kümmert sich um das besonders lukrative Hochzeits-, Konferenzen- und Cocktailpartygeschäft. Sie führt junge Bräute in spe durchs Hotel, füllt sie dabei sachte mit Schampus ab und versucht sie davon zu überzeugen, bei uns für ein rauschendes Fest so um die vierzigtausend Pfund zu investieren. Dafür läßt man schon mal ein paar Flaschen gratis springen und richtet Kanapees her. Das Ganze ist ein heftigst umkämpftes Marktsegment, und es ist nur etwa eine Braut von zehn, die Sally rumführt, die dann am Ende auch zusagt, die Hochzeitstorte hier bei uns anzuschneiden.

Der Nachmittag ist Sallys Hauptgeschäftszeit, denn sie kann nur agieren, wenn es im Hotel einigermaßen ruhig zugeht. Aber auch Journalisten und potentielle Konferenzveranstalter werden rumgeführt. Sally zeigt ihnen natürlich auch unsere Zimmer, und dafür braucht sie grüne FI-Zimmer – etwas, was allenfalls in der kurzen Spanne zwischen drei und vier Uhr am Nachmittag zu haben ist.

Jetzt steht sie breit grinsend im Zimmer, schaut von Adrian zu mir, von mir zu Tony und von Tony wieder zu Adrian.

»Ist es immer noch wegen der Cocktailparty heute abend?«, fragt Adrian und wendet sich wieder seinen Willkommenskarten zu.

»Nein«, sagt Sally.

»Haben wir nicht genug applaudiert, daß Sie die gerettet haben?«

»Ich sag doch, das ist es nicht.« Sally grinst noch breiter.

»Was ist es dann?« Adrian sieht sie neugierig an.

»Nun ja, ich glaube, es ist mir gelungen, eine Hochzeitsfeier für fünfhundertfünfzig Personen an einem Sonntagabend an Land zu ziehen!«

»Am Totehose-Sonntag?«

»Wer heiratet denn an einem Sonntag?«, frage ich.

»Ein äußerst reizendes jüdisches Paar aus dem Londoner Norden«, sagt Sally.

»Ganz hervorragend.« Jetzt grinst Adrian mindestens so breit wie Sally. »Saubere Arbeit.«

»Ich kann es noch gar nicht fassen«, sagt sie. »Es war ein Kopf-an-Kopf-Rennen zwischen uns und dem Mandarin Oriental. Ich mußte sie um ein paar Tausend unterbieten, aber das kriegen wir beim Korkengeld spielend wieder rein.«

Seinen großen Reiz haben Veranstaltungen dieser Sorte vor allem wegen dem üblichen Korkengeld. Das Hotel kann bis zu zehn Pfund berechnen nur für das Öffnen der Flasche Wein oder Champagner, die der Gast selbst bereitstellt. Wahnsinn. Und sie schröpfen einen nicht nur fürs Öffnen, sondern auch noch mal beim Abrechnen. Es ist bekannt, daß Hotels regelmäßig behaupten, man habe vierzig Flaschen getrunken, während es beispielsweise nur zweiunddreißig waren. Ich erinnere mich an eine Hochzeit neulich, wo exakt sechsundfünfzig Flaschen Champagner geleert wurden, und Adrian schrieb fünfundachtzig auf. Sie hatten außerdem hundertzwanzig Flaschen Wasser, und wir haben auf zweihundert aufgerundet. Wer wird das schon nachzählen? Wer Kohle genug hat, um für eine Hochzeit vierzigtausend Pfund auszugeben, wird garantiert nicht um zwei Uhr früh in den Keller runtersteigen und die tatsächlich geleerten Flaschen nachzählen. Na, und was bei so einer Gelegenheit geklaut wird, geht auch auf keine Kuhhaut. Ich hatte einen Kumpel, der eine Dreißigstundenschicht schob bei so einer Hochzeit und es schaffte, acht Flaschen Dom Perignon abzuservieren. Er hat sie einfach in sein Geschirrtuch gewickelt und sie runter zu seinem Spind gebracht. Angeblich mußte er mal eben aufs Klo. Aber auch jede andere Buchung für einen der mittelgroßen Säle ist immer hochwillkommen. Man kann mal eben dreihundert Pfund Miete kassieren, für einen Raum, der sonst bloß leerstünde. Mit Banketts, Preisverleihungen, Jubiläen, Konferenzen, Hochzeiten macht ein Hotel den großen Reibach.

Tony und ich gratulieren Sally, als wir Adrians Büro verlassen und uns zurück in die Empfangshalle begeben. Ich zeig Tony die E-Mail. Es ist wichtig, daß er auf dem laufenden gehalten wird, was Tratsch und so angeht. Er muß das Gefühl haben, daß man auf seiner Seite steht. Ich nehme mir vor, meine Beziehung zu Tony ein wenig zu intensivieren.

Als wir durch die gläserne Schwingtür treten, bleiben wir beide plötzlich wie angewurzelt stehen. Beide sind wir unschlüssig, wo hinsehen. Tony prustet leise los, versucht sich aber schnell zu fassen; ich verkrampfe meine Hände zu Fäusten und nähere mich der Rezeption.

»Guten Tag, meine Damen«, sage ich.

Zwei heftig bandagierte Köpfe drehen sich langsam zu mir um. Die beiden tragen schwarze Sonnenbrillen und kommen eindeutig frisch aus der Klinik, wo sie sich haben liften lassen.

»Gupem Pag«, sagt die eine und bereut es sofort, denn sie stößt einen kleinen Schmerzenslaut aus.

»Hm-hm«, murmelt die andere, während sie in ihrem Portemonnaie nach ihrer Kreditkarte kramt.

»Sie bleiben vier Tage?« fragt Liz und blättert durch ihre Papiere.

»Mmm«, bestätigt die größere von beiden.

»Gut«, sagt Liz, ohne mit der Wimper zu zucken. »Wir haben Ihnen zwei nebeneinanderliegende Zimmer gegeben, dann können Sie sich leicht Gesellschaft leisten.«

»Hm-hm«, wiederholt die Lange noch mal.

»Ich sage Jez Bescheid, daß er Ihnen die Taschen hochbringt. Denken Sie dran, daß Bücken nicht gut für Sie ist.« Liz lächelt. »Morgen geht es Ihnen bestimmt schon viel besser.«

Die zwei Frauen gehen sehr bedächtig zum Lift. Jeder Schritt scheint ihnen Schmerzen zu bereiten. Wir haben hier häufiger solche Post-OP-Beauties. Sie checken immer am frühen Nachmittag ein, kommen schnurstracks hierher, nachdem der Arzt noch mal bei ihnen zur Mittagsvisite erschienen ist und sein Plazet gegeben hat. Man weiß wirklich nicht, wo man hingucken soll. Wie soll man reagieren, wenn jemand vor einem steht mit Lippen dick und glänzend wie Cervelatwürste? Was soll man von gewissen Zeppelin-Brüsten halten, die eine halbe Stunde vor ihren Besitzerinnen die Empfangshalle betreten?

Engländerinnen kommen für gewöhnlich paarweise. Zwei Freundinnen, die sich zusammen unters Messer begeben, als würde man sich einen schönen Abend ohne die Männer gönnen. Ausländerinnen erscheinen immer als Einzelkämpferinnen, führen aber gern eine ganze Entourage von Freunden und Bekannten und auch schon mal die Kinderchen mit sich. Sie bleiben drei, vier Tage, schließen sich in ihre Räume ein, bestellen Suppe aufs Zimmer, und dann machen sie sich auf den Weg zu ihrem Spezialisten in der Harley Street, der ihnen den Verband abnimmt. Schließlich checken sie aus, als wäre nichts gewesen. In der Zeit auf ihrem Zimmer nehmen sie für gewöhnlich keine Telefonanrufe an und empfangen keinen Besuch. Sie gehen unerkannt wie sie gekommen sind, bereit, sich den verwunderten Daheimgebliebenen zu präsentieren.

»Sieht schmerzhaft aus«, flüstert Liz und sieht ihnen nach, wie sie in den Lift schreiten.

»Die reinste Monster-Show«, sagt Tony und geht weiter zu seinem Pult. »Die eine sah aus, als hätte sie es hintenrum weit nötiger gehabt. Also ehrlich, was hat das für einen Sinn, mit einem Gesicht rumzulaufen, das ständige Alarmbereitschaft ausdrückt, und der Arsch hängt auf halbmast?«

»Pscht«, sagt Liz, »sie könnten dich hören!«

Ich muß lachen: »Durch die ganzen Lagen Mull?«

Von Fünfzehn bis Sechzehn Uhr

Liz und ich stehen hinterm Empfangstresen und reden darüber, welche Körperteile wir an uns größer, kleiner, straffer, enger oder weiter vorstellen könnten. Sie fängt an, Unzulänglichkeiten aufzuzählen, die ich vorher nie an ihr bemerkt habe. Sie sagt, ihre Waden seien zu dick, aber sie hätte gern etwas mehr an den Oberarmen. Außerdem stören sie die Tränensäcke unter den Augen. Ich sage, die kommen von dem Job hier. Aber komisch, jetzt, wo sie es gesagt hat, finde ich auch, die Tränensäcke könnten mal weggemacht werden. Das untere Augenlid hängt ein bißchen. Für ein junges, superattraktives Mädchen sieht sie in der Tat schon ein bißchen zu fertig aus. Das Telefon klingelt, und während sie ans Telefon geht, lächelt und jemandem erklärt, wie er den Fernseher in Gang bekommt, sehe ich nur noch ihre Tränensäcke.

Da kommt James durch die Schwingtür gepest. Seine Tolle wogt hin und her, als er sich der Rezeption nähert.

»Hallo«, ruft er.

»Hallo«, geb ich zurück.

»Haben Sie zufällig meinen Kaviar-Mann gesehen?«, fragt er ungewöhnlich besorgt.

»Bei mir hat er sich nicht gemeldet«, sage ich.

»Mist«, sagte er und streicht sich eine Locke aus dem Gesicht. »Der Chef hat mir Feuer unterm Arsch gemacht. Unser

Freund aus Texas hat eine ganze Ladung bestellt, die muß auf seinem Zimmer sein, wenn er ankommt.«

»Oha!«, sage ich.

»Ja, oha«, sagt James und verdreht die Augen. »Ich bin am Arsch, mein Freund.«

»Wie sieht er denn aus?«, frage ich.

»Wer?«

»Der Mann mit dem Kaviar.«

»Ach der«, antwortet James, »keine Ahnung, höchstwahrscheinlich eher mürrisch, eher slawisch, eher etwas runtergekommen. So sehen die jedenfalls immer aus. Und er heißt Sergej. Oder Sascha. Was weiß ich, ich kenne ihn noch nicht. Ein Freund in einem Restaurant hat mir letzte Woche den Tip gegeben.«

»Verstehe«, sage ich.

»Halten Sie die Augen für mich offen?«, fragt James.

»Na klar«, sage ich.

»Ich würde ja selber hier warten, aber ich habe da ein paar Flaschen Puligny Montrachet 1980 zu einem Spottpreis gefunden, und ich will nicht, daß die Ignoranten vom Dorchester davon Wind bekommen.«

»Natürlich.«

»Da gibt es auch Sachen von 1942.«

»Super.« Ich nicke. Wein und Spirituosen aus der Zeit des Zweiten Weltkriegs sind in diesen Tagen der große Renner.

»Ja, absolut«, sagt James und zischt wieder ab durch die Schwingtür. »Ab-so-lut.«

»Ich ruf an, wenn ich was seh«, ruf ich ihm nach.

»Danke, Sie sind 'n Schatz.«

Während ich noch dastehe und darüber nachdenke, ob ich wirklich James' Schatz sein will, sehe ich draußen einen ganzen Troß Küchenpersonal an der Glasfront vorbeilatschen. Einige haben noch ihre Arbeitskleidung an, weiße Hemden und blaßblau-karierte Hosen, andere sind in Jeans, Turnschuhen und dünnen Mänteln unterwegs; alle machen einen krummen Rücken gegen die Kälte und ziehen eine dicke Wolke Zigarettenrauch hinter sich her.

Die Küche macht Pause nach der ersten Teilschicht. Die Glücklichen. Mein Gott, was würde ich jetzt für ein kühles Blondes geben, oder einen Wodka, um die Lebensgeister wieder zu wecken. Die Köche haben jetzt zwei Stunden Pause, und ich wette, die meisten von ihnen gehen in den Pub. Für die zwei Stunden nach Hause zu gehen, hätte wohl auch kaum Zweck. Als ich damals in der Küche angefangen habe, bin ich am Anfang, als ich noch niemanden kannte, ein paar Mal nach Hause gefahren, habe aber schnell eingesehen, daß das ein Fehler war. In der U-Bahn bin ich eingepennt, und als ich endlich in meiner Wohnung war, mir ein Sandwich gemacht und irgendein Kinderprogramm im Fernsehen eingeschaltet hatte, konnte ich mich praktisch schon wieder auf den Rückweg machen, wo ich dann wieder eingepennt bin. Ich habe mir dann gesagt, daß ich die Zeit wirklich besser nutzen könnte.

Also ging ich in den Pub. Hier konnte man wenigstens Kontakte knüpfen und seinen Frust ablassen. Ich saß da mit den anderen Gehilfen und Kellnern und lästerte rum, was wieder alles schiefgelaufen war im Mittagsservice und wer uns den Mist eingebrockt hatte, weil er keine Ahnung hat an seinem bescheuerten Grill, oder irgendwas in der Art. Es gab viel zu lachen. Man hörte sechs oder sieben Sprachen, die durcheinander gesprochen wurden, aber irgendwie haben sich alle mühelos verstanden. Ich hab in der Mittagspause so zwei, drei Bierchen getrunken und eine halbe Packung Zigaretten geraucht. Wenn wir zurückkamen, hatten wir also für gewöhnlich leicht einen im Kahn, aber das schien keiner zu bemerken, oder es störte einfach niemanden. Wir haben uns Pfefferminzbonbons eingepfiffen gegen die Fahne. Wenn auch nur einer von den Vorgesetzten angefangen hätte zu meckern, ich glaube, es wäre zur Meuterei gekommen. Man kann nicht hundertfünfzig Leute bis zu sechzehn Stunden am Tag knechten, ohne ihnen eine gewisse Erholung zu gönnen. Nach einer halben Stunde in der Gluthitze der Küche hatten wir den Alkohol ohnehin wieder ausgeschwitzt.

Es gab ein paar, die nie tranken. Das waren die mit den miesesten Jobs, die normalerweise auch kein Wort Englisch sprachen und die Hälfte ihres Gehalts gleich weiter in ihr Heimatland schickten. Entweder sie waren zu fertig oder zu abgebrüht. Einige von denen hatten noch andere Jobs, Putzen oder so. Die nutzten die zwei Stunden zwischen den Teilschichten, um im Gemeinschaftsraum was wegzuratzen.

Die Kiffer tranken auch nichts. Die bauten sich lieber ihren Joint, setzten sich hinten in die Ecke, verdrückten ein paar Tüten Chips und drifteten ab. Ich hab nie kapiert, wie sie die zweite Teilschicht überstanden haben. Haschisch macht müde. Man will nur noch ins Bett. Und ich war schon am Vormittag hundemüde, wozu da noch nachlegen? Ich denke, die haben später auch noch andere Sachen genommen, ein bißchen Koks oder Speed. Ein paar von denen waren am Ende der Schicht um elf fitter und aufgekratzter als ich und sind dann noch einen trinken gegangen, während ich kaum noch einen Fuß vor den anderen setzen konnte und nur noch nach Hause wollte.

Liz nimmt sich die Nachmittagspost vor. Sie teilt sie nach den Bereichen auf. Für Tony die Broschüren mit den Wochenendspritztouren und für James die Weinkataloge. Das sind ganze Stapel. Sonderbar, daß immer noch so massenhaft Papier verschickt wird, wo die Buchungen und Bestellungen doch inzwischen übers Telefon oder per E-Mail laufen. Liz trägt die Haufen nach hinten in unser Büro. Immer neugierig. Sie läßt Ewan erst an die Sachen, wenn sie alles einmal durchgesehen hat.

»Wahnsinn!«, ruft Tony und donnert den Telefonhörer auf die Gabel. »Das wird *die* Party, garantiert!«

»Was denn?«, frage ich und leg mich über den Tresen. Liz ist im Hinterzimmer, da kann man ruhig mal etwas die Standards lockern.

»Die Pressefrau vom Chutney Mary – du kennst den Curry-Laden in Chelsea.«

»Persönlich nicht, aber ich hab gehört, daß der gut sein soll.«

»Tja«, Tony grinst, »die haben da eine Conciergenparty angesetzt für nächste Woche, und sie hat mir gesagt, ich soll vorbeikommen. Wir sind dreißig. Nur Conciergen. Aber ich kann ein paar Freunde mitbringen.«

Ich sehe, wie sich Jez und Dave strecken, als ginge es bereits los. Immer wenn Tony zu solchen Partys eingeladen wird, machen sie es unter sich aus, wer von beiden mitgeht. Das soll zu ihrer Ausbildung dazugehören, sie müssen schließlich gute Restaurants kennen. Nichts unangenehmer, als wenn man als Concierge einem Gast, der zweitausend Pfund pro Nacht für sein Zimmer zahlt, ein Restaurant empfiehlt, und das stellt sich dann als mittelmäßig heraus.

»Klingt gut«, sage ich.

»Ja«, stimmt Tony zu. »Es ist immer von Vorteil, den Kontakt zu den Kollegen zu pflegen. Man kriegt da die irrsten Sachen zu hören. Man muß schließlich wissen, was in den anderen Läden so läuft.«

»Ganz deiner Meinung.«

»Willst du mitkommen?«, fragt er.

Ich richte mich auf. Ich bin geschockt. Jez und Dave wechseln mißmutige Blicke. »Wer, ich?«

»Ja, du«, sagt er. »Das wird dir gefallen. Du lachst dich schlapp, und es ist alles für lau«, sagt er, als bräuchte es noch einen guten Grund.

»Wann ist denn das?« frage ich, als wäre ich der Typ mit vollem Terminkalender, fester Beziehung und gesellschaftlichen Verpflichtungen. Dabei ist das absolute Gegenteil der Fall. Meine letzte feste Beziehung hat mich vor Monaten verlassen, weil ich ständig nachts arbeiten muß, und eine neue habe ich noch nicht – aus demselben Grund.

»Nächsten Donnerstag«, sagt Tony.

»Klingt gut«, sage ich und hol meinen leeren Terminkalender raus. »Ich notier mir das.«

Während ich mir den Termin mit meinem neuen besten Freund notiere, bemerke ich einen Typ mit einer roten Baseballkappe, der mit einer großen Reisetasche durch die Empfangshalle schlurft. Der Typ sieht mehr als verdächtig aus. Er geht zu wenig zielstrebig, um jemand vom Reparaturdienst zu sein, obwohl man sich da täuschen kann, wenn man sieht, was da manchmal für ein Schlendrian herrscht. Ich nehme Augenkontakt zu Tony auf. Blitzschnell ist Tony in Habachtstellung: Er streckt die Brust raus, seine Augen verengen sich zu Schlitzen und folgen jeder Bewegung der verdächtigen Person. Die Beschreibung paßt auf den Typ, der vorhin hier gesehen worden war. Stecken in seiner Tasche aufgerollte Gemälde? Ich wundre mich nur, daß er nicht den direktesten Weg zum Ausgang wählt. Ja, er schlendert doch etwas. Aber man muß verdammt aufpassen, wenn man auf jemanden zugeht. Es kann immer ein Gast sein, da fragt man nicht so mir nichts, dir nichts, ob man mal eben einen Blick in die Tasche werfen könne. Es kann ein Rockstar oder irgendein Promi in Straßenverkleidung sein. Winona Ryder hat uns mal völlig entnervt, weil sie als Mann verkleidet aufzutauchen pflegte, wenn sie das Hotel verließ, um sich vor Paparazzi zu schützen. Solchen Leuten nähert man sich behutsam. Tony scheint unterdessen zu einer anderen Ansicht gelangt zu sein und geht auf ihn zu.

»Entschuldigung«, spricht er ihn an. Der Mann dreht sich um. »Dürfte ich Sie bitten, einmal die Tasche zu öffnen.« Der Mann reagiert schockiert, er nimmt seine Tasche unter den Arm und schüttelt den Kopf. »Bitte öffnen Sie die Tasche, Sir«, wiederholt Tony. »Es ist wirklich für uns alle am einfachsten, wenn Sie kooperieren.« Der Mann schüttelt noch immer den Kopf. »Also gut«, seufzt Tony. Er packt den Mann mit der linken und schnappt sich die Tasche mit der rechten Hand.

»Neeeein!«, schreit der Mann und sackt wie ein Häuflein Elend auf dem Boden zusammen.

»Ich habe höflich gefragt«, sagt Tony und zieht den Reißverschluß der Tasche auf. »Oh«, sagt er bloß, als er hineinsieht.

»Was denn?« frage ich und eile hinter dem Tresen hervor, um reichlich spät meine Unterstützung anzubieten.

»Ruf James an«, sagt Tony mit sehr ruhiger Stimme, »du kannst ihm sagen, sein Kaviar-Mann ist da«.

»Oh«, sage ich und halte mitten im Lauf inne.

»Ja, das ist dumm«, sagt Tony. Er wendet sich dem Mann am Boden zu, streckt ihm die Hand hin, um ihm aufzuhelfen, aber der lehnt ab. Er springt auf und streckt seinerseits die Hand aus, um seine Tasche zurückzubekommen.

James ist noch aufgeregter als sonst, als er schließlich in die Halle eilt.

»Haben Sie ihn geschlagen? Haben Sie ihn geschlagen?«, faucht er Tony an. »Bitte sagen Sie nicht, daß Sie ihn angefaßt haben, er kommt sonst nicht wieder, das garantier ich Ihnen!«

Tony streitet alles ab und leugnet, Hand an den Mann gelegt zu haben, und der Kaviarhändler spricht nicht gut genug Englisch, um ihm widersprechen zu können. James nimmt den Händler unter seine Fittiche und führt ihn in sein Büro. Er wird ihn in Null Komma nichts besänftigt haben, mit ein paar beruhigenden Gläschen Wodka und einem für beide Seiten angenehmen Beluga-, Sevruga- oder Oscietra-Deal.

Das Hotel kauft dem Typ garantiert alles ab, was er in seiner Tasche hat. Es wird nicht schwer sein, den Kram hier wieder loszuwerden. Die Leute löffeln das Zeug ja wie Brombeermarmelade. Der Ölbaron aus Texas hat allein ein Pfund auf Eis auf sein Zimmer bestellt, wenn ich das richtig mitbekommen habe. James wird jetzt wohl mit dem Silberlöffel Stichproben nehmen. Wenn er schon ein paar Tausender fürs Hotel verpulvert, muß er wenigstens aufpassen, daß er keinen Mist geliefert kriegt. Das ist natürlich das Problem, wenn man Sachen auf dem Schwarzmarkt kauft. Man kann sich hinterher bei niemandem beschweren. Der Kaviarmann wird jetzt also eine halbe Stunde in dem Büro sitzen, während James Glas für Glas die Verschlüsse kontrolliert und hier und dort mal ein wenig probiert. Danach gehört die Ware dem Küchenchef, der sie an seine Klientel verteilt und vielleicht auch noch zum Tee anbietet.

Es ist zehn vor vier, und jeden Moment fallen hier die Horden zum Nachmittagstee ein. Ich sehe schon die ersten Touristen, die in Richtung der Lounge schlendern. Das gibt häufig Probleme. Wir sind ein Großhotel der Spitzenklasse, das bedeutet für die Lounge: keine Turnschuhe, keine kurzen Hosen. Und beim Tee kommen wir da regelmäßig in die Bredouille. Tatsache ist, daß niemand den Nachmittagstee so sehr liebt wie die Amerikaner. Und das traditionelle Habit des amerikanischen Touristen ist nun mal Turnschuhe und kurze Hosen. Es läuft meist darauf hinaus, daß wir sehen, ob es sich um eine große Gruppe Amerikaner handelt, die richtig Geld ausgeben will, oder ob es nur ein paar vereinzelte Leute sind, denen wir dann empfehlen, ins Café gleich um die Ecke zu gehen.

Aber natürlich geht es beim Nachmittagstee darum – wie bei allem –, Geld zu verdienen. Und der Nachmittagstee ist eine der einfachsten Arten für ein britisches Hotel, Geld zu verdienen. Die Kosten für eine Kanne Tee, ein bißchen Gebäck, Sandwiches plus ein paar Erdbeeren, Scones und Sahne liegen für uns bei unter einem Pfund. Wir verkaufen das Ganze für 11,75 £ und verlangen noch einmal 5 £ für eine zweite Kanne Tee. In dem Hotel, wo ich zuletzt tätig war, wurde eine Etagere mit Sandwiches und Gebäck im Wert von etwa zwei Pfund für 28 £ angeboten. Wir machen nicht einmal mehr die Mini-Eclairs oder die Erdbeer-Meringues im Haus. Unser bekiffter Patissier ist vollauf damit beschäftigt, Kanapees zu schmieren oder irgendwelche Phantasiegebilde für das nächste große Bankett zu kreieren. Alles wird eingekauft. Die Sachen sind köstlich, aber nicht von uns. Der Patissier kann sich im Grunde nur noch auf die großen Gesellschaften konzentrieren.

Gino versucht sich ebenfalls dranzuhängen. Der Nachmittagstee ist die beste Gelegenheit, noch ein paar übriggebliebene Flaschen Champagner loszuwerden zu 10,50 £ das 1dl-Glas. Wenn in der Bar nicht zu viele Gäste nach dem Mittagessen hängengeblieben sind, sieht man Gino durch die Gesellschaftsräume schlendern mit einer Flasche eisgekühlten Champagners, um sein spezielles Angebot zu empfehlen.

Abgesehen von den vielen Japanern und Amerikanern hat sich das Publikum der Nachmittagstees ziemlich verändert im Laufe der letzten Jahre. Früher war das eher eine Angelegenheit – wie auch der Morgenkaffee – für Damen vom Land, Frauen, die sich für die Stadt schickgemacht hatten und mit ihren Patenkindern, Freundinnen oder Müttern die Stadt besuchten. Heute ist das Ganze glamouröser. Heute geht man zum Tee, wie man etwa zum Lunch geht. Seit Kate Moss und Sadie Frost bei Blakes gesichtet wurden, haben sich die Sitten geändert, und das zeigt sich vor allem am zunehmenden Schampus-Konsum, und niemand ist darüber glücklicher als Gino.

Die Hauptsaison für den Tee ist im August, aber der August ist eigentlich in jeder Hinsicht die Hauptsaison für ein Hotel, denn dann sind wir voll belegt mit Arabern. Und Araber lieben Tee. Wenn sie Anfang des Monats ankommen, stecken sie erst einmal dem Restaurantleiter einen Hunderter zu, um zu gewährleisten, daß ihnen für die Dauer ihres Aufenthalts ein bestimmter Tisch zur Verfügung steht sowie eine eigene Sektion in den Gesellschaftsräumen. Und dann geht's los.

Geld spielt für sie einfach keine Rolle. Und einer ist verrückter als der andere. Ihr Tagesrhythmus ist vollkommen anders als der aller anderen Gäste. Sie stehen irgendwann zwischen zwei und drei Uhr am Nachmittag auf und kommen runter zum Frühstücken, was eigentlich zum Nachmittagstee bedeutet, und zwar aufgedonnert bis zum Gehtnichtmehr, wobei die Frauen dabei selbstverständlich den Vogel abschießen. Sie treffen sich also zum Tee und sind erst einmal damit beschäftigt rauszukriegen, wer den kostbarsten Schmuck am Leib trägt oder wer am meisten bestellen kann. Obwohl das fürs Hotel natürlich alles schön und gut ist, können die Herrschaften doch auch sehr anstrengend sein, denn ihr Tee dauert und dauert und dauert. Wenn man die Tische decken möchte für die ersten Gäste, die vor dem Theater noch schnell einen Happen essen wollen, so um halb sechs, sitzen sie immer noch da.

Meistens sind es die Frauen, die sich als erste erheben, so um fünf, ausgestattet mit prallgefüllten Börsen, um in die teuersten Läden der Stadt einzufallen. Die Männer sitzen dann noch etwas rum und machen irgendwelche Geschäfte. Dann verschwinden alle und tauchen erst wieder um halb zehn im Restaurant auf, wo sie riesige Mengen essen und Wodka in sich hineinschütten, wobei sie allen Ernstes ihren Frauen erklären, das sei Wasser. Dann werden die Casinos und Clubs gestürmt und die Striplokale in Soho, und um drei Uhr in der Früh geht es dann wieder nach Hause. In Häusern wie dem Lanesborough gibt es im August einen eigenen arabischen Speiseplan, von dem können sie sich dann noch in der Nacht was aufs Zimmer bestellen.

Denn das letzte, was man um diese Uhrzeit gebrauchen kann, ist irgendein unvorhergesehener Auftrieb im Speisesaal. Ich hab mal von einem kleineren Hotel in Kensington gehört, das während der Londoner Fashion-Week kalt erwischt wurde. Die meisten Events fanden beim Naturkundemuseum statt, und bis zum Hotel war es für die Mädels nur ein kleiner Marsch auf den Hochhackigen. Naomi Campbell, Claudia Schiffer und einige andere grazile Schönheiten fielen gackernd und schnatternd um 3.45 Uhr über das Hotelrestaurant her und mußten es erst einmal aus dem Dornröschenschlaf wecken. Man verlangte unverzüglich Pommes, Cosmopolitans, Bloody Marys und Champagner. Die jungen Damen breiteten sich aus, bestellten und bestellten, blieben fünfundvierzig Minuten, bezahlten, und der ganze Spuk war wieder vorbei. Der Speisesaal sah aus wie ein Schlachtfeld. Und als man mit Aufräumen gerade wieder fertig war: Überraschung! Um 6.15 Uhr standen die Mädels wieder auf der Matte.

Am nächsten Tag hatte sich das Hotel eine Liste besorgt, wo wann welche Veranstaltung stattfand, um gerüstet zu sein: Sie bereiteten Garnelen-Won-Tons vor, schnippelten Rohkost, machten Chipolata und Würste in Honig; sie mixten krügeweise Bloody Marys und Cosmopolitans, legten Champagner auf Eis. Sie hielten sich nicht groß mit Tischdecken und Tischschmuck auf, im Gegenteil, sie brachten alles in Sicherheit. Die Models kamen zur erwarteten Zeit vorbei und putzten alles weg – mit Ausnahme der Rohkost, die sonderbarerweise niemand anrührte. In zwei Tagen gingen fünfundneunzig Portionen Pommes (à 2.75 £), sowie zweihundert Gläser Champagner weg. Kein schlechter Schnitt.

Ich lehne am Tresen und höre Tony zu, wie er mit irgendeiner Restaurant-PR-Frau am Telefon spricht, als ich eine große schwarze Limousine sehe, die vor dem Hotel hält. Der Mann muß wichtig sein, denn Steve ist sofort in Stellung – Steve riecht ein Trinkgeld zehn Meilen gegen den Wind. Jetzt geht er unauffällig ein paar Schritte rückwärts und klopft mit seiner weißbehandschuhten Hand an die Scheibe. Tony sieht auf und beendet sofort sein Gespräch. Er macht ein Zeichen zu Jez und Dave, die gerade dabei sind, den Kofferkuli zu beladen, und ruft: »Jungs, es geht los, unser Freund aus Texas ist da.«

Von Sechzehn bis Siebzehn Uhr

Die Ankunft von Mr. Masterson setzt alle im Hotel sofort unter Strom. Wer bis eben noch rumgefaulenzt oder gedöst hat, ist hellwach und wie ausgewechselt. Es ist erstaunlich mit anzusehen, was die Aussicht auf reiche Kundschaft bei Angehörigen der Dienstleistungsbranche anzurichten vermag. Plötzlich sind alle Problemchen vergessen. Türen, die eben noch verschlossen waren, sind sperrangelweit offen, und alles ist eitel Sonnenschein.

Steve tritt als erster in Aktion. Er hechtet zur Limo, reißt die Tür auf, begrüßt Mr. Masterson mit Namen und hat dessen Gepäck schon ins Hotel geschafft, als der noch damit beschäftigt ist, seinen kamelfarbenen Kaschmirmantel zuzuknöpfen. Steve kriegt zwanzig Pfund für seinen Diensteifer und verbeugt und entfernt sich rückwärts, als wäre Mr. Masterson ihre fürstliche Hoheit persönlich. Und nach Hotelkriterien ist er das auch.

Der nächste, der Mr. Masterson sein strahlendstes Lächeln schenkt, ist Tony. Von seinem Pult forteilend, mit ausgestreckter Hand, heißt er Mr. Masterson herzlich willkommen, freut sich ihn wiederzusehen und möchte wissen, wie der Flug war. Das gehört nicht im engeren Sinn zu seinen Aufgaben, sondern ist mehr Adrians Revier, aber es bringt ihm fünfzig Pfund ein.

Immer mehr Nasen lassen sich in der Empfangshalle blikken, die bislang im Verborgenen gearbeitet haben. James eskortiert gerade seinen Kaviar-Mann hinaus und rennt förmlich in Mr. Masterson hinein, als dieser am Rezeptionstresen steht, um einzuchecken. James erwähnt wie nebenbei, daß er selbstverständlich seine Trinidad-Diplomatic-Zigarren hat auftreiben können, und bekommt dafür fünfzig Pfund. Gino läßt den Revisor Revisor sein und kommt aus der Bar herüber, um Mr. Masterson zu berichten, daß er da einen ganz außergewöhnlichen Whisky aufgetan habe, den er, Mr. Masterson, vielleicht einmal probieren wolle. Gino kriegt hundert Pfund für seine Mühen. Selbst André findet einen Grund, zu uns zu stoßen, obwohl er wirklich den Nachmittagstee beenden müßte. Er japst wie auf Speed, daß er denselben Tisch wie immer für Mr. Masterson reserviert habe, und kassiert fünfzig Pfund. Schließlich kommt auch Adrian aus seinem Büro herbei. Er trägt sein kostbarstes Lächeln und signalisiert mit jeder Pore volle Einsatzbereitschaft. Er heißt den Texaner in seinem Haus willkommen, als wäre er sein ältester Freund, noch von damals. Sie schütteln sich die Hand, klopfen sich auf die Schultern, fragen nach dem werten Befinden, als würde es jemanden interessieren. Adrian behält sich diese Nummer ausschließlich für Gäste vor, die mehr als zehntausend Pfund im Hotel lassen. Nicht auszudenken, wie er sich ins Zeug legen müßte, wenn er David Beckham zu begrüßen hätte; der hatte bekanntlich im Hotel Santo Mauro in Madrid 433 158 £ auf den Kopf gehauen.

Ich laß Liz die Formalitäten am Tresen erledigen. Die hektische Katzbuckelei und das extreme Speichellecken schlagen mir aufs Gemüt, obwohl ich natürlich wußte, daß es so kommen würde. Seit Tagen warten alle auf den Texaner und seine fette Kohle. Daß ihm jetzt die gesamte Belegschaft zu Füßen liegt beziehungsweise die Hand aufhält, sollte mich wahrlich nicht groß schockieren. Aber Liz erledigt das ohnehin viel lieber als ich. Sie streicht sich durchs Haar und bringt ihr Dekolleté in Anschlag, als gelte es, mit einem klasse aussehenden Hollywood-Star zu flirten und nicht einen kleinen, kugeligen, rotgesichtigen Siebziger einzuchecken. Doch Mr. Masterson gefällt's und teilt eine weitere Fünfzigernote aus, als er den Zimmerschlüssel in Empfang nimmt. Bis jetzt hat der Mann mehrere hundert Pfund Trinkgeld verpulvert, und er hat noch nicht einmal den Lift erreicht.

Jez und Dave fechten einen Kampf darum aus, wem die Ehre gebürt, Mr. Mastersons Gepäck aufs Zimmer tragen zu dürfen. Es handelt sich dabei um eine einzelne Louis-Vuitton-Tasche. Für einen reichen Sack reist Mr. Masterson ziemlich unbeschwert.

»Einen angenehmen Aufenthalt, Sir«, wünsche ich instinktiv, als er davongehen will.

»Ach, ich hab Sie gar nicht gesehen«, sagt er und klingt ehrlich überrascht. Er zückt einen Zwanziger und legt ihn auf den Tresen.

Ich bin wie vor den Kopf gestoßen. Meine Heldennummer, als einziger der großen Versuchung zu widerstehen, ist nicht ganz nach Plan verlaufen. Ich steh jetzt so blöd da wie alle anderen.

»Ich bitte Sie, das ist doch nicht nötig«, sage ich und schiebe den Schein über den Tresen zurück.

»Junger Mann«, nuschelt Mr. Masterson und blickt schon Richtung Lift, »nehmen Sie's. Da, wo das herkommt, gibt es noch sehr viel mehr.«

»Hm, danke sehr«, murmle ich.

»Ich habe zu danken«, gibt er zurück.

Als sich die Lifttür hinter ihm schließt, herrscht noch eine Sekunde lang Stille, dann bricht die Hölle los. Alles redet durcheinander, es klingt wie auf dem Pausenhof. Ausrufe wie: »Nicht zu fassen!« und: »Das ist ja Wahnsinn!« erfüllen die Empfangshalle. Die Motivation der gesamten Belegschaft hat sich verdoppelt und verdreifacht, nur weil ein Gast angekommen ist.

»Also ich fand ihn nett«, sagt Liz und fährt sich wieder mit der Hand durchs Blondhaar.

»Das war klar«, stöhne ich.

»Was soll das denn heißen?«

»Ach, nichts«, sage ich. »Ich bin draußen, eine rauchen.«

Eigentlich dürfen wir nicht draußen vor dem Eingang rauchen. Das verträgt sich nicht mit dem Image eines Großhotels der Spitzenklasse. Eine Horde Kellner, die sich vor dem Hotel die Zichten reinzieht und den Bürgersteig mit Kippen vollmüllt, ist natürlich wirklich keine Augenweide für den ankommenden Gast. Aber das ist mir im Moment egal. Es ist sonderbar. Normalerweise hätte ich mich wie die anderen auf den Ami gestürzt und hätte ihm für den Zwanziger die Finger geküßt. Aber heute hat mich das alles nur angekotzt. Vielleicht macht mir Michelles Weggang mehr zu schaffen, als ich mir eingestehen will. Die Vorstellung von endlosen Schichten mit Liz ist schrecklich. Oder das sind noch immer die Nachwehen von der Party gestern.

Ich schlender zum alten Steve, der mit den Füßen aufstampft. Es ist wirklich verdammt kühl, und es dunkelt bereits. Er muß noch vier Stunden da rumstehen und Türen öffnen und freundlich sein.

»Alles klar?«, frage ich.

»Alles bestens.« Er nickt. Seine große Knollennase leuchtet rot und feucht. Ich hab keine Ahnung, wie er das hier so lange aushält.

Wir haben vier Portiers: Graham, Derek, Dennis und den alten Steve. Der alte Steve und der wesentlich jüngere Dennis sind Cousins. Hier gilt eben noch die alte Tradition, daß man solche Stellen in der Familie hält. Dennis macht das jetzt schon sieben Jahre, Graham und Derek sind relativ neu bei der Mannschaft. Aber im Vergleich zu Steve sind alle wie Neulinge. Steve steht seit dreißig Jahren vor dem Hotel. Er hat vier Tage Dienst, vier Tage frei und schiebt eine Zwölfstundenschicht von acht bis zwanzig Uhr, öffnet Türen und macht vor dem Haus sauber und putzt. Und das für ein Gehalt von elftausend im Jahr. Allerdings mit seiner Sammlung von Pfundmünzen kann man davon ausgehen, daß es am Ende fünfmal soviel ist. Steve gehört praktisch zum Inventar, und manche Gäste bringen ihm eigens Geschenke mit, wenn sie kommen. Sein Gesicht zur Begrüßung gehört für viele zum normalen Erscheinungsbild des Hotels. Die Leute fühlen sich wirklich willkommen, wenn sie ihn sehen, und manchmal nennt er die Gäste sogar beim Namen, damit die sich gebauchpinselt und wichtig fühlen. Was sie nicht ahnen, ist, daß Steve ein alter Griesgram ist, der in seinen freien Tagen säuft wie ein Loch. Die wildmäandernden Äderchen auf seiner massiven Nase rühren nicht etwa von den Unbilden der Witterung her, denen er pausenlos ausgesetzt ist, sondern von den Nächten zu Hause, die er mit der Whiskyflasche verbringt. Aber heute scheint er ganz gute Laune zu haben. Vielleicht hat das Zwanzigpfundtrinkgeld was damit zu tun oder die Tatsache, daß er seine vier Tage fast hinter sich hat und in drei Stunden nach Hause gehen darf. Er bricht sogar ein Gespräch vom Zaun.

»Und bei dir?« Er zieht die Nase hoch.

»Ging schon mal besser«, antworte ich.

»Vermißt deine Freundin, hm?«, fragt er und stampft wieder mit den Füßen auf.

»Freundin?«

»Michelle.«

»Ja«, sage ich. »Mehr als ich erwartet hätte.«

»Sie war ziemlich scharf.«

»Ich hätte nicht gedacht, daß dir das auffällt.«

»Doch, doch«, ein mattes Lächeln umspielt seine Mundwinkel. »Ich seh mehr, als ihr so glaubt. Ihr glaubt, Tony ist der einzige, der seine Augen und Ohren überall hat. Da täuscht ihr euch. Ich sehe jeden, der kommt und geht, von meinem Posten aus, und nur weil ich mit dem Rücken zur Rezeption stehe, heißt das noch lange nicht, daß ich nicht mitkriege, was läuft.«

»Kann schon sein«, sage ich und nehme einen tiefen Zug von der Zigarette.

»Ich weiß zum Beispiel von der Sache mit Ben und Jakkie«, fährt er fort.

»So, so.«

»Ich weiß es«, wiederholt er und tippt sich mit einem weißen Finger an die Nase. »Du warst ziemlich sauer.«

»Am Anfang schon«, sage ich.

»Ja, ja«, sagt er und lächelt matt in sich hinein. Er läßt mich stehen und begibt sich zum Bordstein, wo ein Taxi herangefahren ist. »Hey«, ruft er und dreht sich noch einmal zu mir um. »Die Kippe. Nimm die gefälligst mit rein.«

Ich hebe die Zigarette auf, die ich in Gedanken auf den Boden geschmissen habe, und folge dem neuangekommenen Gast in gebührendem Abstand durch die Drehtür ins Hotel. Zum Glück (jedenfalls für einen rauchenden diensthabenden Empfangschef) ist der Neuankömmling Mrs. Robertson.

Gott segne sie. Eine liebe alte Dame Ende Achtzig, die bei uns wohnt, seit ihr Mann vor zweieinhalb Jahren gestorben ist. Sie ist freundlich, charmant, plaudert gern, aber leider ist sie extrem harthörig.

Sie hört so schlecht, daß wir für sie ein eigenes Verfahren entwickeln mußten, damit der Etagendienst in ihr Zimmer kommt. Sie hat ein Zimmer im obersten Stockwerk mit einem wunderschönen Blick auf London, den sie immer dann genießt, wenn sie nicht gerade Pferderennen im Fernsehen guckt. Im ersten Jahr ihres Aufenthalts war das Fernsehgukken eine Katastrophe. Sie hatte das Gerät für gewöhnlich auf volle Lautstärke gestellt, und wenn der Etagendienst mit den Mahlzeiten kam, hörte sie natürlich das Klopfen nicht. Es ist uns nicht gestattet, Zimmer zu betreten, bis wir nicht dazu aufgefordert werden, also standen die Jungs vom Etagendienst stundenlang vor ihrer Tür und hämmerten dagegen. Ohne Erfolg. Auch das Klingeln des Telefons hörte sie nicht, wenn wir von unten anriefen. Schließlich kam Tony auf die Lösung des Problems. Von dem Kumpel eines Kumpels hatte er den Tip bekommen, sich eine bestimmte Fernbedienung zu besorgen, die durch die Zimmertür hindurch funktioniert. Die besorgten wir uns, und jedesmal, wenn wir nun Mrs. Robertson zu sprechen wünschen, drehen wir ihr einfach den Ton ab. Mrs. Robertson war zunächst erbost, die Angestellten aber erleichtert.

»Guten Tag, Mrs. Robertson«, rufe ich, als ich sie an der Rezeption überhole.

»Hä?« macht sie und wendet mir ihr faltiges Gesicht zu.

Ich muß zugeben, daß ich sie sehr mag, die alte Frau. Meine Großmutter ist vor ein paar Jahren gestorben, und Mrs. Robertson erinnert mich ein wenig an sie. Ich mag es, wie sie stets adrett in Hut und Handschuhen erscheint, wenn sie ausgeht. Es gibt nicht mehr viele Leute, die das heutzutage tun.

Aber sie ist auch bei den anderen Angestellten beliebt, vor allem weil sie immer höflich ist und keine großen Scherereien macht. Ich erinnere mich an eine andere alte Dame, in einem anderen Hotel, in dem ich mal gearbeitet habe, die war richtiggehend böswillig und streitsüchtig und hat regelmäßig ihren Ohrensessel bepißt. Wir haben schließlich alle Stühle und Sitze in Schutzhüllen eingepackt und Gummieinlagen in ihr Bett gelegt wie im Altenheim, und selbstverständlich ist niemand von uns dazu ausgebildet, Pfleger zu spielen.

Es ist immer eine zweischneidige Sache mit Langzeitgästen. Man sollte meinen, das Hotel müßte froh sein, auf lange Sicht Zimmer vergeben zu können, aber die Sache hat doch auch entschiedene Nachteile. Zunächst einmal sind die Dauergäste nicht in erster Linie liebe alte Damen, die am Nachmittag Tee vor ihrem Fernseher trinken. Die meisten sind ausländische Geschäftsleute, die von ihrer Bank oder von irgendeinem anderen Arbeitgeber, der es sich leisten kann, bei uns einquartiert worden sind. Die wohnen dann zwei Monate bei uns, suchen in der Zeit eine Wohnung in der Stadt und werden von Tag zu Tag anspruchsvoller, glauben, sie wären schon bei sich zu Hause; sie entwickeln Marotten, wollen zum Frühstück ausschließlich Himbeeren oder beschäftigen den Concierge wie ihren Privatsekretär, lassen ihn Flüge buchen und Taxis holen, selbst von ihrem Büro aus. Sie betrachten das Zimmer als ihr persönliches Apartment und verbieten dem Zimmermädchen den Zutritt, gleichzeitig beschweren sie sich, daß nicht aufgeräumt ist.

Wir haben auch Gäste, die gerade ihre Wohnung oder ihr Haus renovieren lassen und sich solange ein Hotelzimmer nehmen. Sie sind zumeist gestreßt, achten auf jeden Penny (die Renovierung kostet schließlich viel Geld), lassen keinen

Etagendienst kommen und bringen ihren eigenen Alkohol mit. Dauergäste bekommen in der Regel ihre Rechnung am Monatsende, und es sind immer die Hausrenovierenden, die sich beschweren und jeden einzelnen Posten in Frage stellen. Manche bezahlen auch im voraus, und wir kriegen von ihnen die Kreditkarte, buchen eine Pauschale ab und müssen ihnen dann mitteilen, daß nicht genügend Geld auf dem Konto ist. Mrs. Robertson gehört zur Kategorie Vorauszahler. Bei betagten Gästen sehen wir das natürlich lieber so, wie man sich denken kann.

Es gibt dann allerdings noch eine Art von Dauergästen, von denen das Hotel gar nicht genug kriegen kann, das sind Millionäre wie Mick Jagger im Claridge's etwa, die sich ein Apartment im Hotel halten und dort dann ein-, zweimal im Jahr auftauchen. Die zahlen für ein Jahr im voraus und verlangen nichts weiter, als daß das Zimmer nicht anderweitig belegt wird. Nun, das ist der entscheidende Punkt. Tatsächlich wird es eben doch anderweitig belegt. Ich erinnere mich an diese entsetzliche Story mit Kerry Packer, dem Medienmogul und reichsten Mann Australiens, der im Savoy auftauchte und feststellen mußte, daß er nicht in sein Zimmer kann. Sein Zimmer war eine Suite, die er dreihundertfünfundsechzig Tage im Jahr gebucht hatte und maximal zwei bis vier Wochen nutzte. Aber jetzt tauchte er doch einmal außerplanmäßig auf, und das Hotel hatte jemand anders in das Zimmer gesteckt. Der Empfangschef versuchte ihn hinzuhalten und erzählte was von einem defekten Rohr oder so und von notwendigen Reparaturarbeiten, während im Zimmer die Leute damit beschäftigt waren, in Eile die Klamotten des anderen Gastes fortzuschaffen. Packer roch bald den Braten und drohte damit, sich ein anderes Hotel zu nehmen, wenn er nicht innerhalb von zehn Minuten auf sein Zimmer könne.

Irgendwie haben sie es geschafft. Wie sie wohl dem anderen Gast die ganze Aktion erklärt haben? Der Mann hatte schließlich eine teure Suite gebucht. Höchstwahrscheinlich haben sie ihm einfach nichts berechnet.

»Guten Tag«, rufe ich noch mal Mrs. Robertson zu.

»Ach, guten Tag!« Sie nickt. Wenn sie einem ins Gesicht sieht, kann sie zumeist von den Lippen lesen, was man sagt. »Ich habe zusammen mit meinem Enkel im Simpson's gegessen«, antwortet sie dann auf meine Frage und nickt.

»Gut«, sage ich.

»Ja, sehr gut«, antwortet sie.

»Möchten Sie Ihren Schlüssel haben?«, frage ich.

Lippenlesen oder nicht, mein Gebrüll hallt durch die ganze Empfangshalle, und Tony sieht genervt herüber. Bei ihm herrscht Hochbetrieb. Spätestens jetzt muß er alle Tische bestätigen, die er vorbestellt hat in den verschiedensten Londoner Restaurants. Wenn er bis jetzt seine Tische nicht vollgekriegt hat, muß er anrufen, damit die Restaurants die Plätze weitervergeben können an Leute, die in der Nahrungskette etwas tiefer rangieren. Gleichzeitig kommen aber auch immer noch Anrufe von Gästen, die einen Tisch reservieren wollen. Tony ist also in einer gewissen Zwickmühle. Soll er jetzt im Ivy oder Sheekey's die Tische freigeben und in Kauf nehmen, daß in den nächsten zehn Minuten jemand anruft und was reservieren möchte, oder wartet er noch ein Viertelstündchen und riskiert, den Maître zu vergraulen, der dann beim nächsten Mal vielleicht etwas weniger entgegenkommend ist? Das sind die Probleme, die ein guter Concierge zu bewältigen hat, und ein guter Concierge ist überlebenswichtig für ein Hotel. Es ist üblich, daß gute Conciergen von anderen Hotels einfach abgeworben werden. Erst neulich hatte

Tony ein Angebot auf dem Tisch, rannte damit zu Adrian, und schon hatte er eine Gehaltserhöhung in der Tasche.

Mrs. Robertson hat meine letzte Frage nicht verstanden, aber ich hole ihr die »Ving«-Karte trotzdem. Das Glitzern in Tonys Augen genügt, um mich davon abzuhalten, noch einmal die Stimme zu erheben.

»Was hat der denn?«, fragt Liz, die wie wild mit der Rechenmaschine beschäftigt ist und die abgereisten Gäste abrechnet. Das ist ein Sache, die ich, wenn es nur irgend geht, liebend gern delegiere.

»Keine Ahnung«, sage ich und reiche Mrs. Robertson den Schlüssel.

»Er wird doch wohl nicht zuwenig Karten für die Mausefalle haben?«, spottet Liz.

»Um Himmels willen! Oder wollen jetzt auf einmal alle in ›We Will Rock You?‹«

Tony sieht wütend hoch. Seine Lippen formen: »Leckt mich doch am Arsch!«

»Na, na, na«, ruft Mrs. Robertson und wedelt mit dem Zeigefinger. »Das habe ich gehört«, und geht Richtung Lift.

»Wie kann sie…«, flüstert er uns zu.

Liz und ich zucken die Achseln. Tonys Telefon klingelt, und er geht ran. Sein nervöses Lächeln verrät, daß es ein wichtiger Anruf sein muß. Liz wendet sich wieder ihren Abrechnungen zu. Sie macht jetzt eine Aufstellung der Kosten, die wir heute bereits vorgestreckt haben, die »Pille danach« zum Beispiel. Ich überlege, schnell bei der Hausdame anzurufen, um sicherzugehen, daß alle Zimmer fertig und wir gerüstet sind, wenn der frühabendliche Ansturm losgeht. Aber Jackie gähnt mir nur was vor und meckert rum, daß eine Lampe in 240 kaputt ist. Ich höre kaum zu, denn das Mädchen mit den Blumen kommt gerade zur Tür herein.

Jenny ist blond und temperamentvoll und trägt eine Kaschmir-Stola über den Schultern. Sie kommt mehrmals in der Woche zu uns, um sämtliche Blumen im Hotel auszuwechseln. Die Zimmer nimmt sie sich montags vor, die Gesellschaftsräume mittwochs und die Empfangshalle, das Restaurant und die Bar freitags. Blumen klingt vielleicht harmlos im Vergleich zu den anderen Einsatzbereichen des Hotels, aber tatsächlich spielen Blumen eine große Rolle. Sie setzen entscheidende Akzente im Haus und prägen wesentlich das Ambiente. Deswegen läßt es sich ein Hotel wie das Bentley im Monat viertausend Pfund kosten und ein etwas kleineres Hotel wie das unsere dreitausend Pfund. Kein schlechter Auftrag also für einen Floristen. Und wenn man dann noch mal zu den Hochzeiten und Banketts hinzugezogen wird, können sich die Einnahmen schnell verdreifachen.

Jenny scheint mit ihrer Wald-und-Wiesen-Phase gerade durchzusein und sich jetzt mehr in Richtung tropischer Regenwald zu orientieren. Alles sieht sehr fleischig aus und glänzt, und es duftet praktisch nach nichts. Mein Geschmack ist das nicht. Aber ich muß ja auch nur tagein, tagaus direkt neben dem Grünzeug arbeiten, was zählt da also schon meine Meinung?

Wenn sie ankommt, hat sie die Gestecke zumeist schon fertig, holt sie aus ihrem Lieferwagen, der vor dem Eingang parkt, während Steve aufpassen muß, daß keine Politesse vorbeikommt. Dann kommt sie und verteilt ihr Kreationen, während sie Liz die neusten Geschichten von ihren zwei Kindern erzählt. Ehrlich, ich weiß mehr über Jennys Familie als über meine eigene. Im Moment liegen die beiden Kleinen mit einer Erkältung im Bett, und Liz greint mitleidig dazu. Ich begebe mich ans andere Ende des Empfangstresens. Ich will nicht stören. Ganz plötzlich macht sich wieder bemerkbar, daß ich letzte Nacht zu wenig geschlafen habe. Ich freu mich schon auf mein Sofa und einen Teller Suppe.

»Kacke!«, schimpft Tony lauthals los und knallt den Hörer auf. Sehr unprofessionell.

»Ich muß doch sehr bitten!«, sagt Jenny und dreht sich sehr ruhig zu ihm um.

»Tschuldigung«, sagt Tony und lächelt müde. »Aber ist doch wahr, ey, da hat man gerade seine Tische im Ivy abbestellt, und wer ruft an und will einen Tisch für sechs? Der wichtigste Gast des Hauses!«

»Oje!«, sagte Jenny und zupft ein dickes, rotes Etwas zurecht, an dem sich ein Staubgefäß befindet, das aussieht wie eine Satellitenschüssel.

»Nicht Masterson?«, frage ich.

Tony nickt und schlägt die Hände vors Gesicht.

Von Siebzehn bis Achtzehn Uhr

Tony kann noch so sehr zu Kreuze kriechen, es nützt ihm alles nichts. Er hat seine Ivy-Tische bis zur allerletzten Sekunde zurückgehalten, und jetzt hat er den Salat. Ich höre, wie er hektisch ins Telefon flüstert. Sein Kopf ist gesenkt, als würde er in seinen Brustkasten sprechen. Das macht er immer so, wenn er einen Deal aushandelt. Aber das fortwährende Kratzen an der Stirn verrät, daß er hier nicht weiterkommt. Dann legt er ganz langsam den Hörer auf die Gabel und sieht in unbestimmte Fernen, ganz offensichtlich, um scharf nachzudenken.

Liz und Jenny stellen ihr Gespräch über die Kinder ein, und Jenny macht sich mit einem orangefarbenen Gesteck in der rechten und einer Schale mit grünen Blättern in der linken Hand auf in Richtung Bar. Auf halbem Weg kommt ihr Gino entgegengedampft.

»So eine verdammte Scheiße!«, ruft er, läuft zur Rezeption, wo er demonstrativ am Tresen zusammenbricht. »Jeder Mensch kommt einmal in seinem Leben an einen Punkt, wo er töten muß. Ich bin jetzt an diesem Punkt angelangt. Mein Gott«, er atmet tief durch, »diese miese kleine Ratte von Revisor! Ich sage euch, der zählt jede einzelne beschissene Olive bei mir!« Er nimmt eine imaginäre Olive aus einer imaginären Schale und zählt: »Eins … zwei … drei …«

Liz ist entsetzt: »Ehrlich?« Sie lehnt sich über den Tresen.

»Natürlich nicht, du Dummchen!« Gino rollt mit den Augen. »Aber so ungefähr!«

»Ach so.« Liz senkt den Kopf und ist auf einmal wieder sehr an ihrem Papierkram interessiert.

»Man glaubt es nicht«, ruft Gino und schüttelt heftig den Kopf. »Wir haben drei Flaschen Britvic Orange zuwenig und eine Flasche Wodka, und jemand hat einen Fingerbreit Bailey's verschüttet. Also wirklich.« Er legt die Hände zum Gebet zusammen. »Ich bitte euch: Wen kratzt das?«

»Es klaut nun einmal jemand im Hotel Bombay Sapphire«, wagt Liz einzuwerfen und schürzt trotzig die Lippen.

»Das wissen wir alle, meine Schöne«, sagt Gino, »aber dann sollen die im verdammten Hausdamenbereich bei den Mädels rumschnüffeln, und nicht bei mir! Ich verkauf keine albernen Mini-Flaschen, oder?«

»Ich sag ja nur«, sagt Liz nur.

»Ich hab's gehört«, wischt Gino ihre Bemerkung beiseite, »aber mit mir hat das nichts zu tun.«

Während Gino am Empfangstresen in den Seilen hängt, kommt Adrian durch die Schwingtür geeilt. Seine Miene ist finster.

»He, Gino«, ruft er und schnippst mit den Fingern. Gino richtet sich auf. »Was machen Sie hier in Morgengarderobe«, fragt Adrian. »Es ist fünf durch«, fügt er an und tippt auf seine goldene Uhr. »Schwarze Fliege.«

»Schon unterwegs«, ruft Gino mit übertriebener Munterkeit. »Ich erhol mich nur gerade von meiner Inventur.«

»Jetzt gleich!«, brüllt Adrian, dem gerade nicht der Sinn nach Ginos Sprüchen steht. Gino sputet sich ohne ein weiteres Wort. Adrian wendet sich an Tony. »Was höre ich da über Mr. Masterson und das Ivy? Ich hatte ihn gerade am Apparat.«

Adrian hockt sich halb auf Tonys Pult und spricht zu ihm mit leiser Stimme. Tony sieht eine Weile von unten zu ihm auf, dann sieht er auf den Boden und nickt nur unablässig. Weder Liz noch ich können ein Wort verstehen. Wir lehnen uns beide vor, um vielleicht doch noch was mitzukriegen. Aber keine Chance.

Kurz darauf bemerke ich, wie die Küchenmannschaft nach der Mittagspause an der Hotelfront vorbeizieht. Zum Glück dreht Adrian ihnen den Rücken zu, denn ich kann bis hier sehen, daß sie ordentlich getankt haben. So wie die gehen, lachen, sich auf die Schultern hauen. Was sollte es sonst für einen Grund geben, wenn man zurück in die Küche muß. Einer der Sous-Chefs lehnt sich ans Glas der Hausfront und knutscht die Scheibe. Einen schrecklichen Augenblick befürchte ich, er könnte sich umdrehen und uns seinen blanken Hintern zeigen. Alles schon vorgekommen! Aber er bemerkt gerade noch Adrians Rücken und läuft grölend hinter den anderen her.

Nicht, daß ich ihnen Vorwürfe machen würde. Ich fand die zweite Teilschicht immer viel entsetzlicher als die erste. Man schlüpft in frische Arbeitsklamotten, und dann geht die Tortur mit doppelter Macht wieder los. Die Leute sind müde, die Nerven liegen schnell blank, und der Streß nimmt noch mal zu, weil einfach noch so wahnsinnig viel zu tun ist. Als erstes müssen jetzt haufenweise Kanapees gemacht werden. Wir haben heute eine Veranstaltung mit vierhundert Leuten, die um halb sieben kommen. Weiß der Kuckuck, wie viele Lachsröllchen und Blinis sie im Laufe des Abends zubereiten müssen. Dann müssen Tonnen von Amuse-Bouches für die Bar fertiggemacht werden. Eine Luxushotel-Bar kann sich nicht mehr bloß auf Chips, Nüsse und die obligatorischen Oliven beschränken. Um den Preis für einen Martini von fünfzehn Pfund nur ansatzweise zu rechtfertigen, muß man schon gefüllte Anchovis, Salzgebäck, Eier mit Kaviar und Garnelen auf Toast dazu reichen können. All das muß fertig sein, noch bevor die Sous-Chefs zu ihrem Mise en Place kommen: Petersilie hacken, Zwiebeln schneiden und so weiter. Ich winke einem der Gehilfen zu und bin froh, daß ich die Küche hinter mir habe.

Adrian steht von Tonys Pult auf, klopft ihm auf die Schulter und sagt irgendwas wie, er sei froh, daß man zu einer Lösung gekommen sei, und Tony sieht ziemlich erleichtert aus. Adrians Gesicht zeigt noch eine gewisse Anspannung, als er an der Rezeption vorbeikommt.

»Hier alles klar?«, fragt er.

»Alles klar«, antwortet Liz, und ihre Stimme klingt merkwürdig schrill.

»Was für ein Koffer ist das?«, fragt Adrian und zeigt auf den Koffer, den ich vorhin so eigenmächtig gepackt habe.

»Von einem Gast«, sage ich leichthin. Ich habe sofort ein mulmiges Gefühl. Ich hatte die Geschichte erfolgreich verdrängt. Mir schießt das Blut ins Gesicht. Keine Ahnung, ob Adrian das bemerkt.

»Dann tun Sie ihn ins Büro«, sagt Adrian und nickt Richtung Hinterzimmer. »So geht es nicht. Wann holt der Gast ihn ab? Ich wünsche nicht, daß wir das Gepäck so lange aufbewahren, wenn die Leute ausgecheckt haben.«

»Ja, Mr. Thompson«, sage ich. Ich bücke mich nach dem schweren Ding und vermeide es, Adrian in die Augen zu sehen.

»Wann will er kommen?«, fragt Adrian noch mal.

»Hm, bald«, versuche ich es.

»Gut«, sagt Adrian. »Und der Revisionsmensch, ist der weg?«

»Soweit ich weiß, nicht«, sage ich.

»Sie sind diensthabender Empfangschef hier. Heißt das ja oder nein?«, gibt Adrian trocken zurück.

»Nein«, sage ich mit möglichst fester Stimme.

»Gut«, sagt er. »Halten Sie die Augen offen«, ergänzt er und geht weg. Auf halbem Weg dreht er sich noch einmal um und macht mit einem Finger die Holzauge-sei-wachsam-Geste.

»Sehr wohl, Sir«, sage ich, als er durch die Schwingtür geht. Alles atmet auf, als er verschwunden ist. Selbst Jez und Dave haben sich von der allgemeinen Nervosität anstecken lassen und haben furchtbar ernst getan, als gälte es, wichtige Entscheidungen zu treffen.

»Er ist auf dem Kriegspfad«, sagt Liz, weil es sonst niemand bemerkt hätte. »Was hat er denn?«

»Keine Ahnung, aber ich kann es nicht leiden, wenn er so ist«, antworte ich. »Bei dir alles in Butter, Tony?«, rufe ich zu ihm rüber.

»Aber immer«, sagt er und hebt den Hörer ab. »Wir schicken den Ami ins Sheekey's, ich hab da noch was regeln können. Und Adrian ruft ihn an und sagt, daß das ohnehin der bessere Schuppen ist mit der viel höheren Promirate.«

»Genau, ins Ivy geht doch heutzutage jeder Proll.«

Tony grinst. In diesem Moment betritt eine hinreißend gutaussehende rothaarige Frau die Empfangshalle. Sie wirkt atemlos, und anscheinend hat es draußen zu regnen begonnen, denn sie schüttelt sich das Wasser aus den Haaren. Sie ist überladen mit Taschen und Einkaufstüten und zieht hinter sich einen Trolley, auf dem sich ein weiteres Täschchen befindet.

»Hi, hi«, ruft sie bereits aus der Distanz und kommt auf mich zu. »Vanessa, Vanessa O'Neil.« Sie lächelt, und als sie beim Tresen ist, läßt sie erschöpft ihr ganzes Gepäck zu Boden gehen.

»Guten Abend, Madam«, sage ich und gebe ihren Namen in den Computer ein.

Sie lehnt über den Tresen und lächelt. Ich lächle zurück.

»Zwei Übernachtungen«, sagte sie.

»Sehr wohl«, sage ich und tippe weiter.

Wir schweigen beide, und inmitten der allgemeinen Stille bemerke ich ein sonderbares brummendes Geräusch.

»Was ist das?«, fragt nun auch Liz, die zu mir herüberkommt.

»Keine Ahnung«, sage ich und lehne mich über den Tresen, um das Geräusch zu lokalisieren.

Da kommt Jez auf uns zu, um das Gepäck von Ms. O'Neil nach oben zu transportieren. Aber er kommt nicht weit. Plötzlich bleibt er stehen, starrt auf den Boden und wird knallrot. Ms. O'Neil ist unterdessen dabei, in ihrer Handtasche nach der Kreditkarte zu suchen, von dem Geräusch scheint sie nichts bemerkt zu haben.

»Zimmer 460«, sage ich und reiche ihr den Schlüssel.

»Vielen Dank«, sagt sie und reicht mir ihrerseits die Kreditkarte.

Das Brummen hält noch immer an, und jetzt sieht sich auch Ms. O'Neil verwundert um. Da bückt sich Jez und hebt etwas vom Boden auf.

»Madam«, stottert er und wird noch eine Spur roter. »Ich glaube, Sie haben da etwas … verloren.« Er hält den Blick zu Boden gerichtet, als er ihr einen dicken schwarzen Dildo überreicht, der wild vor sich hinrotiert.

»O neiiin!«, kreischt Ms. O'Neil, greift mit beiden Händen nach dem Ding und versucht es fieberhaft, zum Schweigen zu bringen. Sie dreht und biegt daran herum und ist ganz offensichtlich kurz davor, vor Scham in Tränen auszubrechen. Schließlich öffnet sie kurzerhand ihre Handtasche und wirft den noch immer wütend brummenden Prügel hinein.

»Äh …«, macht sie und sieht mich kläglich an.

»Ja, Madam?«, frage ich.

Ich beiße mir so heftig auf die Zunge, daß ich schon glaube, Blut zu schmecken. Wir starren uns an und versuchen beide zu übersehen, daß die Handtasche vibriert.

»Würde es Ihnen etwas ausmachen, wenn ich sofort aufs Zimmer gehe und wir die Formalitäten später erledigen?«, fragt sie mit weinerlicher Stimme.

»Aber nicht das geringste«, anworte ich und schaffe es irgendwie, ernst zu bleiben. »Kein Problem.«

Ms. O'Neil sammelt ihre Taschen auf, verscheucht mit einem erschreckten Blick Jez, der sich daranmachen wollte, ihr beim Tragen zu helfen, und läuft Richtung Lift. Als die Lifttür sich öffnet, stürzt sie förmlich ins Innere.

Die Tür schließt sich, und ich pruste los. Ich wäre beinahe geplatzt. Was für eine Situation! Jez ist so schockiert, daß er wie in Trance zurück zu Dave schleicht und ihm die Sache mit dem Sexspielzeug berichtet. Liz verkündet, daß ihr die Frau leid tue, und überhaupt sei es für eine junge Frau von heute etwas ganz Normales, einen Vibrator zu haben. Tony ist der Ansicht, das sei eindeutig der Höhepunkt des Tages bisher. Er ruft seinen Kumpel im Claridge's an, um ihm die Geschichte zu erzählen. Er kann sich am Telefon kaum halten und schmückt die Sache wahnsinnig aus. Ich meine, das Grölen am anderen Ende der Leitung zu hören.

Dabei ist Ms. O'Neils großer schwarzer Vibrator ja nichts im Vergleich zu dem, was die Zimmermädchen in diesem Moment höchstwahrscheinlich gerade wieder beim Bettenaufschlagen finden.

Ich finde, es gibt kaum eine dümmere Aufgabe für die

Zimmermädchen als das Aufschlagen der Betten. Zunächst einmal sind die meisten Gäste gerade um diese Zeit in ihren Zimmern, baden, packen aus oder erholen sich vor dem Fernseher und wollen alles, nur nicht gestört werden. Schon gar nicht von jemandem, der in ihrem Zimmer herummacht und völlig überflüssige Dinge tut, die man sehr gut selbst machen kann. Und wer will denn, daß die Bettdecke partout aufgeschlagen ist und zwar in einem Neunziggradwinkel? Sehr merkwürdig finde ich auch den Unfug, leise den Sender mit Easy-Listening-Jazz einzuschalten und dazu die Nachttischlampen anzumachen. Als könnten die Gäste nicht selbst auf die Idee kommen, es sich gemütlich zu machen. Der Bestellschein fürs Frühstück kommt auf den Nachttisch und die Fernbedienung in das gleichschenklige Dreieck des aufgeschlagenen Bettes. Die Tagesdecke wird entfernt und kommt in den Kleiderschrank, und die Krönung ist die Gratisflasche Mineralwasser im Namen des Geschäftsführers und – selbstverständlich – das Stück Schokolade auf dem Kopfkissen.

Kopfkissenschokolade ist eines der wenigen Dinge, für das ein Luxushotel mal wirklich Geld ausgibt, ohne es direkt wiederzukriegen. Die Trüffel, die wir verteilen, kosten 3,50 £ die Schachtel. Das sind erstklassige Pralinés, und wir verteilen sie jeden Abend gratis.

Nun, gratis ist vielleicht ein etwas zu starker Ausdruck. Wenn man einmal überschlägt, wieviel es uns kostet, ein einzelnes Zimmer zu unterhalten, pro Tag, muß man sich wundern, wie billig es im Grunde ist. Man kommt auf etwa zehn Pfund pro Tag. Und dieser Betrag beinhaltet das Reinigen der Bettwäsche und Handtücher jeden Tag (2,95 £), die Zeitung (65 p), Heizung, Licht, Bruchschäden, Verschleiß und Diebstahl (1,10 £), den Lohn für das Zimmermädchen, das das Zimmer saubermacht (1,25 £), und die Reinigungsmittel, die es verwendet (39 p), Shampoo, Seife und Gratiskosmetika von Penhaligon (1,60 £) und natürlich, das Kostbarste von allem, die Kopfkissenschokolade (3,50 £). Vor diesem Hintergrund will es mir eigentlich nicht in den Kopf, wie wir allen Ernstes für ein Suite zweitausend Pfund die Nacht nehmen können, ohne Ärger zu kriegen.

Tony ist noch immer mit dem Thema Sexspielzeug am Telefon beschäftigt, und Liz verkündet, sie wolle zu Tisch. Ich denke, angesichts der Tatsache, daß sie bislang nur eine zehnminütige Klopause hatte und nicht mehr als einen Müsliriegel intus hat, kann ich kaum meckern, also soll sie sich mit den anderen in der Kantine das Stammessen antun.

Während sie nach unten geht, checke ich ein Paar mittleren Alters aus Bolton ein, das umringt ist von einer kompletten Sale-of-the-Century-Kollektion von Louis-Vuitton-Taschen, vom großen Familienausflugskoffer bis zum kleinen Schminktäschchen. Sie haben wirklich allerhand eingepackt für ein Wochenende. Die Frau ist ganz aufgeregt. Sie erzählt mir jetzt zum dritten Mal, daß sie sich eine Show ansehen wollen. Der Mann ist nicht ganz so aufgeregt. Er stöhnt leise, als er das Formular ausfüllt und seine Kreditkarte übergibt. Er hat sich damit abgefunden, für diesen Minitrip in die Hauptstadt einen Tausender allein fürs Hotel hinlegen zu müssen.

In gut einer Stunde ist meine Schicht zu Ende. Ich kann echt nicht mehr. Ich lehne mich über den Tresen und denke an mexikanisches Fastfood, Fernsehen und Frühes-zu-Bett-Gehen. Noch ein paar Check-Ins, und ich bin weg. Ich sehe durch die Frontscheiben nach draußen und bemerke den kleinen weißen Lieferwagen der chemischen Reinigung, der gerade vor dem Eingang hält. Meine Stimmung hebt sich nicht gerade. Reinigung bedeutet Ärger. Die Reinigung ist immer zu spät, und immer, ausnahmlos immer, geht was verloren. Das Hotel hat bereits mit mehreren Unternehmen zusammengearbeitet, mit einigen aus der Gegend, aber auch mit überregional tätigen Firmen, die einen guten Namen haben, das Ergebnis ist immer dasselbe: Beschwerden wegen Unpünktlichkeit und fehlender Klamotten. Höchstwahrscheinlich kann das Hotel nicht umhin, diesen Service anzubieten; und tatsächlich haben einige der ganz großen Hotels eine chemische Reinigung im Hotel. Aber ich kann nur jedem dringend raten, wenn er nicht für längere Zeit in einem Hotel wohnt, diesen Service zu meiden wie der Teufel das Weihwasser.

»Tach«, ruft der Typ von der Reinigung, als er reinkommt. Er hat einen Blaumann an und trägt einen Stapel schmaler weißer Kartons, die aussehen, als enthielten sie exquisites Spritzgebäck und nicht geplättete Oberhemden. Die alte Devise außen hui, innen pfui wird in diesem Gewerbe ganz besonders großgeschrieben.

»Guten Abend«, sage ich und betone den Abend. Die Sachen sollten um vier aus der Reinigung zurücksein; die Mädels im Hausdamenbereich wollen natürlich frühzeitig damit in die Zimmer der Gäste kommen, falls die Klamotten für den Abend gebraucht werden.

Er läuft ein paarmal hin und her, bringt noch einen in Cellophan gehüllten roten Mantel und einen weiteren Karton, der Schnittchen enthalten könnte.

»Einmal hier«, sagt er schließlich und hält mir sein Klemmbrett mit einem Lieferschein hin, den ich unterschreiben soll. »Alles da«, fügt er an, als ich mich daranmache, die einzelnen Posten abzuhaken.

»Selbstverständlich«, gebe ich zurück. »Ich muß trotzdem nachsehen.« Ich gehe die Liste durch, und wie zu erwarten: Es ist nicht alles da. »Da fehlen noch ein paar Teile.«

»Keine Panik«, sagt er, »die kommen morgen.«

»Na gut«, sage ich mit Zweifel in der Stimme.

»Bei uns geht nichts verloren«, hält er munter dagegen.

»Ich hoffe«, sage ich und unterschreibe. »Und versuchen Sie, morgen pünktlich zu sein.«

»Wird gemacht«, sagt er, schnappt sich das Klemmbrett und geht zurück zu seinem Lieferwagen.

Ich ruf im Hausdamenbereich an und will durchgeben, daß die Sachen aus der Reinigung zurück sind, aber es nimmt niemand ab. Ich überlege, ob ich es mit dem Pager versuchen soll, aber Dave bietet sich an, die Klamotten kurzerhand hochzutransportieren. Fast ein bißchen voreilig. Vielleicht steht er immer noch unter Schock wegen dem Dildo. Höchstwahrscheinlich denkt er nicht einmal daran, daß im Verteilen der gereinigten Klamotten gut und gern zwanzig Pfund Trinkgeld stecken.

Dave ist keine fünf Minuten weg, da geht es los. Das Telefon klingelt. Jemand, der zwei Hemden abgegeben hat, hat nur eins zurückerhalten; ein anderer vermißt seine Krawatte. Wer schickt denn Krawatten in die chemische Hotel-Reinigung? Das Telefon steht nicht still.

»Hier ist Zimmer 404«, sagt eine Frau in 404.

»Guten Abend, Madam«, antworte ich.

»Mein Zweitausendpfundkostüm von Valentino ist verlorengegangen«, sagt sie.

»Ich verstehe«, sage ich, »aber, nein, nein, Sie können ganz sicher sein, daß bei uns nichts verlorengeht.«

»Ach so«, sagt sie. »Nun, ich habe es Ihnen zur Reinigung gegeben, und es sind alle Stücke zurückgekommen bis auf das Kostüm.«

»Das tut mir sehr leid«, sage ich. »Ich kümmer mich darum, daß es morgen dabei ist.«

»Morgen?« Ihre Stimme überschlägt sich. »Was soll das

heißen, morgen? Ich brauche es heute. Jetzt! Ich gehe in einer Stunde auf eine Feier. Ich habe nichts zum Anziehen.«

»Ich habe verstanden«, sage ich und bedecke die Sprechmuschel mit der Hand. »Tony«, flüster-schrei ich. Er sieht auf. »Ein Reinigungsproblem!« Tony nickt und macht das Telefonzeichen mit Daumen und kleinem Finger. Ich soll zu ihm durchstellen.

»Sie haben anscheinend gar nichts verstanden«, höre ich die Frau. »Ich brauche die Sachen in diesem Moment. Ich will sie haben!« Sie scheint kurz vorm hysterischen Anfall zu sein.

»Madam«, sage ich betont ruhig. »Es tut mir leid, Ihnen sagen zu müssen, daß die chemische Reinigung für heute geschlossen hat. Wir sehen uns leider außerstande, Ihnen noch heute die Sachen zu besorgen. Aber ich kann Ihnen versichern, daß sie morgen nachmittag fertig sein werden.«

»Nachmittag?«, schreit sie. »Ich reise am Morgen ab!«

»Dann werden wir es Ihnen nachsenden, auf unsere Kosten selbstverständlich.«

»Selbstverständlich, ›auf Ihre Kosten selbstverständlich‹, Sie Wahnsinniger! Ich werde Ihnen das Zimmer, das Kleid, die Reinigung und alles, was mir sonst noch einfällt, in Rechnung stellen!«

»Es tut mir außerordentlich leid«, sage ich.

»Das nützt mir nichts!«, gibt sie zurück. »Ich habe heute abend nichts anzuziehen!«

»Ich weiß, Madam«, sage ich. »Und deswegen verbinde ich Sie jetzt mit unserem Concierge Tony, wenn Sie gestatten, Madam, er kann Ihnen jedes Kleidungsstück der Welt in kürzester Frist besorgen, Madam. Tony wird sich darum kümmern. Er ist eine Instanz in der Stadt.« Ich höre sie noch fluchen, als ich die Rückfragetaste drücke. »Zimmer 404«, sage ich, als ich Tonys Nummer gewählt habe. Ich lege auf.

Tonys Telefon klingelt, er nimmt ab und begrüßt die Frau mit seinem charmantesten Bariton.

Meine Güte, denke ich, als ich auflege. Ich bin völlig ins Schwitzen gekommen. Schlimmer geht's ja wohl nimmer, oder?

Von Achtzehn bis Neunzehn Uhr

Ich lehne am Tresen und höre Tony zu. Was für ein talentierter Bursche! Er schafft es immer wieder, die Wogen zu glätten, Gelassenheit und Heiterkeit zu verbreiten. Ganz erstaunlich. Es dauert keine zwei Minuten, und Tony hat die Cocktail-Party-Frau soweit, daß sie seinen Scherzen lauscht und sich Storys von Frauen anhört, die in weit mißlichere Lagen geraten sind durch unseren entsetzlichen Reinigungsdienst. Als sie fertig sind, legt die Frau auf; sie dürfte in diesem Augenblick rundum glücklich sein.

»Ich versteh nicht, wie du das schaffst«, sage ich.

»Reine Übungssache«, grinst Tony über sein Pult hinweg. »Ach ja«, sagt er. »Bevor ich's vergeß, ich muß meinem Kumpel Bescheid sagen, daß er in der nächsten halben Stunde ein paar Klamotten von Harrods rüberschickt.«

»Das mußt du wohl«, sage ich.

»Also denn«, sagt er. »Und du, so gut wie weg?«

»Aber hallo«, sage ich. »Mein Sofa und die Glotze warten schon.«

Das Telefon klingelt. Ich nehme ab.

»Hallo«, höre ich eine vertraute Stimme. »Hier ist Ben«, sagt Ben.

»Ach, hallo Ben«, sage ich erfreut. »Bist du unterwegs? Hier war der Bär los. Mein Gott, du hast echt was verpaßt. Wir hatten 'ne Lady mit einem Riesendildo in der Halle, und der Texaner verteilt wirklich die Scheinchen wie Flyer …«

Ben sagt nichts. Er lacht nicht einmal.

»Ben?«, sage ich. »Bist du noch dran?«

Ich höre ein leises, schwaches Husten am anderen Ende der Leitung. Mir rutscht das Herz in die Hose. Ich sacke auf meinen Stuhl. Ich weiß, was jetzt kommt.

»Die Sache ist die, Kumpel«, beginnt er, »ich bin leider nicht ganz auf dem Damm.« Er hustet, um seine Argumentation zu unterstützen. »Grippe. Es hat mich voll erwischt. Die geht anscheinend gerade rum. Ich lieg schon den ganzen Tag im Bett, Mann, ich hab gedacht, vielleicht geht es bis zum Abend wieder weg und ich kann kommen, aber nichts da.« Er hustet wieder – dieses Mal etwas dramatischer. Ben ist ein guter Huster, aber er quarzt auch dreißig am Tag, er hat also Routine. »Tut mir leid, Mann«, sagt er. »Ich schaff's echt nicht zu kommen.«

Ich bin so stinkig, daß ich keine Worte finde. Ich sage schließlich: »Okay.«

»Mann«, sagt er, »tut mir total leid. Aber ich kann's nicht ändern.« Erneutes Husten.

»Ja, okay«, sage ich noch mal.

»Ehrlich, Mann …« Seine Stimme klingt auf einmal ganz schwach. »Das ist echt heftig. Ich hoffe nur, daß ich dich nicht angesteckt hab.«

Dieser kleine Nachsatz bringt das Faß zum Überlaufen. »Warum verpißt du dich nicht ganz einfach«, brülle ich ihn an.

»Was ist?«

»Verpiß dich«, wiederhole ich. »Die Show ziehst du nicht zum ersten Mal ab.«

»Willst du sagen, ich lüge?«, fragt er und klingt sogar einigermaßen bestürzt und rundet das Ganze mit einem Huster ab.

»Ich will gar nichts sagen«, kläffe ich zurück.

»Wenn du mich einen Lügner nennst, geh ich damit zu Adrian ... sobald ich wieder fit bin.«

»Mach doch, was du willst«, sage ich. Ich höre, daß er noch was entgegnet, als ich den Hörer auf die Gabel knalle.

Schlimmer geht's also immer. Ich stütze meinen Kopf in die Hände, schließe die Augen und mach mir in vollem Umfang klar, was Bens so plötzlicher Grippeanfall bedeutet: Doppelschicht. Eine saubeschissene Doppelschicht. Einer von uns beiden muß eine Doppelschicht schieben. Und ich ahne aus verschiedenen Gründen, wer dieser Jemand ist. Scheiße. Liz hat gerade ihren Nachtdienst hinter sich, also wird sie schön rumnölen, daß sie ja wohl nicht schon wieder dransein könne. Also bin ich dran. Am besten melde ich mich gleich freiwillig, dann erspare ich mir wenigstens das Genöle.

Meine Fresse, wie ich Ben hasse. Und seine blöde Geschichte mit Jackie und seinen ewigen Pfusch bei der Arbeit und seine Sauferei. Ben säuft nicht bloß, der ist schon abhängig. Da ist er allerdings nicht der einzige in der Branche. Allein bei uns ließe sich bestimmt eine komplette Gesprächsgruppe der Anonymen Alkoholiker rekrutieren. Vielleicht ist es der Leistungsdruck, vielleicht sind es die aufreibenden Arbeitszeiten, oder vielleicht versammeln sich ausgewiesene Schluckspechte auch einfach in den entsprechenden Jobs, wo man jederzeit leicht an den Stoff rankommen kann. Egal, Ben ist jedenfalls ein elender Versager. Das ist das dritte Mal in diesem Monat, daß er blaumacht. Normalerweise ist er einfach zu besoffen, um zur Arbeit zu kommen, und dann ruft er an und erzählt was von seiner kranken alten Mutter, einem explodierten Wasserboiler oder von der unvermeidlichen Lebensmittelvergiftung. Er ist da nicht sehr erfindungsreich. Ich muß allerdings zugeben, daß er heute nicht gerade betrunken geklungen hat. Sonst ist seine Stimme nuscheliger, und dann will man ihn wirklich nicht hier am Tresen stehen haben.

Ich kann gar nicht sagen, wie sauer ich bin. Ich hasse Nachtdienst. Es gibt nichts Schlimmeres. Es ist nicht das Wachbleiben, das ich hasse. Ich habe eine Schachtel Koffeintabletten im Hinterzimmer, irgendwie schaffe ich es immer, wach zu bleiben, und ich kann selbstverständlich auf die tatkräftige Unterstützung von Gino zählen, der mir – Revision hin oder her – ein paar Wodkas zuschanzen wird, wenn es hart auf hart kommt. Nein, Nachtdienst ist an sich einfach der Horror. Zwischen zwei und drei Uhr am Morgen flippen die Leute regelmäßig aus. Aber was sage ich, sie drehen völlig ab, und ich weiß nicht, ob ich heute nacht damit fertig werde. Was ich brauche, ist mein Sofa und meine Fernbedienung, was ich habe, ist Sodom und Gomorrha und eine verschärfte Version von Fawlty Towers dazu.

Ich weiß nicht genau, was es ist, aber irgend etwas Merkwürdiges geschieht mit den Menschen, wenn sie in einem Hotel absteigen. Menschen, die sich im wirklichen Leben denkbar normal und gesittet benehmen, vergessen die einfachsten Anstandsregeln, sobald sie unsere Drehtür passiert haben. Sie kennen keine Grenzen mehr, fühlen sich zu nichts verpflichtet und übernehmen keinerlei Verantwortung. Ihre innere Diva kommt unerbittlich zum Vorschein und will die Sau rauslassen. Gleichzeitig meinen sie, sie seien unsichtbar. Sie führen sich auf wie ein Popstar auf Sauftour und erscheinen am nächsten Tag an der Rezeption, als wäre nichts gewesen, wie kleine Kinder, die jetzt wieder lieb sein wollen. Dabei vergessen sie eins: Wir sind nüchtern, wir sehen und hören alles.

»Du siehst bedient aus«, sagt Liz, die vom Essen zurückkommt.

»Ich bin bedient«, sage ich. »Ben macht krank.«

»Nicht schon wieder!«, ruft sie aus.

»Doch, schon wieder«, sage ich.

»Bist du sicher, daß er vielleicht nicht doch krank ist?«

»Das meinst du doch wohl nicht im Ernst?«, sage ich. »Du kennst Ben so gut wie ich.«

»Ja«, sagt sie, »allerdings.«

»Ja, also ...«, fange ich an.

»Also ... ich kann heute unmöglich«, unterbricht mich Liz. »Ich bin verabredet, und das ist seit über einer Woche geplant. Ich kann unmöglich absagen ...«

»Keine Angst«, sage ich. »Ich mach es.«

»Ehrlich?«, Liz klingt fast ein wenig schockiert.

»Ehrlich. Du hast deine Verabredung und so weiter, und auf mich wartet bloß mein Sofa. Ich denke, das wird es verkraften.«

»Oh, vielen Dank!«, ruft sie aus und beugt sich vor, um mir einen Schmatz auf die Wange zu drücken.

»Laß das!«, sage ich und schiebe sie weg. »Ich kann die Gehaltszulage ohnehin gut gebrauchen.«

»Wie du meinst«, sagte sie und wendet sich ihrem Schreibtisch zu, »aber trotzdem danke.«

Liz ist ganz aufgekratzt. Nicht nur, daß sie keinen Nachtdienst machen muß, sie hat auch noch eine Verabredung. Ich seh sie mir an, wie sie einen Geschäftsmann eincheckt; sie muß die Hälfte ihrer Pause in der Toilette zugebracht haben. Das Haar ist frisch gebürstet, sie hat noch eine Flasche von dem furchtbaren Duft über sich ausgeschüttet, und die Lippen sind mit einem braunen Stift nachgezogen. Dann kann es ja losgehen.

Der Kurier vom Harrods kommt zu Tonys großer Freude mit einer olivgrünen und goldenen großen Schachtel voller

Kleider. Jez wird zu Zimmer 404 geschickt, und Tony kann sich auf ein weiteres fettes Trinkgeld freuen.

Die Empfangshalle füllt sich wieder. Londoner Geschäftsleute kommen auf einen Feierabend-Drink, bevor es nach Hause geht; Trupps kichernder junger Frauen stürmen die Bar auf eine Flasche Champagner, bevor man zum Essen geht; Freunde und Bekannte von Hotel-Gästen schneien herein; andere haben sich eindeutig fürs Theater fertiggemacht und wollen vorher noch rasch auf einen Happen ins Restaurant.

Die Theatergänger sind für unsereins die denkbar schlechteste Kundschaft. Keiner mag sie, und doch muß man mit ihnen rechnen. Wir bieten für sie ein kleines leichtes Abendessen im Speisesaal an, Lachs oder Quiche mit Salat, Suppe oder Omelette, damit ja nicht im zweiten Akt plötzlich der Magen anfängt zu rumoren. Es nervt die Küche unendlich, die genug damit zu tun hat, den Abendservice vorzubereiten und Tausende von Kanapees für das Bankett rauszuschicken. Der Theaterfraß wird im Eilverfahren serviert und die Kundschaft so schnell wie möglich abkassiert, mit der Begründung, gleich ginge ja wohl die Vorstellung los, nicht wahr? Was uns natürlich von Herzen egal ist. Tatsächlich wollen wir nur nicht, daß sie im Speisesaal erst alles einsauen, bevor die eigentlichen, die richtigen Gäste zum Dinner erscheinen.

Und sie sehen einfach nicht gut aus. Mürrische Teenager, die man zur Kultur verdonnert hat; mittelalte Frauen mit ihren mittelalten Freundinnen; ältere Paare. Und sie gehen nie in die richtigen Shows, sondern wollen Les Misérables sehen oder irgend etwas anderes, das seit Jahrzehnten läuft.

Aber die Krönung ist, daß sie alle, alle wiederkommen. Gerade wenn man glaubt, man hat es geschafft, tauchen sie um Viertel vor elf plötzlich wieder auf, gerade wenn die Küche so allmählich aufatmet nach dem Abendservice-Streß, und ordern klebrigen Toffee-Pudding als Absacker. Ehrlich, ich habe nie kapiert, warum wir uns das antun. In diesem Moment betritt wieder so ein Frauenpärchen d'un certain âge unsere heiligen Hallen.

»Guten Abend, Ladies«, sage ich.

»Guten Abend«, geben beide zurück.

Ich lächle und winke sie in die richtige Richtung, dann rufe ich Adrian an, um ihm von Bens Krankheitsfall zu berichten. Ich merke, daß er nicht sonderlich erfreut ist. Adrian hat immer was für Ben übrig gehabt, aber in letzter Zeit ist er wieder etwas mehr auf Distanz gegangen. Adrian weiß, was er will. Nicht von ungefähr hat er es zum Geschäftsführer gebracht. Er wählt seine Freunde sehr bewußt aus, er weiß, zu wem er nett zu sein hat, wem er in den Hintern kriechen muß und wen er links liegenlassen kann. Passenderweise taucht jetzt Mrs. Dickson mit ihrem schrecklichen Hund auf.

Steve ist gerade mit ihrem Gepäck beschäftigt, und er hat gut zu tun. Er hat zwei Taschen in jeder Hand, wie er jetzt durch die Drehtür kommt. Mrs. Dickson ist voll und ganz mit Leinehalten beschäftigt. Irgendwie scheint sie taub für das Gekläff der Töle zu sein, jedenfalls sieht sie gar nicht hin, während der Hund Rabatz macht und nach den Füßen anderer Leute schnappt. Eingekleidet von oben bis unten in chanelles Pink, mit blondgetönten Haaren, weißgepudertem Gesicht und weithin sichtbar künstlichen Wimpern, die aussehen wie tote Spinnen, nähert sie sich unaufhaltsam dem Empfangstresen. Liz tritt den Rückzug Richtung Hinterzimmer an und überläßt mir das Vergnügen.

»Guten Abend, Mrs. Dickson«, sage ich und erweise ihr die Ehre, mit Namen angesprochen zu werden.

»Ich weiß nicht, was Sie unter gut verstehen, junger Mann, ich jedenfalls hatte eine fürchterliche Fahrt.«

»Ach«, sage ich, »das tut mir leid.«

»Gut«, sagt sie. »Also, welche Suite geben Sie mir heute? Hoffentlich was Anständigeres als letztes Mal. Ich weiß gar nicht mehr, wo ich war. Sergeant!« brüllt sie plötzlich und reißt an der Leine, um zu verhindern, daß der Hund die Wade von Jez vergewaltigt. Der arme Jez hat heute einfach kein Glück. »Geh von dem Mann weg!« Sergeant verlegt sich wieder aufs Kläffen.

»Wir haben für Sie Suite 560 vorgesehen«, sage ich mit einem schulbuchmäßigen Lächeln.

»560? Wo soll das sein?« fragt Mrs. Dickson.

»Im obersten Stock«, sage ich, »mit Blick über die öffentlichen Parkanlagen.«

»Öffentlich?« Sie sieht mich mißtrauisch an. »Soll ich den Kindern im Sandkasten zusehen?«

»Es ist ein sehr schöner Ausblick«, entgegne ich schwach.

»Das mag sein«, sagt sie. »Aber ich hätte schon gern ein etwas exklusiveres Panorama.«

»Ach ja?«, japse ich.

»Ach ja!«, gibt sie zurück.

Während ich Mrs. Dickson von den Vorzügen des Parkblicks zu überzeugen versuche und mich dafür verfluche, das Wort »öffentlich« verwendet zu haben, sehe ich im Hintergrund Mr. Masterson aus dem Lift kommen. Seine dröhnende Stimme ist bis hierher zu hören und übertönt sofort alle übrigen Stimmen in der gut gefüllten Empfangshalle. Auch Sergeant kann nicht umhin, etwas lauter zu kläffen. Jez und Dave nehmen Haltung an wie Zinnsoldaten. Eine Aktion, die Mr. Masterson ganz offensichtlich gefällt, denn er steckt ihnen je einen Fünfer zu. Aber es ist Tony, den Mr. Masterton im Visier hat. Mit noch lauterer Stimme als üblich teilt er Tony seine Ansichten den Tisch im Sheekey's betreffend mit, haut ihm auf die Schulter und steckt ihm einen weiteren Schein zu. Dummerweise ist der ondulierte Helm von Mrs. Dickson im Weg, daher sehe ich nicht genau, was für ein Schein es ist. Aber Tony sieht zufrieden aus, also wird es ein Zwanziger gewesen sein, mindestens. Mr. Masterson verfügt sich wieder durch die Glastüren und geht Richtung Bar.

»Herrjeh«, sagt Mrs. Dickson und kräuselt das weiße Näschen, als hätte sie etwas Unangenehmes gerochen. »Wer war diese Person, um Himmels willen?«

»Mr. Masterson«, sage ich, was nicht sehr professionell ist. »Ein Ölmillionär aus Texas.«

»Aha«, sagt Mrs. Dickson, als erkläre das den Geruch hinreichend.

»Ein Stammgast«, führe ich aus. »Er bekommt normalerweise die Suite 560. Aber da Sie nun einmal da sind, geht das selbstverständlich nicht.«

»Ja?« Mrs. Dickson sieht nach unten. »Das ist ja sehr interessant, was, Sergeant?« Sie schnappt sich einen der Pfefferminzbonbons vom Tresen und wirft ihn der Bestie vor. Sergeant vertilgt ihn in Null Komma nichts. »Ich denke, unter diesen Umständen nehmen wir die Suite.«

Ich checke Mrs. Dickson ein, und sie und Sergeant machen sich auf den Weg zum Lift. Ihr Gepäck bleibt in der Empfangshalle zurück. Dave und Jez machen Sching-schang-schong, wer ihr die Sachen bringen muß. Ähnlich wie das französische Paar heute nachmittag gehört Mrs. Dickson entschieden zu der Sorte Menschen, die nicht an die Macht des Trinkgelds glauben oder jedenfalls nicht in unserem Hotel. Da ein Fitzelchen des Hotels ihrem Mann gehört, meint Mrs. Dickson, der Service gehöre ebenfalls einfach dazu. Jez verliert und zockelt ab, mit den Koffern und einem Ding, das ein Hundekorb zu sein scheint. Es ist heute einfach nicht sein Tag.

Liz kommt wieder zum Vorschein, und ich nutze die Gelegenheit, um schnell einmal bei Gino vorbeizuschauen und ihm mein Leid mit der Nachtschicht zu klagen. Dabei will ich weiß Gott nicht sein Mitleid, sondern bloß seinen Schnaps. Früher hat er mich immer anstandslos versorgt. Manchmal habe ich sogar dafür bezahlt, aber die meisten kriege ich doch für lau. Ich hoffe nur, die heutige Revision macht mir keinen Strich durch die Rechnung.

In der Bar herrscht Hochbetrieb, als ich reinkomme. Der Laden brummt. Alle Tische sind belegt, und die Aschenbecher müßten mal dringend wieder geleert werden. Der Geräuschpegel ist so hoch, daß man sich wundert, wie die Leute auch nur ein Wort ihrer Unterhaltung mitbekommen, in die sie alle ganz offensichtlich mit Hingabe verstrickt sind. Eine besonders lautstarke Gruppe junger Männer tut sich hervor. Sie sitzen gleich beim Eingang bei einer Flasche Dom Perignon Vintage 1995, die, wie ich weiß, 172 £ kostet. Und zwei mächtig aufgebretzelte Mädels an der Bar applaudieren gerade Gino, der anscheinend mit dem Shaker seine Tom-Cruise-Nummer abgezogen hat. Um diese Zeit blüht Gino auf. Es ist natürlich ein Unterschied, ob man in einer Bar arbeiten darf, die immer knackedicke voll ist und die sich ohnehin praktisch von selbst trägt, oder in einem runtergekommenen Durchschnittsschuppen, in dem die letzten Stammgäste ein paar alte Herren mit Gastritis sind.

Ich stehe im Eingang und sehe Gino zu. Er hat seinen Laden im Griff. Er stellt den Mädels die Cosmopolitans hin und empfiehlt ihnen bei der Gelegenheit seine neue Erfindung: seinen Berrytini – einen Martini mit Heidelbeeren. Dann sorgt er dafür, daß die Jungs auf der anderen Seite des Raums Champagner-Nachschub erhalten. Bei 172 £ lohnt sich der Weg rüber zum Tisch und die Frage, ob's noch eine sein dürfe. Auf dem Rückweg kann er dann noch bei Mr. Masterson vorbeigehen, um ihm beim Anzünden der Fünfhundertpfund-Zigarre behilflich zu sein, und er registriert mit gewohnter Aufmerksamkeit, während er zurück zur Theke geht, den aufgestreckten Zeigefinger des älteren Herrn auf der rechten Seite der Bar, der gern noch einen Whisky hätte, und zwar den vierzigjährigen Talisker zu vierzig Pfund das Glas.

»Gino«, sage ich, als ich mich der Theke nähere.

»Hallo, mein Freund«, sagt er. Seine Augen leuchten, und man meint, £-Zeichen darin zu sehen.

»Ich wollte nur sagen, daß ich heute auch noch Nachtdienst mache. Also wenn was ist, wenn du hier Ärger hast, du weißt, wo ich bin.«

»Aber ja doch«, sagte er, er drückt Francesco ein paar neue Kassenbons in die Hand und kommt zu mir herüber. »Und wenn du irgendwas brauchst, sag Bescheid, ja?«

»Tja ...«, sage ich und lächle.

»Das heißt, wenn dieser Idiot von Revisor endlich weg ist«, fügt er an und nickt nach hinten zur Tür fürs Personal.

»Der ist immer noch da?«, frage ich und wundere mich, daß Gino nicht daran denkt, ein bißchen leiser zu sprechen.

»Ja, aber er will in zehn Minuten abhauen«, sagt Gino und schüttelt wütend die Faust. »Und ich hoffe, er macht jetzt mal ein bißchen plötzlich«, ruft er und formt die Hände vor dem Mund zum Sprechrohr. »Er geht mir nämlich mächtig auf die Nerven.«

»Ich habe Sie gehört«, sagte Mr. Kent und kommt durch die Tür, sein Klemmbrett in der Hand.

»Na, dann zeigen Sie mich an. Ich habe vierzig Pfund Whisky, die ich ausschenken kann. Wollen Sie danebenstehen und aufpassen, daß ich nicht für fünfundzwanzig Pence was abzwacke?«

»Nein, besten Dank«, sagt Mr. Kent. »Ich denke, ich wäre dann vorerst soweit.«

»Dem Himmel sei Dank!« Gino blickt flehend zur Decke.

»Und ich muß sagen, daß Sie Ihre Bar vorbildlich führen, Mr. Lauri.«

»Ich faß es nicht! Un complimento!«, frohlockt Gino.

»Allerdings!«, sagt Mr. Kent.

»Ich habe Ihnen gleich gesagt, daß bei mir kein Gin verschwindet. Ich sage nur: Zimmermädchen, Mr. Kent. Zimmermädchen!«

»Seien Sie unbesorgt«, sagt Mr. Kent, »Housekeeping ist nächste Woche dran.«

»Oh«, macht Gino und scheint für einen Moment ein wenig getröstet.

»Also dann«, sagt Mr. Kent, »ich wünsche einen guten Abend.«

»Den werde ich haben«, sagt Gino.

»O.K., wir sehen uns noch!« Ich tippe Gino auf die Schulter.

»Klar, Kumpel. Und mach dir keine Gedanken.«

»Äh, ja.« Ich lächle. »Besten Dank.«

Ich gehe zurück zur Rezeption und fühle mich schon gar nicht mehr ganz so schlecht.

Von Neunzehn bis Zwanzig Uhr

Als ich beim Empfangstresen ankomme, ist Liz bereits im Mantel. Sie huscht zwischen Tresen und Hinterzimmer hin und her und summt stillvergnügt vor sich hin.

»Ah, da bist du«, ruft sie, als sie mich sieht. Es ist erstaunlich, wie die Aussicht auf Feierabend die Laune verbessern kann. »Zwei vom Putztrupp haben sich krank gemeldet.«

»Jetzt schon?«, frage ich.

»Tja«, gibt sie zurück und bringt einen Stapel Papier auf Kante. »Ach übrigens, die habe ich dir aus dem Schränkchen hinten geholt«, sagt sie und reicht mir das Päckchen mit den Koffeintabletten. »Viele sind's nicht mehr«, fügt sie an. »Halbe Packung. Vielleicht nützen sie ja. Soll Jez dir noch mehr besorgen?«

»Nein, danke«, ich nehme mir vier aus der Packung. »Ich denke, ich komm zurecht.«

»Willst du die auf einmal nehmen?«, fragt sie.

»Warum nicht?« Soviel Fürsorge bin ich nicht von ihr gewohnt.

»Sicher?«

»Sicher«, beschwichtige ich sie und werfe die Pillen ein.

»Dann bis morgen.«

»Ja. Und morgen hast du dann die neue für Michelle hier.«

»Hm«, macht sie und klingt nicht sehr begeistert. »Wie die wohl ist?«

»Soll sehr attraktiv sein, habe ich gehört«, antworte ich, um sie zu ärgern.

»Super.« Sie lächelt gequält. »Ruhige Nacht.«

»Wird schon.«

»Nacht«, sagt sie, als sie an Tony vorbeikommt.

»Nacht«, antwortet Tony.

Die Empfangshalle ähnelt immer mehr einer Bahnhofshalle. Leute kommen rein, um zur Bar zu gehen, andere versammeln sich zum Essen, Gäste kommen herunter, um in die Stadt zu gehen, zu Meetings, zum Dinner, auf einen Drink in irgendeine Bar. Regenschirme werden aufgeklappt, andere zugeklappt; der Regen draußen scheint stärker geworden zu sein. Zwei Gentlemen in schweren Kaschmirmänteln und dicken Aktentaschen kommen gerade herein und streben der Bar zu, während eine Gruppe von, wie es scheint, Modefritzen modisch spät auftaucht, um noch über die Kanapees und Cocktails herzufallen in jenem Gesellschaftsraum, den wir zuweilen auch Ballsaal zu nennen pflegen. Jedenfalls ist er groß genug für einen Ball, und besonders in der Weihnachtszeit ist er immer vermietet. Die Decke ist schön stuckiert, und an den Wänden hängen goldene Leuchter; es steht sogar ein Konzertflügel darin.

Aus irgendeinem Grund erfreut sich der Ballsaal großer Beliebtheit und wird gern gebucht, zwei- bis dreimal die Woche und vor allem am frühen Abend. Und obwohl das Essen aus derselben Küche kommt wie das andere Essen im Hotel, gibt es doch eine ganz eigene Service-Mannschaft. Sie besteht ausschließlich aus Teilzeitkräften. Und die Teilzeitkräfte stehen in der Hierarchie weit unter den Kellnern, die in unserem Hotel arbeiten, und das will was heißen. Es wird ihnen nur das geringstmögliche Gehalt gezahlt, sie bekommen keine Trinkgelder und haben keine geregelten Arbeitszeiten, müssen vielmehr auf Abruf bereitstehen und arbeiten vielleicht mal eine Sechstagewoche oder dann wieder gar nicht. Selbstverständlich ist die Fluktuation hoch; hier arbeiten nur ausländische Studenten, Australier, die gerade mit der Schule fertig sind, oder Illegale und Immigranten der ersten Generation, die kaum Englisch verstehen, geschweige denn sprechen. Sie werden auch nicht als Teil der Hotelcrew angesehen; ihnen steht nur ein winziger Umkleideraum zur Verfügung; sie dürfen nicht in der Kantine essen; und folglich kommt es auch kaum zum Kontakt mit den anderen Angestellten. Wenn ich ehrlich sein soll: Ich glaube, ich habe noch nie ein Wort mit einem von ihnen gewechselt.

Zwei sehr dünne junge Frauen in schwindelerregenden Highheels und vom Regen transparent gemachten Minirökken nähern sich dem Tresen.

»Hi«, sagt die Blonde und wedelt mit einer großen Einladungskarte. »Können Sie uns wohl sagen, wo hier die Perfume-launch-Party stattfindet?«

»Aha«, sage ich. Das ist es also! »Durch die Schwingtür links und dann immer den Flur entlang.«

»Danke schön«, sagt die etwas weniger Blonde, und beide ziehen höchst vergnügt weiter.

Steve kommt durch die Drehtür herein und tritt seine kalten, taubgewordenen Füße auf der Schmutzfangmatte ab. Er reibt sich die behandschuhten Hände, setzt seine Mütze ab und schüttelt das Regenwasser ab. Dann kommt er herüber.

»So«, sagte er und atmet aus. »Das wär's mal wieder.«

»Alles klar«, sagt Tony und sieht von seinem Pult auf. »Du gehst?«

»Joh!«, sagt Steve und wischt sich die tropfende Nase mit dem Handrücken ab.

»Hat sich's gelohnt?« fragt Tony.

»Kann nicht klagen«, sagt Steve und schlägt sich auf die Hosentasche, daß es nur so klimpert. »Vor allem mit dem Ami da oben. Nein, ich kann nicht klagen. Dennis übernimmt, oder?«

»Allerdings«, sagt Tony. »Und wenn man vom Teufel spricht ...«, fügt er an, als Dennis durch die Drehtür hereingesprungen kommt.

»Hallöchen, alle zusammen, alles klar?« ruft er schon auf halbem Weg.

»Pünktlichkeit ist eine Zier ...«, sing-sangt Tony und sieht auf die Uhr.

»Fünf Minuten«, mault Dennis. »Guck dir doch den Verkehr an!«

»Natürlich«, sagt Tony. »Immer die, die gleich um die Ecke wohnen.«

»Okay, okay«, ruft Dennis und streckt die weißen Handschuhe in die Höhe. »Hast gewonnen.« Er dreht sich zu mir um. »Alles klar, Mann?«, fragt er und winkt wie verrückt mit dem Arm. »Ich dachte, ich hätte mit Ben?«

»Das hab ich auch gedacht«, sage ich, »aber Ben macht krank, also mußt du mit mir vorliebnehmen.«

»Doppelschicht?«

»Allerdings.« Ich nicke. Ich lege meine Hände zusammen und laß den Kopf draufkippen, als würde ich schlafen.

»Armes Schwein«, sagt Dennis. »Also wenn du mich fragst, Tony«, sagt er und wendet sich wieder um, »der schreit doch danach, gefeuert zu werden, der Spinner. Ich hab ihn letzte Woche zweimal dabei erwischt, wie er im Hinterzimmer gepennt hat. Keine Angst, Kumpel«, wendet er sich wieder mir zu, »ich paß auf dich auf. Ich mach das schon.«

»Alles klar«, sage ich und lächle.

Ich mag Dennis. Es gibt immer was zu lachen, wenn man

mit ihm zusammenarbeit. Er ist Steves Cousin, hat mit diesem aber keinerlei Ähnlichkeit. Er ist mehr der Tony-Typ. Er sieht gut aus, kann reden wie ein Wasserfall, und er ist einfach immer in Bestform. Der Job als Portier scheint ihm wirklich Spaß zu machen – und er ist ja schon eine ganze Weile dabei. Und wenn man zum Maßstab nimmt, wie häufig sein Handy klingelt, dann dürfte er seine Finger noch in so allerhand anderen Geschäften haben.

Er bleibt noch eine Weile bei uns, albert mit Tony und Steve herum, aber dann hält ein Taxi vor dem Hotel, und Dennis ist durch die Drehtür, noch bevor das Taxi zum Stehen kommt.

Das Telefon klingelt. Es ist Lynette, die nach den letzten Check-Ins fragt. Sie klingt nervös und gehetzt, und dann rückt sie mit dem Bekenntnis heraus, daß wir immer noch überbucht sind. Mist. Das letzte, was ich heute nacht gebrauchen kann, sind Gäste, die gebucht haben und kein Zimmer kriegen. Denn die gehen in aller Regel die Wände hoch. Und ich kann es ihnen nicht verdenken. Aber das macht die Sache nicht besser.

»Wir haben noch die zwei Junior-Suiten«, sagte sie, »und dann ist Ende der Fahnenstange.«

»Puh«, mache ich und sehe im Computer nach.

»Sie können also die nächsten beiden Doppelzimmer hochstufen, aber mehr ist nicht drin«, sagt sie.

»Was ist mit den beiden dicken Achttausendpfund-Suiten gleich neben Mr. Masterson«, frage ich und kenne die Antwort bereits.

»Auf gar keinen Fall«, kommt es wie aus der Pistole geschossen, »nur für unsere treuesten Kunden. Aber da seh ich heute niemanden.«

»Und wohin schicken wir sie heute?«, frage ich.

»Ins Berkeley«, sagt sie.

Wir schicken sie meistens ins Berkeley. Das Lanesborough schickt seine Gäste dorthin und ebenso das Four Seasons. Das Savoy weicht aufs Claridge's, Berkeley oder Connaught aus. Man bemüht sich darum, daß es wenigstens irgendwie in der Familie bleibt. Das Sanderson hingegen nimmt das St. Martin's Lane und das Metropolitan und andersrum. Nur im äußersten Notfall, wenn alle Stricke reißen, wird sich ein Hotel auch einmal an die Konkurrenz wenden.

»Ach«, sagt Lynette, »bevor ich's vergesse, ich gebe Ihnen noch zwei Namen für die schwarze Liste.«

»In Ordnung«, sage ich und rufe die Liste im Computer auf.

Lynette nennt mir die Namen von zwei Typen, die zur Zeit die Gegend unsicher machen. Die Polizei hat ihre Namen an die einschlägigen Londoner Luxushotels weitergegeben, zusammen mit Personenbeschreibungen und einem kleinen Bericht über ihre Methode. Anscheinend bitten sie darum, herumgeführt zu werden, und verschaffen sich so einen Überblick über das Haus, dann kommen sie später wieder, bringen mit Gewalt eine Schlüsselkarte von einem der Zimmermädchen an sich und plündern schließlich das Zimmer aus. Besonders die kleineren, altmodischeren Häuser sind gefährdet. Fast alle moderneren Hotels verwenden Karten mit Magnetstreifen als Schlüssel; mit den althergebrachten Schlüsseln ist es viel einfacher. Allein die offene Aufbewahrung der Schlüssel hinter dem Tresen bedeutet schon ein erhebliches Risiko. Wie leicht kann sich da einer einfach bedienen.

Von jetzt an müssen wir noch aufmerksamer die Empfangshalle im Auge behalten. Für gewöhnlich werden wir am Abend unkonzentrierter und machen zunehmend Fehler, vor allem, wenn man so hundemüde ist wie ich. Ich muß allerdings zugeben, daß die Pillen langsam zu wirken beginnen. Es ist, als wenn mir jemand Streichhölzer in die Augen geklemmt hätte, und mein Herz galoppiert, als hätte ich Marching-Powder geschnupft. Ich hätte vielleicht doch nicht gleich vier auf einmal nehmen sollen, aber ich war so abgeschlafft und genervt, daß ich einfach nicht wußte, was ich sonst hätte machen sollen.

Während ich mich am Tresen festhalte, um nicht abzuheben, sehe ich eine sonderbare feminine Gestalt hereinkommen und auf die Rezeption zusteuern. Ein überaus großes Weib, mit hohen Stiefeln, verdächtig dickem, künstlich glänzendem braunen Haar und einer Überdosis Make-up auf den Wangen. Ich erkenne ihn sofort. Es ist einer unserer Transvestiten, die regelmäßig zu uns kommen, ein Wochenende bei uns bleiben und es genießen, sich zu kleiden und aufzuführen, wie sie wollen, ohne Ärger mit ihren Ehefrauen oder Bekannten zu kriegen. Komischerweise kommt dieser hier auch regelmäßig mit seiner Frau. Wenn er mit seiner dicken braunen Perücke kommt, sagen wir »Madam« zu ihm, hat er seine Frau dabei, nun, dann selbstverständlich »Sir«.

»Guten Abend, Madam«, sage ich. Ich kann spüren, wie Tony grinst, und ich vermeide es, Blickkontakt zu ihm aufzunehmen.

»Guten Abend«, entgegnet er mit seiner immer wieder überraschend tiefen Stimme. »Miss Austin«, verbessert er mich mit seinen pink bemalten Lippen.

»Selbstverständlich, Miss Austin«, sage ich. »Ich darf Ihnen gratulieren, Sie haben ausgesprochenes Glück. Da wir heute fast restlos ausgebucht sind, kann ich Ihre Reservierung hochstufen und Ihnen eine Suite geben.« Er scheint begeistert. Seine pinken Lippen lächeln. »Natürlich ohne zusätzliche Kosten für Sie.«

»Vielen, vielen Dank«, sagt er, als hätte ich wer weiß was für ihn getan. »Das ist sehr freundlich von Ihnen.«

»Gern geschehen«, sage ich. Und das ist nicht gelogen. Es ist immer nett, wenn einer dankbar ist für das, was man macht; meistens kriegen wir ja lediglich die Klagen zu hören. »Hätten Sie für heute abend gern einen Tisch im Restaurant?«, frage ich. Ich weiß nicht mehr, ob er ein Etagendienst-Transvestit ist oder nicht.

»Das wäre großartig«, sagt er.

»Ich kümmer mich drum«, sage ich. »Können wir Ihnen behilflich sein mit dem Gepäck?«

»Nicht nötig«, sagt er und hebt seine kleine, offensichtlich leichte Reisetasche hoch. »Das schaff ich schon selbst, besten Dank. «

Ich mache einen Durchschlag seiner Kreditkarte, reiche ihm den Kartenschlüssel für eine Junior-Suite und bitte Tony, ein Auge auf den Empfangstresen zu werfen. Während Ms. Austin zum Lift schlendert, folge ich ihm, gehe weiter Richtung Schwingtür und dann in den Speisesaal, um ihm einen Tisch zu reservieren.

Im Speisesaal ist es zur Zeit ziemlich ruhig. Er ist sogar fast leer, bis auf zwei Tische, an denen Amerikaner sitzen, die es aus irgendeinem Grund vorziehen, um halb acht zu Abend zu speisen. Alle übrigen Tische sind neu gedeckt. Es herrscht die Ruhe vor dem großen Ansturm. André, der Restaurantleiter, kommt herein. Er war ganz offensichtlich in der Bar.

»Aaaaahhh!«, schreit er und schüttelt eine kleine Faust. »Dieser gottverdammte Gino Lauri. Ich habe so was von die Nase voll von ihm!«

»Was ist denn?« frage ich besorgt, schließlich will ich auf den letzten Drücker noch einen Tisch von ihm.

»Ich serviere zwei Menüs für Gäste in seiner bescheuerten Bar, und was macht er? Schmeißt mich raus!«, brüllt er, und kleine Schweißperlen rinnen ihm über die Stirn.

»Tja«, beginne ich etwas ratlos, »das ist … nicht sehr nett.«

»Nicht sehr nett?«, brüllt André weiter. Er sieht mich entsetzt an, als hätte ich keine Ahnung, wovon ich rede. »Nicht sehr nett? Das ist nicht nur nicht nett, das ist eine Kriegserklärung!«

Gino und André sind immer wie Katz und Hund, besonders um diese Zeit am Abend. Sie wollen einfach nicht dasselbe. André will, daß die Leute möglichst früh ins Restaurant kommen, damit er sie entweder schnell wieder los ist oder aber, damit er sie länger bearbeiten kann, um ihnen zum Beispiel die grotesk teure Magnumflasche Château d'Yquem für zwölfeinhalb Mille anzudrehen, die James ihm neulich besorgt hat. Und Gino will, daß die Leute möglichst lange in der Bar bleiben, damit er ihnen möglichst lange grotesk teure Cocktails servieren kann. Die beiden werden nie auf einen Nenner kommen.

»Na dann viel Glück auf dem Kriegspfad«, sage ich leichthin. Ich möchte wirklich nicht zwischen die Fronten geraten.

»Pah!« André macht eine leidende Geste. »Und was wollen Sie?«

»Einen Tisch.«

»Einen Tisch. Einen Tisch für wieviel? Eins, zwei, drei, vier?«

»Für eine Person«, sage ich.

»Für eine Person«, seufzt er. »Dies ist kein Tisch-für-eine-Person-Restaurant.«

»Es handelt sich um einen Hotelgast.«

»Nun, denn«, seufzt André noch einmal, dann geht er zu seinem wuchtigen Stehpult und blättert energisch die Seiten seines in Leder gebundenen Buches durch, in das er die Tisch-Reservierungen notiert. »Er kann die Vier haben«, sagte er, »zu Viertel nach neun. Wie ist der Name?«

»Austin«, sage ich.

»Austin«, wiederholt André.

»Besten Dank«, sage ich, »bis später.«

Als ich zurück zur Rezeption komme, ist Tony am Rotieren: Er bestellt Taxis, ruft in Restaurants an und übermittelt, daß die Herrschaften etwas später kommen, aber unterwegs seien. Einige Zimmer rufen bei ihm an, weil ein Hemd gebügelt werden soll und ein Paar Schuhe geputzt, also schickt Tony ein Mädel des Etagendienstes hin zum Bügeln, und den Leuten mit den Schuhen sagt er, sie mögen die Schuhe in die dafür vorgesehenen Taschen tun und nach draußen stellen. Morgen früh seien sie frisch poliert.

Bei mir klingelt das Telefon. Es ist wieder jemand vom Putztrupp, der sich krank meldet. Ich notier mir einfach den Namen und ruf unten an, um denen zu sagen, daß sie bereits drei Leute im Minus sind. Es gibt keinen Grund, mit dem Mann zu diskutieren; die Leute vom Putztrupp werden so mager bezahlt, wenn er meint, auf einen Tag Lohn verzichten zu können, soll er. Aber eigentlich sollte man meinen, daß er genau das nicht kann. Nun, vielleicht ist er wirklich krank. Völlig ausschließen kann man das nie.

Mr. Masterson kommt durch die Schwingtür gestampft. Die Bar hat ihn anscheinend ein wenig erschöpft. Er sieht aus, als hätte er mehr als einen von Ginos Wunderwhiskys zuviel intus, und er zieht eine gnadenlose Trinidad-Diplomatic-Wolke hinter sich her. Als er die Rezeption erreicht hat, ist ihm wieder die volle Aufmerksamkeit gewiß. Jez und Dave tauschen erwartungsfrohe Blicke aus, und Tony pfeffert mit großer Geste seinen Telefonhörer auf die Gabel.

»Mr. Masterson«, ruft er und kommt herbeigestürmt. »Ihr Mercedes wartet draußen vor der Tür.«

»Aha«, sagt Masterson. Mit einem roten Finger piekst er in Tonys Richtung: »Guter Mann.«

»Ich habe Anweisung gegeben, daß das Taxi draußen vor Sheekey's auf Sie wartet, um Sie direkt wieder hierherzubringen nach dem Essen. Das heißt, wenn Sie andere Pläne haben sollten, sagen Sie es einfach dem Fahrer, und er wird Ihnen selbstverständlich jeden Wunsch erfüllen.«

»Sehr gut«, sagt Masterson. »Erstklassige Arbeit.« Er geht auf Tony zu, zieht zwei Zwanzigpfundnoten aus seinem Portemonnaie, faltet sie zweimal, stopft die Streifen in Tonys Hemdtasche und tatscht zwei-, dreimal belobigend drauf. Tony lächelt, aber ich weiß, daß er es haßt, wenn man ihn berührt.

»Einen schönen Abend wünsche ich«, ruft er, als Mr. Masterson sich zur Tür wendet.

»Danke, Tony«, sagt Mr. Masterson und salutiert, als er durch die Drehtür geht.

Dennis schießt zur Wagentür wie ein Windhund. Er tippt sich an die Mütze, als Mr. Masterson sich auf die cremefarbene Rückbank fallen läßt, und verdient auf diese Weise einen Fünfer.

»Für wen hält der mich?«, höre ich Tony zischen. Er zieht die Scheine aus seinem Hemd. »Für 'n Stripper, oder was?«

In diesem Moment kommen zwei junge Frauen rein, die mir irgendwie verdächtig vorkommen. Vielleicht, weil Tony das Thema Striptease angesprochen hat. Auf jeden Fall haben beide sehr, sehr kurze Röckchen an und sehr, sehr hohe Stökkelschuhe. Nun sagte ich ja bereits, daß wir durchaus beide Augen zudrücken, was das Thema Prostituierte angeht. Aber das betrifft eben nur Prostituierte, die von Gästen angeheuert werden. Offene Prostitution, die von den Frauen ausgeht, ist selbstverständlich tabu. Und diese beiden Damen sehen aus, als gehörten sie der Kategorie Einzelgängerinnen an.

»Verzeihen Sie, Ladies«, sage ich und komme hinter dem Tresen hervor. Ich setze eine herablassende Miene auf. »Kann ich irgendwie behilflich sein?«

»Nein danke«, sagt die Größere, die das kürzere Röckchen anhat.

Das ist kein gutes Zeichen. »Wirklich nicht?«, hake ich nach.

»Wirklich nicht«, sagt die andere.

Sie stehen einfach da, sehen sich in alle Richtungen neugierig um. Sie sind auf jeden Fall das erste Mal in diesem Hotel. Gäste sind es also nicht. Und da sie nicht nach der Bar gefragt haben, sind sie anscheinend auch nicht mit Gästen verabredet.

»Also, es tut mir sehr leid, Ladies«, sage ich mit einem neckischen Lachen, das hoffentlich als Charme durchgeht, »in dem Fall darf ich Sie höflich bitten, das Hotel zu verlassen.«

»Verlassen?«, krächzt die Größere.

»Wir sind doch gerade erst angekommen?«, mault die andere.

»Wie gesagt, es tut mir außerordentlich leid«, wiederhole ich und gehe auf die Größere zu, mit weitgeöffneten Armen, um sie Richtung Drehtür zu komplimentieren. »Einzelne Frauen sind bei uns nicht drin.«

»Was ist?«, sagt die Größere. »Wovon reden Sie denn da?«

»Ich fürchte, Sie werden hier keine Kunden finden, meine Hübschen«, spreche ich es aus.

»Kunden?«, ruft sie aus. »Was sind Sie denn für einer? Halten Sie uns für Nutten?«

»Na ja …« Ich lache.

»Gina!«, sagt sie. »Ist das zu fassen? Nutten? Ich krieg 'ne Krise. Hol die verdammte Einladung raus. Und Sie fassen mich nicht an!«

»Wir sind eingeladen zur Perfume-launch-Party«, sagt Gina und wedelt mit der Einladung vor meiner Nase herum. »Und Sie können sich jetzt vielleicht mal verpissen, Sie Wichser!«

»Arsch«, sagt die Größere, und beide dampfen Richtung Ballsaal ab.

Von Zwanzig bis Einundzwanzig Uhr

Tony will sich wegschmeißen vor Lachen. Er kann es nicht gar fassen, wie blöd ich mich angestellt hab. Herrjeh, ich bin einfach nicht auf der Höhe, Mann! Aber er hat ja recht, ich kann es selbst kaum fassen. Eigentlich neige ich nicht dazu, auf unbegleitete Damen zuzusteuern und ihnen einen liederlichen Lebenswandel zu unterstellen. Aber zu meiner Verteidigung kann ich anführen, daß um diese Uhrzeit nicht selten Prostituierte bei uns auftauchen, um hier ihr Glück zu versuchen, und es ist meine Aufgabe, zusammen mit Tony oder Dennis, sie so schnell wie möglich wieder hinauszukomplimentieren.

Tony zieht sich den Mantel an. Er lacht noch immer. »Ich glaub es nicht«, sagt er kopfschüttelnd, »ich glaub es nicht.« Er grinst zu Jez und Dave rüber, denen mein übler Faux-pas ebenfalls sehr zu gefallen scheint. »Zwei nette Nutten waren das, wirklich nett.«

Tony, Jez und Dave haben jetzt Dienstschluß, und wie es aussieht, wollen sie noch einen trinken gehen. Tony schlägt das für gewöhnlich vor, er lädt Jez und Dave dann ein und hält sie frei. Er baut so den notwendigen Teamgeist auf, stärkt die Solidarität. Er ist gut in so etwas.

»Na dann«, sagt er und reibt sich die Hände, »dann wollen wir mal. Wir wär's mit einem kleinen Abstecher ins Rose and Crown?«

»Warum nicht?«, ruft Jez.

»Aber immer!«, meint Dave. Ihre Gesichter erhellen sich, alle Müdigkeit scheint von ihnen abgefallen zu sein.

»Also, ich guck später vielleicht noch mal rein, Kumpel«, ruft er und winkt mir zu. »Und paß schön auf die Nutten auf.« Er kichert. »Die sind hier überall.«

»Ja doch«, grunze ich. »Seht bloß zu, daß ihr wegkommt.«

»Wir haben nichts anderes vor.« Tony ist bester Laune. Er schlägt den schwarzen Samtkragen seines grauen Mantels hoch. »Hat eigentlich irgendwer diesen irischen Rotschopf irgendwo gesehen?«, fragt er. Er sieht suchend nach draußen.

»Ich bin hier«, kommt ein feines Stimmchen von der Drehtür.

»Aber zu spät«, sagt Tony und dreht sich zu dem kleinen Patrick um, der in seiner graugoldenen Uniform beim Gepäckkuli steht.

»Tut mir leid«, sagt er.

»Das sollte es dir auch«, sagt Tony und mustert ihn von oben bis unten. »Und jetzt gehst du erst einmal in den Waschraum und kämmst dir die Haare.«

»Wird sofort gemacht, Sir«, sagte Patrick.

»Und laß endlich das Sir«, sagt Tony.

»Tschuldigung, Sir, äh, Tschuldigung«, stammelt Patrick und will zu der Treppe laufen, die zu den Gäste-WCs hinabführt.

»Nicht da«, seufzt Tony und schnipst mit den Fingern. »Wie häufig soll ich dir das noch sagen? In der Personalumkleide.« Er verdreht die Augen, und Patrick schießt ab zur richtigen Treppe. »Also bis später«, ruft Tony mir noch einmal zu und verläßt dann das Hotel.

Armer Patrick, denke ich, als der Junge die Treppe runterstiefelt. Tony hackt auf ihm rum, nur weil er neu ist. Er ist seit drei Wochen bei uns, und die ganze Zeit hat ihn Tony auf dem Kieker. Er sagt, das sei zu seinem eigenen Besten: Wie soll ein sechzehnjähriger Knirps sonst eingewiesen werden? Er muß schließlich alles von der Pike auf lernen. Lehrjahre sind keine Herrenjahre, und so weiter. Aber ich habe den Verdacht, daß Tony nur eine Show abzieht und den strengen Zuchtmeister herauskehrt, der seine Mannschaft im Griff hat. Und dann muß man wissen, daß Patrick nicht Tonys Wahl war, was die Pagen- und Nachtportier-Stelle angeht. Der Junge hat das Pech, daß Adrian ihn auf den Posten gesetzt hat, und dafür läßt Tony ihn jetzt leiden. Armes Schwein. Wenn er hier ist, kriegt er immer das große Stottern und hat alle naselang hektische Flecken im Gesicht.

Ich finde allerdings, daß der Junge nicht gerade als Nachtportier eingesetzt werden sollte. Er ist erst so kurze Zeit bei uns, da versteh ich nicht, wie man ihm eine so anspruchsvolle Aufgabe anvertraut. Ich fühl mich jedenfalls nicht so recht sicher mit ihm. Die Vorstellung, die Rezeption zu verlassen, um mal schnell nach draußen zu gehen, eine zu quarzen, oder in die Bar auf einen Wodka, und ihm die Aufsicht zu überlassen, will mir gar nicht gefallen. Man kann ihn gut losschikken, um Faxe zu verteilen, um die Frühstücksbestellzettel einzusammeln und Schuhe zu putzen, gewiß, aber sollte hier eine Horde Kampftrinker auftauchen und den Wunsch hegen, alles kurz und klein zu schlagen, dann, wette ich, hockt Patrick im Büro und versteckt sich hinterm Mülleimer.

Ich hab mal so eine Geschichte gehört, die sich im Covent Garden Hotel zugetragen haben soll. Zwei Typen waren mitten in der Nacht in der Halle aufgetaucht, gingen schnurstracks zum Lift, und weg waren sie. Den Leuten an der Rezeption kam das verdächtig vor, und der Nachtportier sagte, er werde den Lift und die Treppe im Augen behalten. Es waren tatsächlich Diebe; sie liefen bis unters Dach und kletterten dann an der Außenfassade herunter ins nächste Zimmer, dessen Fenster offenstand. Dann kamen sie mit ihrer Beute über die Treppe nach unten. Da stand nun der Nachtportier. Der erwischte einen der beiden und warf ihn zu Boden. Die beiden lieferten sich einen ganz fürchterlichen Ringkampf, doch schließlich schaffte es der Portier, den Dieb in den Schwitzkasten zu nehmen und festzuhalten, bis die Polizei kam.

Nun, ich bin vielleicht etwas altmodisch, aber so ganz sehe ich das noch nicht, wie unsere halbe Portion Patrick hier irgendwen in den Schwitzkasten nimmt. Ich bin heilfroh, daß ich wenigstens noch Dennis hab.

»Wie isses?«, rufe ich, als Dennis von draußen hereinkommt.

»Alles im grünen Bereich«, ruft Dennis zurück. Er kommt herüber, setzt sich an Tonys Pult und legt die Füße hoch. »Und selbst?«

»Geht so«, antworte ich.

Dennis' Handy geht los. »Tschuldige mal kurz«, sagt er und holt das Telefon aus seiner Brusttasche. Eigentlich sollen Handys während der Arbeit ausgeschaltet sein. Aber Dennis ist Dennis, und der hat seine eigenen Regeln. Er sollte eigentlich auch nicht auf Tonys Platz sitzen, sein Platz ist der lederbezogene Stuhl bei der Tür. Aber ich bin der letzte, der ihn da verscheuchen wird.

Patrick kommt zurück zur Rezeption, sein roter Lockenkopf ist brutal gescheitelt und liegt klatschnaß am Kopf. Er sieht aus, als wolle er mit seiner Mutter ins Restaurant gehen. Ich muß lächeln. So sieht er noch jünger aus.

»Alles klar, Patrick?«, frage ich.

»Ja, vielen Dank«, sagt er, geht zum Gepäckkuli und fängt an, ihn zu polieren.

Das Telefon an der Rezeption klingelt. Eine Dame vom zweiten Stock ruft an und bittet um Hilfe, jemand muß ihr den Reißverschluß an ihrem Kleid zumachen. Das Ganze scheint ihr sehr unangenehm zu sein. Ich sage ihr, sie solle sich keine Gedanken machen, das sei gar kein Problem, so etwas komme schon mal vor. Eine der merkwürdigsten Geschichten, die ich in diesem Zusammenhang gehört habe, ist die mit Naomi Campbell im St. Martin's Lane Hotel. Wenn derart glamouröse Gäste wie Naomi Campbell absteigen, stellt das Hotel häufig eigens einen Angestellten ab, der sich ausschließlich um diesen Gast kümmert. In einigen Hotels gibt es sogar Butler, die der Dame nicht nur den Reißverschluß des Abendkleids zumachen, sondern ihr auch schon mal ins Catwoman-Gummikostüm helfen. Diese Butler sind besonders geschult und stehen mit einem Pager auf Abruf bereit. Sie wissen, wie man einen Sari richtig zusammenlegt, wie militärische Orden korrekt und in der richtigen Anordnung an der Uniform befestigt werden, sie können tausend Krawattenknoten, empfehlen die richtige Krawatte zum Anzug und können dem Gast sagen, wie man den Botschafter korrekt anspricht. Und sie wissen die erstaunlichsten Dinge, zum Beispiel wie man einen merkwürdigen Fleck aus einem ganz besonders zarten Gewebe herausbekommt, ohne die kostbare Ware anzugreifen.

Im Falle Naomi Campbells war es nicht ein Butler, sondern ein Hotelangestellter, der ausschließlich für die Wünsche des Supermodels abkommandiert war. Sie rief ihn also so um sieben am Abend zu sich, völlig aufgelöst, sie brauche Hilfe und zwar sofort. Er lief neugierig hoch und fand sie auf dem Boden hockend vor. Sie wiegte den Oberkörper wie aufgezogen hin und her und stand eindeutig unter Drogeneinfluß. Um sie herum verstreut waren haufenweise Make-up-Artikel. Als er eingetreten war, drehte Naomi Campbell sich ihm zu und sagte, sie suche ihren Lippenstift. Der Mann war etwas ratlos. Er ging ins Badezimmer, wo er nur die Linien Kokain auf dem Handspiegel sah. Dann ging er zurück, nahm den nächstbesten Lippenstift vom Boden auf und reichte ihn ihr. Sie schien völlig glücklich mit der Lösung zu sein. Der Mann entschuldigte sich dann rasch und verschwand wieder.

Die Frau mit ihrem Reißverschluß im zweiten Stock dürfte kein so schwieriger Fall sein, also beschließe ich, Patrick hochzuschicken. Er muß schließlich mit den Gästen in allen Stadien des Be- und Entkleidetseins fertig werden und das in allen möglichen prekären und peinlichen Situationen. Am besten schmeiße ich ihn einfach ins kalte Wasser. Patrick lächelt dankbar und zischt ab. In Null Komma nichts ist er wieder unten, der Reißverschluß scheint keine große Sache gewesen zu sein. Und doch, wie er jetzt so dasteht und den Kuli weiterpoliert, sehe ich, wie peinlich ihm die Geschichte noch im nachhinein ist. Seine Ohren glühen rot.

Aber bevor ich dazu komme, ihn mit einer Bemerkung aufzumuntern, eilt Lynette auf die Rezeption zu. Sie ist bereits im Mantel und auf dem Weg nach Hause. Den ganzen Tag hat sie mit ihren Reservierungen gekämpft, Zimmer hin- und hergeschoben, neusortiert. Sie sieht müde aus. Ihr Augen-Make-up ist heftig verschmiert und gibt ihr den Anstrich eines Pandabären.

»Sie noch hier?«, ruft sie überrascht.

»Ja«, sage ich, »und ich geh auch so schnell nicht weg. Ben scheint es fürchterlich erwischt zu haben.«

»Nicht schon wieder«, sagt sie. »Er ist so häufig krank, der Junge.« Sie steht am Empfangstresen und blättert nervös durch ein paar Faxe. »Ach ja, genau, da haben wir es.« Sie zieht ein Fax hervor und zeigt es mir. »Hier, Mr. Andrews. Und Miss Cox.«

»Ja-ha«, sage ich lernbegierig.

»Nun, sie haben zwei nebeneinanderliegende Zimmer bestellt, nicht wahr.«

»Hm«, mache ich.

»Und wir haben keine zwei Zimmer mehr, nur noch eine Junior-Suite und eine Senior-Suite«, erklärt sie. »Meine Überlegung ist nun, ob Sie sie nicht fragen könnten, sich zusammenzutun?«

»Zusammenzutun?«

»Na ja«, sagt sie, es scheint ihr etwas peinlich. »Die beiden haben seit sechs Monaten eine Affäre, da dachte ich, daß es den beiden vielleicht nichts ausmacht.«

»Aha?«

»Ja, sie arbeiten beide in derselben Firma in Schottland. Sie kommen regelmäßig zu uns, sie nehmen immer nebeneinanderliegende Zimmer – man muß nicht Sherlock Holmes heißen, um da Rückschlüsse ziehen zu können. Es hat mich immer schon geärgert, daß sie den anderen Raum überhaupt nicht nutzen, den hätten wir so gut anderweitig belegen können, was ich natürlich diesmal sogar getan habe, wie ich zugeben muß.«

»Nun ja«, sage ich, »natürlich.« Ich komme mir reichlich dumm vor.

»Denken Sie, Sie kriegen das hin?«, fragt sie.

»Na klar, warum nicht«, sage ich und versuche zu lächeln.

»Bieten Sie Ihnen die Suite an und zwei Einzelbetten. Ich wette, die beiden sind einverstanden.«

»Sie meinen, das klappt?«

»Ja, ich habe das so im Gefühl. Sie haben sie schließlich kalt erwischt mit ihrer Affäre, da werden die beiden wohl kaum protestieren …«

»Na denn«, sage ich und versuche, zuversichtlich zu klingen.

»Und wer sonst noch kommt, muß weggeschickt werden«, sagte Lynette und knöpft ihren Mantel zu. »Ich kann's nicht ändern. Gute Nacht.«

»Gute Nacht.«

»Wir sehen uns morgen.«

»Solange wollte ich eigentlich nicht bleiben«, protestiere ich.

»Ach ja, natürlich«, sagt sie und lächelt. »Schlafen Sie gut, wenn Sie nach Hause kommen.« Sie geht hinaus in die Dunkelheit.

Dennis ist endlich mit seinem Telefonat fertig.

»Mannomann«, ruft er aus und steckt das Handy zurück in seine Brusttasche. »Ich habe gerade die Story des Tages gehört, von meinem Kumpel im Number One Aldwych Hotel.«

»So, so«, sage ich und grinse.

Dennis telefoniert ständig mit seinen Kumpels in allen möglichen Londoner Hotels. Er muß zu jeder Tageszeit wissen, was gerade irgendwo läuft, und nach sieben Jahren im Geschäft ist er ein wandelnder Anekdotenschatz. Seine Geschichten sind teilweise haarsträubend, seine Petula-Clark-Story ist legendär, und er hat eine ganz Serie von Meg-Ryan-Nummern im Repertoire.

Aber bevor er dazu kommt, mir seine neueste Schote zu erzählen, betreten Mr. Andrews und Miss Cox die Empfangshalle. Und Lynette soll recht behalten. Ich habe kaum angefangen, die Situation zu schildern und in demütigster Form unseren Vorschlag zu unterbreiten, da haben die beiden schon akzeptiert, jedenfalls was die Suite angeht; die Einzelbetten tun anscheinend nicht not. Sie können es ganz offensichtlich kaum noch erwarten, übereinander herzufallen.

Während die Liebenden sich auf den Weg in ihre Junior-Suite begeben, mache ich Dennis ein Zeichen, daß ich auf einen Kaffee und eine Zigarette runter in die Kantine gehe, und Dennis flüstert: »Alles klar«, aber ich weiß nicht, ob er mich meint oder die Person, mit der er gerade telefoniert. Eine gute Gelegenheit abzuhauen.

Unten riecht es nach Roastbeef und Reinigungsmittel mit einem Hauch von Trüffelöl. Es ist heiß wie eh und je, dunkel und fast menschenleer. Ich gehe den Flur entlang bis zur Kantine, hol mir einen Kaffee und nehme sofort einen Schluck. Der Kaffee ist kalt. Na ja, lauwarm. Aber kalt genug, daß sich ein Film an der Oberfläche bildet. Ich trink ihn trotzdem. Ich will das Koffein, nicht die Wärme. Ich geh über den Flur bis zum Raucherraum. Es könnte noch dunkler sein, der Zigarettengeruch würde einem den Weg weisen. Ich setze mich auf eine Bank zu einigen Typen vom Putztrupp in blauen Overalls und steck mir eine an. Ich sitze da, inhaliere und höre nebenan den Chef brüllen.

Irgendwas ist mächtig schiefgelaufen. Ich hab keine Ahnung, was es ist, aber irgend etwas scheint mal wieder ausgegangen zu sein. Es passiert immer, wenn es regnet. Und der Regen draußen hält unerbittlich an. Es ist verrückt, wie wir bei unterschiedlichem Wetter unterschiedliche Dinge bestellen, und es muß einen nicht verwundern, daß große Lebensmittelfirmen eigens Leute einstellen, die das Wetter vorhersagen sollen. Denn was Sonnenschein oder Regen angeht, sind wir wie die Lemminge. Ich garantiere Ihnen, sobald die Sonne durchkommt, bestellen die Leute einen Salat, und beim nächsten Kälteeinbruch oder wenn so richtig der Regen runtergeht, entscheiden sich dieselben Leute für ein dickes Filetsteak.

Es ist immer dasselbe. Uns geht irgendeine Delikatesse aus, sagen wir Lammbraten, der Chef rastet aus, schimpft über die primitiven Gäste, die in ihrer Einfallslosigkeit alle dasselbe bestellen, und teilt dann irgendwann einem Kellner mit, daß Lammbraten aus ist; der Kellner geht raus und teilt dem Restaurantleiter mit, daß Lammbraten aus ist, der seinerseits zu den übrigen Kellnern geht, um ihnen mitzuteilen, daß Lammbraten aus ist. In der Zwischenzeit sind bereits drei weitere Bestellungen für Lammbraten in der Küche eingegangen, und dann muß eben ein armes Schwein von Kellner rausgehen und den Gästen sagen, na ja, daß leider Lammbraten aus ist. Horror, denke ich, während ich an meiner Zigarette ziehe. Bin ich froh, daß ich da weg bin. Aber eigentlich sollte einem Hotelrestaurant unserer Güteklasse gar nichts ausgehen, einfallslose Gäste hin oder her.

Ich lehne mich an die abgewetzte Wand des Raucherraums und schließe für ein paar Sekunden die Augen. Ich glaube, ich übersteh diese Nacht nicht. Die Pillen wirken schon nicht mehr. Ich nehme noch einen Zug von der Zigarette. Da kommt Patrick reingestürmt.

»*Hier* bist du«, ruft er mit seinen roten Flecken im Gesicht. Er ist ganz verschwitzt. »Ich habe dich angepiepst.«

»Der geht hier unten nicht«, sage ich und hole den roten Pager aus meiner Tasche. »Kein Empfang.«

»O Mann, du mußt schnell kommen«, ruft er und winkt mich hektisch zu sich. »Da steht so ein Araber oben und will ein Zimmer. Er sagt, er kommt immer hierher, und er will jetzt ein Zimmer. Ich weiß nicht, was ich machen soll. Dennis hat gesagt, ich soll dich holen und sofort hochschicken, und ich hab dich überall gesucht und …«

Es funktioniert sofort. Mein Herz pumpt fröhlich vor sich hin und meine Nackenhaare kribbeln wie bescheuert; alle Müdigkeit ist augenblicklich von mir abgefallen, als hätte ich die restliche Packung Koffeintabletten geschluckt. Ich bin im selben Moment auf den Beinen und lege einen rekordverdächtigen Spurt Richtung Treppe hin.

Von Einundzwanzig bis Zweiundzwanzig Uhr

Als ich oben an der Treppe ankomme, sehe ich ihn bereits am Empfang, einen hochgewachsenen Saudi in weißem Gewand mit rot-weiß gemustertem Kopftuch, der auf mich wartet. Für einen Saudi ist sein Gefolge äußerst klein, nur zwei Frauen, die von oben bis unten schwarz verhüllt sind.

»Ah«, ruft er lächelnd, als ich mich eilig nähere, »da ist ja unser Mann.«

»Ich bitte vielmals um Entschuldigung«, sage ich schwer atmend und husche hinter den Tresen. »Wir haben Sie gar nicht für heute erwartet.«

»Ich habe selbst nicht erwartet, heute hier zu sein«, sagt er und winkt beschwichtigend ab. »Aber meine Profession ist eine launische Herrin; man muß tun, was sie verlangt.«

»Natürlich«, sage ich und versuche, ruhiger zu atmen. »Es ist nur so, Sir, daß wir heute schrecklich voll sind, Sir.«

»So?«, sagt er. »Ist Adrian zu sprechen?«

»Der Geschäftsführer? Ja natürlich … ich meine, ich glaube schon … das heißt, ich weiß es nicht, Sir. Ich kann schnell mal anrufen«, sage ich, als wäre das eine geniale Idee.

»Schön«, sagt er. Seine Stimme ist ruhig, aber fordernd. Er legt seine goldberingten Hände auf den Tresen. Seine Fingernägel sind perfekt manikürt.

»Gut«, sage ich nervös. »Ich ruf dann mal an.«

»Schön«, wiederholt er.

Ich sehe zum Eingang und erblicke Patrick, der sich mit mehreren Taschen in jeder Hand und unterm Arm durch die Drehtür zwängt. Zwei Sekunden später folgt ihm Dennis, der noch einmal soviel schleppt. Sie türmen die Gepäckstücke auf dem Kuli zu einem mächtigen Turm auf. Der Saudi dreht sich um.

»Im Kofferraum befinden sich noch drei kleine Koffer«, ruft er den beiden zu.

»Jawohl, Sir«, ruft Dennis, und die beiden gehen wieder hinaus in die Kälte.

In Angies Büro geht niemand mehr ran, also wähle ich Adrians Durchwahl, die allein und ausschließlich – wie Adrian nicht müde wird uns einzubleuen – für Notfälle vorbehalten ist.

»Ja«, höre ich Adrians müde Stimme. Vielleicht ist er auch bloß genervt, gestört zu werden.

»Sie sind noch da!«, sage ich mit hörbarer Erleichterung.

»Natürlich bin ich noch da!«, kommt es wütend zurück. Als würde er sich nie vor acht zu seiner Freundin verfügen. »Ich arbeite!«

»Schön«, sage ich wie nicht gescheit.

»Es freut mich, daß Sie das schön finden«, sagt Adrian, »und jetzt sagen Sie mir endlich, was Sie wollen!«

»Ich habe hier einen Mister …« Ich sehe den Gast fragend an.

»Scheich *****.« Er nennt er mir seinen Namen.

»Ich habe hier Scheich *****, er ist gerade angekommen, und er wünscht, Sie zu sprechen, Sir.«

»Herrgott!«, fährt Adrian auf. »Warum sagen Sie das nicht gleich? Sagen Sie ihm, daß ich sofort komme«, und legt auf.

»Er ist unterwegs, Sir«, sage ich und setze ein mustergültiges Lächeln auf, während ich auflege. »Kleinen Augenblick.«

»Schön«, sagt der Scheich.

Es dauert wirklich nur einen kleinen Augenblick; ich habe noch nie zuvor erlebt, daß Adrian die Distanz zwischen seinem Büro und der Rezeption in weniger als dreißig Sekunden schafft.

»Scheich!«, ruft er schon von der Schwingtür her; seine Seidenkrawatte weht im Wind. »Es freut mich, Sie wiederzusehen. Also wirklich, so eine Freude!« Seine Arme sind ausgebreitet wie zur Umarmung, und wie er jetzt beim Tresen so dasteht, zur Salzsäule erstarrt, sieht er ein bißchen aus wie ein Priester, der den Segen erteilt.

Der Scheich ist weniger euphorisch. Er macht einen Schritt auf Adrian zu und gibt ihm die Hand. »Guten Abend«, sagt er. »Die Freude ist ganz meinerseits.«

»Wunderbar«, sagt Adrian und schüttelt dem Scheich die Hand, als würde er einen einarmigen Banditen bearbeiten. Endlich läßt er die Hand los und begibt sich zu mir hinter den Tresen. »Gut«, sagt er und ruft im Computer den Reservierungsplan auf, »dann wollen mir mal sehen, was wir unserem guten alten Freund anbieten können.«

Guter alter Freund? Ich muß aufpassen, nicht loszuprusten. So lange ich hier arbeite, habe ich den Typ noch nie zu Gesicht bekommen. Ich weiß natürlich auch, daß ein Scheich an sich VIP ist. Vielleicht war er letzten Sommer da, als ich in den Ferien war, vielleicht war er derjenige, der Michelle Diamantohrringe gekauft hat und von dem Adrian die Cartier-Uhr hat. Weiß der Kuckuck, was er Adrian gegeben hat, daß der ihm derart hintenrein kriecht, aber es muß ziemlich beeindruckend gewesen sein.

»Haben Sie und Ihre Lebensgefährtin Ihren Urlaub in Monte Carlo genossen?«, fragt der Scheich.

»Ach, es war einfach traumhaft. Einfach traumhaft«, sagt Adrian. »Es war wirklich reizend von Ihnen. Mehr als reizend.«

Damit wäre auch das klar. Kein Wunder, daß Adrian angepest gekommen ist. Es ist jetzt natürlich zu dumm, daß der Amerikaner bereits die beste Suite im Haus hat. Der Scheich wird sich bestimmt nicht mit zweiter Wahl zufriedengeben, wie ich ihn einschätze.

»Na also, da haben wir's«, sagte Adrian und grinst übers ganze Gesicht. »Zum Glück ist unsere beste Suite noch frei. Im obersten Stock.«

»Dieselbe wie letztes Mal also«, sagt der Scheich und scheint zufrieden.

»Ähm«, macht Adrian und lächelt etwas krampfhafter, »nicht direkt, sie ist die gleiche, aber nicht dieselbe. Sie ist genauso groß, mit zwei Schlafzimmern, einem Wohnzimmer, zwei Badezimmern und einer separaten Sitzecke, aber sie ist ein wenig anders geschnitten.«

»Ah ja?« Der Scheich hebt eine Augenbraue. »Aber das letzte Mal sagte man mir, ich hätte die beste Suite des Hotels bekommen.«

»Selbstverständlich«, pflichtet Adrian ihm bei und scheint seine damaligen Worte zu bereuen, »wir haben zwei beste Suiten.«

»Sehr interessant«, sinniert der Scheich. »Ich habe nicht gewußt, daß es zwei Beste geben kann. Ich hätte gedacht, einer ist immer besser als der andere. Aber das wird gewiß an meinen unzureichenden Englischkenntnissen liegen.«

»Ha, ha, ha!« Adrian schlägt eine etwas hysterische Lache an und überreicht dem Scheich die Schlüsselkarte. Der

Scheich händigt Adrian im Gegenzug seine schwarze American-Express-Karte aus. »Ich mach nur schnell einen Durchschlag davon«, sagte Adrian, »und wenn es Ihnen keine allzu großen Umstände bereitet, würden Sie dann bitte dies für uns ausfüllen? Da wir Sie nicht erwartet haben, ist das Formular leider nicht für Sie vorbereitet.« Adrian hält dem Scheich einen unserer durchsichtigen Kugelschreibern hin. Der Araber weicht etwas überrascht zurück und starrt das Plastikding eine Sekunde lang wie angewidert an. Dann bückt er sich, hebt seinen Aktenkoffer auf den Tresen, entnimmt ihm einen goldenen Füllfederhalter und macht sich daran, das Anmeldeformular auszufüllen.

Patrick wartet bereits mit vollgepacktem Kuli, um dem Scheich in den Lift zu folgen. Auch Dennis ist in der Nähe und tut dienstbeflissen. Der Scheich greift wieder in seinen Aktenkoffer und entnimmt ihm zwei Fünfzigernoten. Einen gibt er mir, den anderen Adrian. »Ich danke Ihnen beiden für Ihre Hilfe«, sagt er. Patrick reißt die Augen auf, und ich fürchte, ich gucke nicht minder dumm aus der Wäsche. Adrian läßt den Schein routiniert in der Hosentasche verschwinden und kommt um den Tresen geeilt, um Patrick, den Scheich und seine zwei Frauen Richtung Lift zu begleiten.

Als sich die Lifttür endlich hinter ihnen schließt, atmet Adrian einmal tief durch. »Mann, das war knapp«, sagt er und kommt wieder zum Tresen, »ich hätte ihn wirklich nur höchst ungern ins Berkeley geschickt.« Er übergibt mir die Scheichsache und begibt sich wieder in sein Büro.

Die Cocktailparty im Ballsaal ist anscheinend beendet. Gruppen angeheiterter Gäste ziehen durch die Halle und begeben sich zum Ausgang, um dort ein Taxi zu nehmen. Dennis und Patrick sind noch mit dem Gepäck des Scheichs beschäftigt, so bleibt es an mir hängen, mich darum zu kümmern, daß die Party-Gäste zügig das Haus verlassen, bevor sie noch auf dumme Gedanken kommen. Ein paar haben sich bereits abgesetzt und sind in die Bar gegangen. Gino ist das nur allzu lieb, solange die Herrschaften anständige Sachen bestellen und nicht billigen Wein verlangen statt teuren Champagner.

Zwei betrunkene Frauen gehen rüber zu Tonys Pult, und die eine setzt sich auf seinen Stuhl. Sie tut, als würde sie das Telefon abnehmen, um zu telefonieren, und scheint das für einen höchst originellen Scherz zu halten. Wenn sie wüßte. Tatsächlich erleben wir die Nummer am Tag mindestens einmal.

»Pardon, Ladies«, sage ich mit einem höchstwahrscheinlich völlig albernen Lächeln, »aber dürfte ich Sie bitten, das zu unterlassen? Danke.«

»Oh, Verzeihung«, kichert die Frau mit dem Telefon und erhebt sich. Die andere will sich ausschütten vor Lachen, während beide dem Ausgang zutorkeln.

Die ersten Gäste kommen bereits vom Restaurantbesuch wieder. Ein Pärchen verfügt sich noch in die Bar auf einen von Ginos kostspieligen Schlummertrünken, ein anderes Paar will noch in die Honour Bar im vierten Stock, um den Abend in aller Ruhe ausklingen zu lassen.

»Honour Bars« sind eine jener neumodischen Erscheinungen, die eher in kleineren Häusern anzutreffen sind. Unsere Honour Bar ist relativ neu, wir haben sie seit etwas mehr als einem Jahr. Die Idee stammt von Adrian und ist für seine Verhältnisse geradezu revolutionär. Die Honour Bar polarisiert, entweder man liebt sie, oder man haßt sie. Gino haßt sie natürlich. Die Vorstellung, daß die Gäste eine kleine, intime Bar aufsuchen, in der Selbstbedienung herrscht, findet er völlig abwegig, um es milde auszudrücken. Aber eigentlich hat er keinen Grund, sich zu beklagen. Die Leute, die in die Honour Bar gehen, würden ohnehin nicht zu ihm kommen und einen Whisky für fünfundsiebzig Pfund bestellen. Sie wollen es überdies etwas ruhiger haben, und bei Gino ist jetzt Party-Time. Gleichzeitig hält es die Leute doch nicht vom Geldausgeben ab, wenn sie es sich erst einmal in den gemütlichen dicken Chintz-Sesseln bequem gemacht haben, die dort oben stehen.

Eines muß man allerdings einräumen: Mit der Ehrlichkeit nehmen es die Gäste zumeist nicht so genau, wenn sie in der »Ehren«-Bar sind. Ständig schreiben sie was falsch auf – ihr Wasser, die Nüsse, den dritten Wodka. Manchmal schreiben sie einfach einen günstigeren Brandy auf und nehmen sich den besseren. Manchmal geschieht das auch ganz unabsichtlich: Die Leute sind einfach zu betrunken, um noch sagen zu können, ob es nun fünf oder sechs Wodka waren. Gino schickt regelmäßig jemanden hoch, der nach dem Rechten sehen soll. Entweder Gianfranco oder Francesco macht ein paar Mal am Abend die Runde und kontrolliert, daß es an nichts fehlt und daß keiner seinen Rausch auf dem Sofa ausschläft. Aber gern machen die beiden das nicht, denn jede Minute, die sie nicht in der Bar sind, sind sie für Trinkgelder unerreichbar.

Dummerweise bringt die »Honour Bar« dem Hotel unterm Strich gar nichts ein. Bei den unsauberen Praktiken, die dort herrschen, was das Abrechnen angeht, würde das Hotel sogar ein Minus machen, wenn es bei den Preisen nicht gleichzeitig wieder was draufschlagen würde. Denn Minus machen, das liegt natürlich ganz und gar nicht im Sinne des Hotels, klar. Aber trotzdem, das Ganze ist vor allem lästig, und man muß sich fragen, warum das Hotel nicht einfach darauf verzichtet. Es ist wie mit den Jacuzzis und den übergroßen Brausenköpfen: Auf die glaubt heute auch kein Hotel mehr verzichten zu können. Man signalisiert damit, daß man sich nicht mehr in der Steinzeit befindet. Und man beugt sich dem Geschmack und den Bedürfnissen des modernen Handlungsreisenden im globalisierten Zeitalter, der sich auch weit weg von zu Hause wie zu Hause fühlen will. Die Leute wollen geboten bekommen, was sie von zu Hause gewohnt sind, und seien es ein paar Gratis-Wodkas vor dem Ins-Bett-Gehen.

Miss Austin kommt herunter, um sich in den Speisesaal zu begeben. Er trägt einen langen Rock aus bedrucktem Stoff und ein cremefarbenes Shirt. Dennis und Patrick wünschen ihm einen guten Abend, als sie zur gleichen Zeit aus dem Lift treten. Die beiden lächeln selig, in den Augen blinken die £-Zeichen.

»Fünfzig Eier«, verkündet Dennis auf dem Weg zu Tonys Platz. »Kein schlechter Anfang für den Abend.«

»Wahnsinn«, sagt Patrick, der vor Begeisterung glüht, »besser kann es wirklich nicht mehr kommen.«

»Wart's ab«, sagt Dennis. »Die Quelle hat doch erst angefangen zu sprudeln.«

Ich fühle den Fünzigerschein in der Gesäßtasche und denke, daß es am Ende vielleicht sogar ein Glück ist, daß ich heute nacht hier bin.

Tony läuft plötzlich durch die Empfangshalle. Er spricht ins Handy, und die Schöße seines grauen Kaschmirmantels fliegen hinter ihm her. Er nimmt von uns keine Notiz und verschwindet im nächsten Augenblick durch die Drehtür in die Nacht. Im selben Moment betritt ein anderer junger Mann die Halle und kommt auf mich zu.

»Zimmer 220«, sagt er.

»220«, wiederhole ich und tippe die Nummer in den Computer. Das Zimmer ist belegt. »Ist Ihre Frau oder Ihre Lebensgefährtin eventuell bereits auf dem Zimmer, Sir?«

»Nein«, sagt er. »Ich reise allein. Stimmt was nicht?«

»Ähm, also, ich bin nicht sicher, Sir«, sage ich. »Würden Sie mir bitte Ihren Namen verraten, damit ich im Computer nachsehen kann.«

»Grey mein Name«, sagt er. »G-r-e-y.«

»Danke«, sage ich. Ehrlich gesagt war mir von der ersten Sekunde an klar, daß was nicht stimmt. Entweder es war mein sechster Sinn, oder ich habe tatsächlich zuviel Koffein im Blut. Beides ist gleich wahrscheinlich. »Mr. Grey, sagen Sie«, sage ich, als ich sehe, daß der Raum anderweitig belegt ist. Ein Mr. McGrath wohnt darin. Mist, Mist, Mist. Mein Herz schlägt jetzt so heftig, daß es fast weh tut, und die Handinnenflächen sind plötzlich klitschnaß. Das ist der Kerl, den ich am Nachmittag eigenmächtig ausgecheckt habe! Herrgott noch eins, ich glaub es nicht. Wenn ich diesen Wahnsinnsknaben von Ben zu fassen kriege, erwürge ich ihn. Warum muß ich ausgerechnet heute Nachtdienst haben? »Tja«, sage ich.

»Was ist denn los?«, fragt Mr. Grey in lauerndem Tonfall. »Ich bin in dem Zimmer seit drei Tagen.«

»Ja«, sage ich. »In dem Zimmer, das Sie eigentlich heute morgen hätten räumen sollen.«

»Mit Sicherheit nicht«, kommt sofort wütend zurück.

»Nun, laut unserer Kartei schon.«

»Dann ist Ihre Kartei eben falsch.«

»Ja, aber in Ihrer Abwesenheit, Sir, nun ja, mußten wir uns natürlich auf unsere Kartei stützen.«

»Was soll das jetzt wieder heißen?«

»Das soll heißen, Sir, daß …«

»Ehrlich gesagt, ist es mir egal, was das heißen soll«, ruft er und läßt eine bedrohliche Faust auf dem Empfangstresen niedergehen. Dennis, der am Handy spricht, steht von seinem Stuhl auf. »Ich verlange einfach mein Zimmer.«

»Aber das ist es ja«, sage ich und versuche, so beschwichtigend wie möglich zu klingen. »Das ist nicht mehr Ihr Zimmer. Es ist inzwischen mit einem anderen Gast belegt.«

»Wie bitte?«, japst Mr. Grey und tritt einen Schritt zurück, als hätte ich ihm ein Glas kaltes Wasser ins Gesicht geschüttet. »Ein anderer ist in meinem Zimmer?«

»Also, es tut mir leid, aber wir haben Sie ... ausgecheckt«, sage ich mit leiser Stimme.

»Wollen Sie mich verarschen, oder was?«

»Kein Grund, ausfallend zu werden, Sir.«

»Was sagen Sie da?« Er lehnt sich über den Tresen und starrt mich mit wutverzerrter Miene an.

Mist, Kacke, Fuck! Nein, das hätte ich nicht sagen dürfen. Ich bin es, der im Unrecht ist, und wie ich die Situation handhabe, ist alles andere als professionell.

»Ich bitte um Entschuldigung, Sir«, sage ich. »Aber ich muß Ihnen leider mitteilen, daß wir Ihr Zimmer bereits wieder vergeben haben, in der Annahme, daß Sie uns heute morgen hätten verlassen wollen.«

»Schön, schön.« Mr. Grey schließt für einen Moment die Augen, um zu verdauen, was ich ihm da erzählt habe. »Also schön«, er atmet tief durch, »dann geben Sie mir eben ein anderes Zimmer.«

»Tja«, sage ich und sehe, wie die Wut in ihm sofort wieder zu kochen beginnt. »Wir haben leider keine freien Zimmer mehr.«

»Was!«, schreit er. Er ist jetzt so wütend, daß ich ihm unmöglich noch in die Augen sehen kann. »Ich verlange, sofort den Geschäftsführer zu sprechen.«

»Der ist bereits gegangen«, sage ich.

»Was?« Er ist nun vollends fassungslos. »Was für ein Laden ist das hier eigentlich?«

Ich bin versucht zu antworten: Ein Hotel. Statt dessen sage ich: »Ich kann leider nichts für Sie tun. Uns ist ein schrecklicher Fehler unterlaufen, und ich sehe beim besten Willen keine Möglichkeit, wie wir ihn ungeschehen machen können.« Mr. Grey steht wie betäubt vor mir. »Was wir Ihnen anbieten können, ist ein Zimmer im Berkeley, natürlich auf unsere Kosten, Sir, und bei Ihrem nächsten Aufenthalt in unserem Haus würden wir Ihnen ebenfalls nichts berechnen.«

»Wenn Sie auch nur eine Sekunde glauben, daß es für mich noch einen nächsten Aufenthalt in Ihrem Haus geben wird, dann täuschen Sie sich aber so was von gewaltig!« Mr. Grey ist inzwischen puterrot im Gesicht, und ich hoffe nur, daß er kein Infarktpatient ist.

»Das versteh ich voll und ganz«, sage ich kleinlauter denn je. Ich dreh mich um, geh ins Hinterzimmer und hole seinen Koffer.

»Sie haben meine Sachen gepackt!«, flüstert Mr. Grey.

»Ja, Sir«, sage ich und schließe schicksalsergeben die Augen, um den Zornesausbruch über mich ergehen zu lassen.

»Das ist ja wohl die Höhe, das ist ja wohl die absolute Höhe. Und so was will ein Fünf-Sterne-Hotel sein? So was nennt sich Luxushotel? In jedem Pennerheim herrschen höhere Standards als in diesem Puff hier!«

Er reißt mir den Koffer aus der Hand und stürmt zur Drehtür.

»Verzeihung, Sir«, sagt Dennis, »ich habe Ihnen ein Taxi besorgt, das Sie auf Kosten des Hauses zum Berkeley bringt …«

Mr. Grey bleibt schlagartig stehen, wendet sich Dennis zu und schreit ihn an: »Hauen Sie einfach ab, okay?«

»Sehr wohl, Sir«, sagte Dennis. »Einen schönen Abend, Sir.«

Mr. Grey verläßt das Hotel, nachdem er in seiner Wut vergeblich versucht hat, die Drehtür zuzuknallen.

»Das lief ja wie geschmiert«, sagte Dennis und grinst.

»Boah«, sage ich nur und versuche, meine Atmung unter Kontrolle zu bekommen. »Ich glaube, ein Tausender geht heute auf meine Kappe.«

»Mindestens«, sagt Dennis unbekümmert. »Ich glaube jedenfalls kaum, daß er die Minibar im Berkeley unangetastet lassen wird.«

»Garantiert nicht. Und für die letzten drei Tage werden wir ihm schlecht was aus dem Kreuz leiern können.«

»Wohl eher nicht«, pflichtet Dennis bei.

»Scheiße.«

»Kannste laut sagen.«

»Ich ruf mal schnell im Berkeley an, um die vorzuwarnen.«

»Das wäre sicherlich ratsam.« Dennis grinst wieder.

Während ich mit dem Mann vom Empfang im Berkeley spreche, sehe ich, wie Mr. Masterson das Hotel betritt. Er ist rot im Gesicht, aber anders als Mr. Grey nicht vor Wut. Er lächelt glücklich und ist anscheinend mit seinem Besuch im Sheekey's rundum zufrieden. Er nimmt Kurs auf Dennis und hockt sich zu ihm ans Pult, um ein wenig zu plaudern. Ich versuche, aufzuschnappen, was er sagt; gleichzeitig erkläre ich dem Mann am anderen Ende der Leitung, was vorgefallen ist. Die Synchronizität der Ereignisse überfordert mich. Als ich wieder auflege, muß ich abwarten, bis Mr. Masterson sich in Ginos Obhut begibt, und erst jetzt kann ich Dennis fragen, worüber sie beide konferiert haben.

»Er hätte gern ein ›Extra-Kissen‹«, sagt Dennis.

»Mein Gott«, sage ich und sehe auf die Uhr. »Ist es denn schon so spät?«

Von Zweiundzwanzig bis Dreiundzwanzig Uhr

Dennis ist durchaus in der Lage, »Extra-Kissen« für Gäste zu besorgen, wenn er denn will, soll oder muß. Besonders wild ist er aber nicht darauf. Er hat ein paar Telefonnummern von exklusiven Callgirls, aber die kommen nur bei den allerdiskretesten und reichsten Gästen zum Einsatz. Wenn irgendwer anderes als ein Mr. Masterson Dennis nach Prostituierten gefragt hätte, wäre Dennis ihm schnippisch gekommen und hätte getan, als wüßte er von nichts. Selbst für ein saftiges Trinkgeld. Aber da es nun einmal Mr. Masterson ist, kümmert er sich unverzüglich um die Sache.

Das ist sonderbar mit den Amerikanern. Sie gelten als so pietistisch und puritanisch, aber Nutten lieben sie doch über alles. Ich weiß nicht, ob es daher kommt, daß sie zuviel Kohle haben und zu weit von zu Hause weg sind, aber wenn sie bei uns wohnen, sind sie sofort verrückt nach käuflicher Liebe. Mr. Mastersons Wunsch, den er mal eben auf dem Weg in die Bar in Auftrag gibt, ist so wenig überraschend wie sein Konsum maßlos überteuerter Whiskys. Die Japaner sind genauso. Wie die Amerikanier lieben sie nichts so sehr wie Whiskys und Prostituierte.

Einschränkend muß man sagen, daß es vor allem die Älteren unter ihnen sind, die für Sex bezahlen; die jungen Leute von heute sind nicht so scharf darauf. Vielleicht ist das eine Generationsfrage. Es sind die Fünfzigjährigen, die zu Hause Frau und Kind haben, die im Hotel plötzlich den Rappel kriegen. Sie sind eher dick, rauchen Zigarre und haben die Geschäftskreditkarte im Portemonnaie.

Unter den Europäern sind es vor allem die Deutschen, die scharf sind auf Nutten. Die Franzosen und Italiener sind da viel zurückhaltender, oder sie haben nur nicht das nötige Kleingeld. Und die Russen bringen merkwürdigerweise ihre eigenen Nutten mit. Sie reisen entweder mit ihnen und tauchen dann im Hotel mit einem Haufen Frauen auf, oder sie kommen erst am Abend plötzlich mit ihrer Natascha im Schlepptau an. Bei den Engländern ist schwuler Sex sehr angesagt. Ich weiß, das klingt komisch, aber wenn die Engländer sich so richtig die Kante geben, machen sie sich früher oder später an die Barkeeper ran. Wir haben ein paar Stammgäste, die hierher mit ihren Strichern kommen, und solange sie sich ruhig verhalten und niemanden damit brüskieren, sehen wir nicht so genau hin. Was die Gäste in ihren Zimmern treiben, geht uns nichts an, jeder kann machen, was ihm gefällt. Vor allem, wenn er zwei Mille für die Nacht zahlt.

Ich vermute mal, daß Dennis einem auch Drogen besorgen könnte. Vielleicht nicht gerade Heroin, aber ein paar Gramm Koks, Speed oder die eine oder andere Pille Ecstasy gehen garantiert jede Nacht durch seine Hände – aber auch wieder nur, wenn der geschätzte Kunde wohlhabend genug ist, wenn er viel Geld im Hotel läßt und ihm, Dennis, hinterher seine Dankbarkeit auch mit einem angemessenen Trinkgeld bezeugt. Das ist das Entscheidende, wenn es darum geht, den Concierge um eine dieser Gefälligkeiten zu bitten: Man muß was darstellen; und man muß den richtigen Ton treffen; ansonsten hat man leider keine Chance und trifft auf taube Ohren. Ein Patentrezept gibt es nicht. In einem Luxushotel wird jedenfalls deutlich mit zweierlei Maß gemessen, und zwar so deutlich, wie vielleicht nirgendwo sonst in der Gesellschaft.

Dennis murmelt was in sein Telefon, und ich verstehe nur das Wort »Extra-Kissen«. Ab und an höre ich ihn herzlich lachen. Man scherzt am anderen Ende der Leitung. In der Empfangshalle herrscht reger Durchgangsverkehr. Gäste und ihre Freunde, die zur Bar eilen oder aus ihr wieder auftauchen. Im Restaurant geht es ebenfalls noch einmal hoch her, wenn jetzt die bereits gut abgefüllten Gäste anfangen, abwegige Summen für abwegige Drinks auszugeben.

Ich erinnere mich an eine großartige Geschichte, die ich einmal in einem Hotelrestaurant erlebt habe. Wir hatten den irischen Tänzer Michael Flatley zu Gast, und der legte doch tatsächlich dreitausendfünfhundert Pfund hin, um eine äußerst schlanke, äußerst großbusige Blondine mit einer Flasche Dessertwein, es war ein Château d'Yquem 1921, zu beeindrucken. Der Sommelier schlug Purzelbäume vor Freude, daß er das Juwel endlich an den Mann bringen konnte. Ich glaube, er saß seit über einem Jahr auf der Flasche. Nachdem er den Wein serviert hatte, haben ein paar von uns um die Ecke gelinst, um zu sehen, ob der Tropfen ihnen denn wohl auch munde. Ich weiß nicht genau, wie man guckt, wenn man einen Wein trinkt, der ungefähr eine Wochenmiete pro Schluck kostet, aber für unsere Begriffe sahen die beiden entschieden zu wenig begeistert aus. Und tatsächlich, sie ließen die Flasche am Ende fast dreiviertelvoll stehen. Sie hätten uns sehen sollen, wie wir uns auf den Tisch gestürzt haben, um ihn abzuräumen; wir genehmigten uns alle einen ordentlichen Schluck, und ich muß sagen, es war wahrlich ein Göttertrunk.

Aber das ist ja das Problem mit den extrem teuren Getränken: Man fragt sich, ob sie das Geld wirklich wert sind.

Wir haben tausendachthundert Brandys im Keller, die zu siebenhundert Pfund das Glas verkauft werden. Aber nicht selten frage ich mich, ob auch wirklich ausgeschenkt wird, was der Kunde bestellt hat. Wie will das einer kontrollieren? Ich weiß genau, daß wir in der Vergangenheit auch schon äußerst zweifelhafte Ware bestellt haben, und die hat der Kunde genauso geschluckt. Andererseits: Manchmal bestellen Gäste einen der teuren Weine, und dann, wenn die Flasche offen ist, finden sie, daß er ihnen nicht gefällt. Das ist immer ein sehr unwürdiges Schauspiel. Der Sommelier steht dann da und muß ihnen sagen, daß der Wein mitnichten nach Korken schmecke, sondern daß sie einfach zu besoffen sind oder aber nicht über die nötigen Geschmacksknospen verfügen. Nun, das sagt er ihnen nicht. Aber ich habe mehr als einmal erlebt, wie ein erwachsener Mann mit Schamesröte dastand, heilige Eide schwor und um eine zweite Meinung bat.

Kein Kellermeister kann es sich leisten, daß auch nur eine von seinen Preziosen umkippt. Das Bruttosozialprodukt eines kleines Landes lagert in Form von Wein in unseren Kellern, und jede einzelne Flasche wird gehätschelt und getätschelt wie ein Baby.

Ein Paar mittleren Alters eiert gerade durch die Halle und tut, als wäre es nicht betrunken. Ihre nadeldünnen Stiletto-Absätze rutschen immer wieder auf dem polierten Marmor weg, während er mit festem Griff um ihre Hüfte versucht, sie in der Vertikalen zu halten. Sie ist so sternhagelvoll, daß sie jetzt sogar einer Palme zunickt, die sie höchstwahrscheinlich für einen Pagen oder sonst wen hält. Die beiden sehen aus, als hätten sie einen lustigen Abend verbracht.

Mein Abend geht erst noch richtig los, schießt es mir durch den Kopf, während ich nach draußen starre. Ein Taxi hält vor dem Hotel. Die Tür öffnet sich. Patrick eilt hinzu, um behilflich zu sein. Mir wird ganz anders. Auf mich zu kommt, mit strahlendem Gesicht, ein ziemlich kleingeratener japanischer Geschäftsmann. Ich presse die Hände vors Gesicht und halte für einen Moment die Luft an. Dann stehe ich auf und zwinge mich zu lächeln. Los geht's.

»Guten Abend, Sir.«

Der arme Kerl verbeugt sich. Er ahnt noch nicht, daß er in der nächsten Minute wieder im Taxi sitzen wird und zum Berkeley weiterziehen darf, nachdem er gerade sechzehn Stunden im Flugzeug gehockt hat, todmüde ist und sich nichts sehnlicher als ein Bett wünscht, was wir nicht haben. Er reicht Patrick seine Taschen, der sie brav auf seinen Gepäckkuli tut. Als er bei mir an der Rezeption angekommen ist, holt er seinen Reisepaß hervor. Ich kriege schon wieder feuchte Hände. Der Mann sieht richtig müde aus. Ich laß mir nichts anmerken, tu so, als würde ich Mr. Yamamotos Paß studieren, tippe seinen Namen in den Computer und warte eine dramatische Weile lang ab.

»Oje!«, sage ich und gebe mich bestürzt. »Wie dumm.« Für gewöhnlich macht sich jetzt Besorgnis auch auf den Gesichtern der Gäste breit. »Wie es aussieht, ist da ein kleines Problem aufgetaucht. Wir haben unvorhergesehene Reparaturarbeiten im Haus, und ich muß Ihnen leider mitteilen, daß Ihr Zimmer zur Zeit nicht zur Verfügung steht.«

Es ist entscheidend zu betonen, daß das Zimmer zum Zeitpunkt der Reservierung selbstverständlich zu Verfügung gestanden hat, daß aber inzwischen ein unvorhergesehenes Ereignis eingetreten ist. Unvorhergesehen und unumstößlich wie ein Gottesurteil, das uns ganz einfach dazu zwingt, Sie leider abzuweisen. Zu sagen, daß Lynette mal wieder das Hotel überbucht hat, ist jedenfalls nicht so ratsam.

Mr. Yamamoto verbeugt sich abermals. Er nimmt die Hiobsbotschaft mit fernöstlicher Gelassenheit auf. Ich teile ihm mit, daß wir ihm ein Zimmer im Berkeley anbieten können, und er dankt mir für die Hilfe. Patrick trägt ihm die Taschen hinaus, Dennis besorgt ihm ein Taxi, und ich rufe im Berkeley an, daß ich den nächsten Gast auf den Weg gebracht habe. Das macht bereits sechzig Pfund. Denn für jeden Gast, den ich zu ihnen schicke, bekomme ich ganz offiziell zwanzig Pfund. Tja, Tony wäre stolz auf mich.

Aber der Typ tut mir leid. Der lange Flug, die auch nicht ganz kurze Taxifahrt, nur um dann hier zu erfahren, daß es keinen Platz in der Herberge gibt. Es sind immer die alleinreisenden Japaner, die es erwischt. Lynette macht das absichtlich. Sobald sie merkt, daß sie überbucht ist, geht sie ihre Liste durch und guckt, wen sie hochstufen und wen wegschicken kann. Wenn man beim Reservieren erwähnt, daß es sich um irgendeinen besonderen Anlaß handelt, oder wenn man über ein Reisebüro das Zimmer gebucht hat, stehen die Chancen nicht schlecht, daß man eine Junior-Suite bekommt, das Hotel wird innerhalb der Branche natürlich auf seinen Ruf achten. Der Alleinreisende, der hier nur eine Nacht bleibt, zieht immer den kürzeren – so auch unser japanischer Freund. Stammgäste werden, wenn es nur irgend geht, untergebracht, und auch wer mehrere Nächte reserviert hat, wird bevorzugt behandelt. Die oberste Devise lautet: Es darf dem Hotel kein Geld durch die Lappen gehen. Und das bekommen nicht immer, aber häufig genug die japanischen Geschäftsleute zu spüren.

»Wiedersehen, Sir«, höre ich Dennis sagen, der dem Mann hinterherwinkt. »Und angenehme Nachtruhe.« Sein Handy geht wieder los. Er antwortet frisch-fröhlich wie immer. Das Gespräch ist kurz. »Scheiße«, sagt er, als er auflegt. Anscheinend sind »Extra-Kissen« heute nacht rar.

Das Telefon am Tresen läutet. Ein offensichtlich betrunkener Gast ruft von seinem Zimmer aus an und beschwert sich über den Etagendienst. Er sagt, er habe bereits vor einer Stunde ein Club-Sandwich bestellt, und unten in der Küche seien anscheinend schon alle am Pennen. Ich bin geneigt, dem Mann zu sagen, daß es mich nicht wundert, wenn er um diese Uhrzeit in der Küche niemanden erreicht. Die sind zu dieser späten Abendstunde endgültig fertig mit der Welt. Sie haben etwa zweitausend Gerichte zubereitet, darin inbegriffen frühes Frühstück, Kaffeefrühstück, leichtes Dinner am frühen Abend, Snacks, Kanapees für vierhundert und Tellergerichte für die Bar. Das letzte, wonach es sie jetzt noch verlangt, ist ein besoffener Griesgram, der ein Club-Sandwich will, von dem er dann doch nur die Hälfte ißt, bevor er in voller Montur auf dem Bett einnickt. Aber natürlich sage ich nichts, was ich hinterher bereuen müßte, sondern teile dem geschätzten Gast mit, daß ich der Sache unverzüglich nachgehen werde.

Wenn man jetzt in die Küche kommt, betritt man subtropisches Klima. Die Hitze, die den ganzen Tag hier herrscht, muß sich irgendwie anstauen. Ich bin kaum drin, da klebt mir schon das Hemd am Rücken. Obwohl sich der Tag auch für die Küche dem Ende zuneigt, herrscht noch immer Hektik und Anspannung. Der Chef brüllt letzte Bestellungen in der Gegend herum und schnauzt einen Gehilfen an, der völlig konfus ist und mit der Sauce nicht rüberkommt. Unter einer Warmhaltelampe sehe ich ein Pfeffersteak liegen, das langsam seinen Geist aufgibt. Die ganze Küchenmannschaft scheint ebenfalls langsam ihren Geist aufzugeben. Die Männer sehen im unbarmherzigen Neonlicht bleich und verstört aus. Wie Tiere, die unter irgendwelchen Steinen im Dunkeln zu Hause sind und nur sehr selten ans Tageslicht kommen. Was ja sogar zutrifft.

Der kleine, dunkelhaarige Putzmann, der immer noch so gut wie kein Englisch spricht, aber schon seit fünf Jahren hier arbeitet, ist bereits mit einem Schrubber und einem scharfriechenden Reinigungsmittel dabei, den Boden zu bearbeiten. Die Köche schwirren um ihn herum, kleckern den gerade geschrubbten Boden wieder mit Blut und Gemüseresten voll. Zwei Putzleute sind mit den Arbeitsplatten beschäftigt, auf denen die Vorspeisen zubereitet werden; zwei weitere wischen die Vorratsschränke und Regale aus, einer macht sich über die Fässer her – vier riesige runde Bottiche, in denen die Fonds für die Saucen aufbewahrt werden, Gemüsefond, Geflügelfond, Fischfond und Wildfond. Alle paar Tage werden sie geleert und die Fonds frisch hergestellt.

Auch jetzt ist es noch so laut, daß man sein eigenes Wort kaum versteht. Das fauchende Geräusch eines Hochdruckreinigers mischt sich in das metallene Klirren der Küchengeräte, und über allem sind die Schreie des Chefs zu vernehmen. Ich weiß wirklich nicht, wie und wen ich hier nach dem Verbleib des verfluchten Zimmerkellners fragen soll. Der kleine Raum neben der Küche, wo die Bestellungen angenommen werden, ist leer. Schließlich tippe ich dem dunkelhäutigen Typ vom Reinigungstrupp auf die Schulter und frage: »Zimmerkellner?«

Er versucht erst gar nicht zu antworten, sondern führt nur zwei Finger an die Lippen, und ich versteh sofort, daß mein Mann eine rauchen gegangen ist.

Ich gehe über den langen dunklen Flur zurück bis zum Raucherraum, in dem sich zwei Leute befinden. Der eine sieht aus wie jemand vom Putztrupp, der zu früh zu seiner Nachtschicht erschienen ist. Er hat seinen grünen Overall an und zieht an seiner Zigarette, während er eine arabischsprachige Zeitung liest.

»'n Abend«, grüße ich.

Er ist so entsetzt darüber, daß ich ihn angesprochen habe, daß er mich nur wortlos anstarrt. Dann nickt er kaum wahrnehmbar und wendet sich wieder seiner Zeitung zu. Der andere hat sich auf der Bank zusammengerollt und ist deutlich hörbar am Pennen. Das dürfte der Gesuchte sein. Er sieht so glücklich in seiner Embryohaltung aus und hat so ein seliges Lächeln auf den Lippen, daß ich ihn gar nicht wecken mag. Das sind vielleicht die angenehmsten Minuten seines Arbeitstages. Und ich wette, der Schluckspecht oben auf dem Zimmer hat das Sandwich längst vergessen. Aber vielleicht auch nicht, und dann taucht er womöglich irgendwann an der Rezeption auf und macht mir die Hölle heiß. Also schüttel ich den Jungen sanft an der Schulter. Er grinst, dreht sich auf den Rücken, reckt und streckt sich genüßlich. Dann öffnet er die Augen, ein Schreck fährt ihm in die Glieder, und er richtet sich schlagartig kerzengerade auf und starrt mich ratlos an.

»Verdammt, o Mann, tut mir leid«, flucht er. Er klingt wie ein Franzose. Jetzt, wo er so dasitzt, wirkt er noch jünger als im Schlaf. Ich schätze ihn auf Anfang Zwanzig.

»Etagendienst?«, frage ich, als gäbe es da Zweifel.

»Ja, ich weiß«, sagt er.

»Club-Sandwich«, sage ich.

»Fuck«, antwortet er und schlägt sich gegen die Stirn. Bevor ich noch was sagen kann, ist er draußen und rennt Richtung Küche. Ich folge ihm und seh ihn nur noch in der Küche verschwinden.

»Tschüs«, sage ich zu dem Putzmann, als ich den Raum verlasse.

»Tschüs«, antwortet der Mann vorsichtig.

Als ich wieder oben bin, ist in der Halle noch immer der Bär los. Ich hoffe, daß Dennis in meiner Abwesenheit die Augen offengehalten hat, wer gekommen ist und sich in die Bar begeben hat.

Wenn sich die offizielle Sperrstunde nähert, gibt es noch mal einen Ansturm auf die Bar. Das Gesetz erlaubt es den Gästen eines Hotels theoretisch, die ganze Nacht hindurch zu trinken. Aber es hängt natürlich immer sehr davon ab, was man trinkt, ob Gino die Bar bis zum letzten Mann offenläßt oder irgendwann »last orders« verkündet. Wer nicht im Hotel Gast ist, wird um 11.30 Uhr rausgeschmissen, führt er sich allerdings anständig auf und bestellt ordentlich, darf er dies auch noch ein wenig länger tun. Bars, die etwas versteckter gelegen sind als unsere, im Halcyon Hotel in Holland Park beispielsweise, lassen auch noch lange nach der Sperrstunde Gäste von außerhalb zu. Die Polizei kommt da nicht so schnell vorbei, und weil die Bar im Untergeschoß liegt, können sich die anderen Hotel-Gäste auch nicht gestört fühlen. Für gewöhnlich hat sie bis zum Morgengrauen auf. Es gibt auch Leute, die das Gesetz umgehen, indem sie einfach in einem Hotel ein Zimmer buchen, nur um in die Bar zu gehen und gepflegt zu trinken; ihr Zimmer bleibt unbenutzt. Ich liebe diese Kunden. Ich kann ihnen das Zimmer berechnen, das dann nicht gereinigt und neu gemacht werden muß und das ich dann womöglich an einen Früh-Anreiser weitergeben kann, der mit der Morgenmaschine kommt. Leider sind wir voll belegt, so daß ich heute abend keine Pichelbucher annehmen kann.

Ich begebe mich hinter den Tresen, um zu kontrollieren, ob alles in Ordnung ist. Ich sehe zu Dennis rüber. Er sieht etwas betrübt aus. Patrick macht sich gerade aus dem Staub. Er rennt schon wieder runter zum Gäste-WC. Ich sehe keinen großen Sinn darin, ihm hinterherzulaufen, und wenn ihn um diese Uhrzeit ein Gast im Klo überrascht, ist das auch nicht besonders tragisch. Alles halb so schlimm. Dennis sagt mir, daß es in der Bar ziemlich hoch hergeht, sie ist voll mit Leuten, die nach der Cocktailparty im Ballsaal noch hängengeblieben sind. Er mutmaßt, daß wir mit denen noch was zu tun kriegen heute nacht.

»Was macht dein Extra-Kissen?«, frage ich, um ihn ein bißchen zu ärgern.

»Frag nicht!«, stöhnt er. Ihm ist nicht zum Lachen zumute. »Ich hab mit zwei Mädels gesprochen, die sollten vor einer halben Stunde hier aufkreuzen. Das nervt ziemlich.«

»Zwei?«, frage ich. »Unser Freund aus Texas hat aber großen Appetit.«

»Ich glaube nicht, daß er zwei braucht, er soll nur eine gewisse Auswahl haben.«

»Wie zuvorkommend von dir.«

»Kein Grund zu lästern.«

»Ich lästere nicht«, sage ich beschwichtigend.

»Ist ja egal.«

»Verdammter Mist, ey«, hören wir in diesem Moment Patrick rufen. Er kommt ganz bleich auf mich zugerannt. »Du mußt schnell herkommen. Ich glaube, wir brauchen da einen Krankenwagen.«

Von Dreiundzwanzig bis Vierundzwanzig Uhr

Patrick läuft uns voraus die Stufen hinunter. Unten hält er mir die Tür zum Männerklo auf. Ich betrete den Raum mit den Pinkelbecken. Hier sieht es aus, als habe ein Mord stattgefunden. Überall Blut. Glänzende Pfützen auf dem weißgefliesten Boden, Spritzer und verschmierte Streifen an der Wand; und inmitten der ganzen Sauerei liegt ein junger Mann im Nadelstreifenanzug, seine Hosen sind heruntergelassen und sein Schwanz hängt heraus, und, wie es scheint, sind ihm ein paar Zähne abhanden gekommen.

Im allerersten Moment denke ich, daß er tot ist, zumindest ist er nicht bei Bewußtsein. Dann bemerke ich, daß der Mann etwas vor sich hinmurmelt und stöhnt. Er lebt. So erleichtert ich bin, so ratlos bin ich doch, was mit ihm anzustellen sei. Soll ich ihn irgendwie in eine würdigere Lage bringen? Es heißt immer, man soll Verletzte besser nicht anrühren, aber irgendwie will mir das nicht richtig erscheinen.

»Patrick«, sage ich, während wir beide wie gelähmt vor dem Mann stehen, »hol mir von der Etage ein Bettlaken. Ich glaube, wir sollten ihn zudecken.«

»Ja, ja, mach ich«, stottert Patrick und ist froh, abziehen zu können.

»Der Krankenwagen ist unterwegs«, ruft Dennis, der in diesem Moment den Raum betritt. »Ach du liebe Scheiße!«, sagt er, als er näherkommt. »Ich … kann kein … Blut sehen, mein Gott«, sagt er mit schwacher Stimme und fächelt sich Luft zu. »Der läuft ja schon ganz blau an.«

Ich sehe mir den Mann an, und tatsächlich, seine Lippen haben sich blau verfärbt, er scheint das Bewußtsein zu verlieren. Und er bekommt keine Luft mehr.

»Verdammt, Mann«, sage ich und beuge mich über ihn. »Wir müssen ihn von Mund zu Mund beatmen!«

»O nein«, stöhnt Dennis. »Ich muß hier raus, bevor ich alles vollkotze.« Für jemanden, der mit allen Wassern gewaschen sein will, macht mir Dennis einen ziemlich überforderten Eindruck. »Ich warte draußen auf den Krankenwagen und schick die Sanitäter hierher, okay?« Mit diesen Worten ist er verschwunden.

Ich knie mich in die Blutpfütze und bedecke mit meiner Hand den deformierten Mund des Mannes. Krampfhaft versuche ich mich daran zu erinnern, was wir im Erste-Hilfe-Kurs gelernt haben. Das Hotel schickt uns regelmäßig alle halbe Jahr zu solchen Veranstaltungen. Ich überstrecke also den Nacken des Mannes, halte dann den Kopf an der Stirn fest und blase in die Nase, was das Zeug hält. Ich sehe mir seinen Brustkorb an – der scheint sich zu bewegen. Ich wiederhole die Übung wieder und wieder und überlege, ob ich wohl auch eine Herzdruckmassage versuchen soll, nehme aber Abstand von dem Gedanken. Lieber noch einmal pusten. Da hustet er plötzlich. Seine Lippen sehen schon nicht mehr ganz so blau aus. Im nächsten Moment kommen die Sanitäter in ihren grünen Overalls und den schwarzen Stiefeln hereingestürmt. Ich bin völlig benommen und höre nur irgendwas wie: »Wir machen das hier schon.«

Ich erhebe mich, gehe zu einem der Waschbecken und wasche mir mit kaltem Wasser ausgiebig das Gesicht. Dann gehe ich nach draußen. Ich habe keine Ahnung, ob das, was ich da getan habe, richtig war oder vielleicht völlig daneben. Aber wenigstens scheint der Typ noch am Leben zu sein. In der Halle hat sich eine neugierige Menschenmenge versammelt. Nichts Aufregenderes für aufgeputschte Zecher als ein kleiner Unglücksfall in nächster Nachbarschaft.

»Bitte stehen Sie hier nicht herum«, ruft Dennis, der ganz offensichtlich zu seiner alten Form zurückgefunden hat. »Bitte gehen Sie zurück in die Bar. Bitte gehen Sie zurück. Es gibt hier nichts zu sehen, Ladies und Gentlemen.« Und tatsächlich gelingt es ihm, die anwesenden Wodkas, Gin-Tonics und Schampuskelche zurück zur Bar zu treiben.

Im nächsten Moment kommen die Sanitäter mit einer Trage heraus. Der Mann liegt unter einer roten Decke. Er ist jetzt ganz offensichtlich bei Bewußtsein und brabbelt wirres Zeug vor sich hin.

»Wie geht es ihm?« frage ich einen der Sanitäter.

»Soweit ganz gut«, antwortet der und lächelt wie jemand, der schon ganz andere Sachen erlebt hat. »Er ist anscheinend beim Pinkeln ausgerutscht und hat sich dabei zwei Zähne ausgeschlagen.«

»So, so«, sage ich.

»Tja, hatte Glück, daß Sie vorbeigekommen sind«, sagt er. »Sie haben ihn beatmet, oder?«

»Na ja, ein paar Mal«, antworte ich.

»Hat ihm vermutlich das Leben gerettet. Er kann froh sein, daß er so besoffen ist. Die Schmerzen kommen dann erst morgen.«

»Verstehe«, sage ich.

»Sie sollten sich umziehen«, fügt er an und zeigt auf meine Hosen, die blutverschmiert sind. »Ist bestimmt nicht so gut fürs Hotelimage.« Er grinst, klopft mir einmal auf die Schulter, dann läuft er den anderen hinterher zur Drehtür.

Meine Güte. Ich brauche dringend eine Zigarette. Ganz nach unten schaffe ich es einfach nicht in meinem Zustand, also geh ich nach draußen. Um diese Zeit werden ein paar Kippen auf dem Bürgersteig schon niemanden groß stören. Während ich mich draußen an eine der Säulen lehne und meine Zigaretten heraushole, fährt ein Polizeiwagen vor. Ich vermute, daß die jedem Notruf nachgehen müssen, vor allem wenn er aus einem Luxushotel kommt. Die Polizisten gehen rüber zu den Sanitätern; höchstwahrscheinlich wollen sie nur hören, daß kein Fremdverschulden vorliegt. Ich seh, wie einer der Bullen zu grinsen anfängt. Man hört schließlich nicht jeden Tag, daß ein reicher Schnösel sich im Suff beim Pinkeln selbst k.o. schlägt. Vielleicht wäre ihm das Lachen vergangen, wenn er das Blutbad im Klo gesehen hätte.

Ich nehme noch ein paar Züge, dann trete ich meine Zigarette aus. Als ich zum Eingang komme, bemerke ich die beiden Extra-Kissen, die an den Polizisten vorbeiflanieren und die Halle betreten. Sie sind nicht zu verkennen. Lange Beine, langes Haar, kurze Röcke – derart attraktive Frauen sind um diese Zeit für gewöhnlich in Begleitung, es sei denn, sie sind, wie diese hier, im Dienst. Ich versuche ihnen zu folgen, aber sie sind so schnell, daß ich sie nicht mehr entdecken kann, als ich durch den Pulk von Polizisten und Sanitätern endlich bei der Rezeption ankomme. Höchstwahrscheinlich sind sie unverzüglich in die Bar gegangen.

Dennis ist bereits am Handy damit beschäftigt, seinem Cousin im Dorchester von dem Typ zu erzählen, der sich selbst ausgeknockt hat und mit heraushängendem Schwanz auf der Herrentoilette gefunden wurde. Er erzählt gut. Zehn Minuten nachdem sich die Ereignisse zugetragen haben, klingt die Geschichte bereits wie eine jener unglaublichen Anekdoten, die er zu Tausenden im Repertoire hat. Ich kann seinen Cousin bis hierher lachen hören.

Ich gehe nach unten. Ich will in den Personaltrakt zu den Lagerräumen der Küche. In irgendeinem Schrank dort muß es einen Stapel mit schwarzen Anzughosen geben, denn die stellen die untere Hälfte der Pagen- ebenso wie der Kellneruniform dar.

Ich laufe den düsteren Gang entlang, am Raucherraum vorbei, der Küche, der Kantine, danach kenn ich mich nicht mehr recht aus. Ich komme mir vor wie in einem Kaninchenbau. Überall neue Gänge und Türen. Hier und da flackert eine schwache Glühbirne, alles stinkt extrem nach Chlor, Müll und kaltem Zigarettenrauch. Wenn man zu tief einatmet, kann man das Würgen kriegen. Ich halte mir den Mund zu und suche die Räume ab, öffne hier einen Schrank und dort einen Spind. Ich finde Tischtücher und Servietten en masse, einige sind schneeweiß, andere haben altmodische Bordüren, die ich hier im Speisesaal noch nie gesehen habe. In einem Raum finde ich ein Arsenal von Reinigungsmitteln, Scheuermittel, Entkalker, Spülmittel und Schärferes, Wischmops, Eimer, unendlich viele Packungen mit Gummihandschuhen. Irgendwann stoße ich auf jemanden vom Putztrupp, der dabei ist, Küchenkrepprollen in einem Regal zu sortieren.

»'n Abend«, sage ich so, daß er möglichst nicht erschreckt. Er wendet sich mir zu, und das Weiße in seinen Augen blitzt mich an. »Wissen Sie, wo ich hier irgendwo Hosen finde?« frage ich. Der Mann antwortet nicht. Er sieht mich ratlos an. »Hosen«, sage ich noch einmal. Aber er sieht mich nur weiterhin stumm an. Höchstwahrscheinlich spricht er kein Wort Englisch.

Es ist bekannt, daß Flüchtlinge und illegale Immigranten sich zunächst vor allem mit Putzjobs in Hotels über Wasser zu halten versuchen. Hotels sind dafür bekannt, daß sie es mit gültigen Dokumenten nicht so genau nehmen. Die grob manipulierten Pässe werden keiner ernsthaften Kontrolle unterzogen. Man ist froh, wenn die Leute eine vorläufige Sozialversicherungsnummer haben, das genügt. Wenn man in Großbritannien eine Sozialversicherungsnummer beantragt, erhält man zunächst eine vorläufige Nummer, sie beginnt mit TN, für »Temporary Number«, und dann folgt das Geburtsdatum. Die meisten ausländischen Angestellten haben eine TN-Nummer, die seit Jahren abgelaufen ist. Aber mit einer TN-Nummer zahlt man eine gewisse Steuerpauschale, was allerdings den Kohl auch nicht fett macht, wenn man bedenkt, für wie wenig Geld die Leute den Job machen.

Man glaubt es einfach nicht, wie lax Hoteliers diese Sache handhaben. Das Hotel bezahlt die Angestellten direkt, macht sich aber keinerlei Gedanken, wenn die Namen der Kontoinhaber ganz andere sind als die der Angestellten. Es hat schon Razzien gegeben in Hotels, und nicht selten zeigte es sich, daß fünfzig Prozent der Angestellten illegal waren, die bei Stellenantritt irgendwelche Phantasienamen angegeben hatten. Dann werden also auf einmal dreißig, vierzig Mitarbeiter abgeholt. Aber was nützt es? Und wer will dem Hotel Vorwürfe machen? Solange die Leute zwei Hände haben, mit denen sie putzen können, wen kümmert es schon, wo sie herkommen? Offensichtlich stehen draußen jedenfalls keine Engländer Schlange, die sich um diese Arbeit drängeln, bei diesen Arbeitszeiten, in dieser Umgebung, für dieses Gehalt.

Hotels eignen sich bestens dafür unterzutauchen. Ich erinnere mich an ein Zimmermädchen aus Kolumbien, sie hatte eine TN-Nummer und einen Studentenausweis. Strenggenommen durfte sie maximal zwanzig Stunden in der Woche arbeiten, arbeitete aber vierzig Stunden. Also wurde sie im Hotel mit zwanzig Stunden geführt, aber bei doppeltem Gehalt. Sie sah immer wie aus dem Ei gepellt aus, als würde sie höchstens vier Stunden am Tag arbeiten, tatsächlich hat sie die volle Schicht gemacht. Eines Tages kamen jedenfalls Beamte des Innenministeriums zu uns und erkundigten sich nach ihr. Zum Glück war sie an dem Tag nicht da. Die Beamten sagten, sie bräuchten Fotokopien von allen Pässen unserer ausländischen Angestellten; wir sollten sie ihnen faxen. Komischerweise haben sie vergessen, uns eine Faxnummer zu nennen. Wir taten also gar nichts und warteten erst mal ab. Sie sind nie wiedergekommen. Merkwürdigerweise das Zimmermädchen aber auch nicht.

Ich habe gesagt, daß die Zimmermädchen den übelsten Job im Hotel machen. Ich glaube, das muß ich revidieren. Verglichen mit dem Putzjob, ist die Arbeit der Zimmermädchen geradezu schick und aufregend. Wir haben im Putztrupp Marokkaner, Kenianer, ein paar irakische Kurden, aber vor allem kommen die Leute, wie gesagt, aus Bangladesch. Sie arbeiten von elf Uhr abends bis sieben Uhr morgens. Sie schrubben die Küche, putzen das Silber, wischen, bohnern, saugen Staub, machen die Personalklos sauber und waschen ab. Und sie hassen die Arbeit. In einem Gewerbe, das von Trinkgeldern praktisch lebt, sind sie die einzigen, die nicht von dieser Möglichkeit, ein mageres Gehalt aufzubessern, profitieren. Denn es ist ihnen nicht nur untersagt, mit Gästen in Kontakt zu treten, sie dürfen sich außerhalb des Personaltrakts nicht einmal in ihrer Nähe blicken lassen.

Man kann sich denken, daß die Arbeitsmoral unter ihnen nicht sehr hoch ist. Wenn es irgend geht, bummeln sie rum. Sie verschwinden einfach, um sich irgendwo zum Pennen hinzuhauen. Einmal hab ich einen Typ dabei erwischt, wie er in einem Spind ein Nickerchen gehalten hat, aufrecht, praktisch im Stehen. Als ich im Savoy gearbeitet habe, gehörte es zu meinen Aufgaben, nachts durch die weitverzweigten Gänge unter der Themse zu patrouillieren und aufzupassen, daß nicht irgendwo einer liegt und schläft. Hier ist das leichter zu überschauen, das Haus ist kleiner, aber es gibt genügend Ekken und Winkel, in denen sie so schnell keiner findet.

Lange hält es in dem Job keiner aus. Die Krankmeldungen sind hier so zahlreich wie in sonst keinem Bereich des Hotels. Und man muß es ihnen nachsehen. Sie sind die allerletzten in der Hackordnung, und zwar ohne je die Chance zu erhalten, sich hochzuarbeiten. Sie sind hier, um zu putzen, und sie können es drei Jahre machen oder drei Tage – es interessiert keinen. Man weiß schließlich nicht einmal ihre Namen. Sie kriegen ein minimales Grundgehalt, und sie machen dafür die wahre Drecksarbeit. Je höher man aufsteigt, um so besser steht man da. Aber wenn man ganz unten ist, ist man einfach ein Nichts.

Ich beuge mich vor und zupfe an meinem Hosenbein, wo das getrocknete Blut einen tiefschwarzen Fleck hinterlassen hat. Der Putzmann versteht sofort, wonach ich suche. Er geht voran und zeigt mir den Weg zu einem Raum, in dem er einen Schrank öffnet, der voll ist mit frischgewaschenen, aber ziemlich abgewetzt aussehenden schwarzen Hosen. Ich lächle und danke ihm, bevor er wieder zurückschlurft. Ich gehe die Stapel durch, und es dauert eine ganze Weile, bis ich ein Paar finde, das aussieht, als könnte es mir passen. Ich durchlaufe erneut das Labyrinth dunkler Gänge und erreiche die Küche. Ich werfe einen Blick hinein. Sie ist leer bis auf zwei vom Reinigungstrupp, die den Boden wischen; ein weiterer ist dabei, die elektrischen Küchengeräte zu reinigen.

Die Personalumkleide ist zum Glück leer. Ich ziehe meine schmutzige Hose aus und die frische an. Das Material ist billige Ware, und es fängt sofort an zu jucken. Die schmutzigen Hosen falte ich zusammen und stecke sie in meinen Rucksack, der in meinen Spind hängt. Im Spind hängt sogar noch ein Foto meiner Ex-Freundin. Ich glaube, ich sollte das wirklich mal abnehmen. Keine Ahnung, wie ich die Hosen sauberkriegen will. Ich denke, ich gebe sie in die Reinigung und laß mir das Geld vom Hotel wiedergeben.

Auf meinem Weg zurück in die Empfangshalle kommt mir der Kammerjäger entgegen. Das Haus ist verseucht mit allem möglichen Getier, und es ist seine Aufgabe, dafür zu sorgen, daß die Populationen nicht überhandnehmen, und daß vor allem die Gäste nicht mitbekommen, wie viele Ratten, Mäuse und Kakerlaken tatsächlich zuweilen nur wenige Zentimeter von ihrem Kopfkissen entfernt leben.

»'n Abend«, sagt er, als er näherkommt. In der Hand hat er einen Käfig. Anscheinend ist er dabei, die Fallen vor der Küche mit neuen Ködern zu versehen.

Eigentlich gehört das auch zu den Aufgaben des Putztrupps, die Rattenfallen zu kontrollieren und zu sehen, ob es vielleicht über Nacht wieder einen pelzigen kleinen Kameraden erwischt hat. Aber der Kammerjäger kommt einmal die Woche spätabends, wenn hier alles ruhig ist, sieht nach, ob die Fallen noch alle am richtigen Ort stehen, legt Köder nach und paßt vor allem auf, ob irgendwo die Verseuchung zunimmt. Ich erinnere mich an eine höchst unangenehme Bettwanzenplage, die wir in einem Hotel hatten, in dem ich mal gearbeitet habe. Irgendein Gast muß die Viecher mit dem Gepäck eingeschleppt haben, und in Null Komma nichts waren sie im ganzen Haus. Man muß sich wundern, wie wenige Gäste sich in so einem Fall beschweren. Ein Paar kam am Morgen runter und war von Kopf bis Fuß zerbissen und fragte nur höflich an, ob wir uns das vielleicht erklären könnten. Wir konnten uns das ganz und gar nicht und leugneten standhaft und taten völlig ungläubig. Das hat funktioniert, bis wir das Problem unter Kontrolle hatten.

Das war ein kleines Haus. Aber in großen Hotels wird man der diversen Tierchen nie ganz Herr, dafür ist so ein Haus einfach zu groß und zu alt; die Tiere können sich hier ideal vermehren. Ich übertreibe nicht, aber ich habe die Mäuse sprichwörtlich auf den Tischen tanzen sehen in einem Gesellschaftsraum im Claridge's, und das, während ich den Nachmittagstee servierte. Die Ratten im Savoy sind legendär. Das Haus steht genau am Themseufer und hat, wie gesagt, Kellergewölbe, die weit bis unter den Fluß reichen. Die Burschen fühlen sich da wirklich ganz wie zu Hause. Es ist ein fortwährender Kampf. Und Kakerlaken gibt es einfach in jedem Hotel. Wenn die Arbeit der Zimmermädchen allerdings gut ist, kann man sie von den Schlafzimmern der Gäste durchaus fernhalten.

»Wie sieht's aus heute?«, frage ich den Rattenfänger mit seinem Käfig. Ich habe keine Ahnung, wie der Mann heißt, aber ich weiß, daß er seit über fünf Jahren hier seinen Job macht.

»Ziemlich was los«, sagt er und schüttelt den Käfig, »ziemlich was los. Wir haben gerade ein Prachtexemplar aus dem Weinkeller geholt.« Er grinst zufrieden.

»Sehr gut«, sage ich. »Großartig.«

»Ja, nicht wahr?«, sagt er. »Also, bis dann.«

»Bis dann«, gebe ich zurück, und mir sträuben sich die Nackenhaare, als ich die fette braune Ratte in seinem Käfig erspähe.

»Ach, übrigens«, der Kammerjäger dreht sich noch einmal zu mir um, »Sie sollten besser schnell nach oben gehen. Ich glaube, es hat einen Feueralarm gegeben.«

»Feueralarm?«, rufe ich aus. »Aber ich höre gar nichts.«

»Stimmt«, entgegnet er. »Und das ist gar nicht gut im Fall eines Feuers, nicht wahr?« Er dreht sich wieder um und steuert auf den nächsten Ausgang zu.

Null bis Ein Uhr

Ich laufe in meinen schrecklich kratzigen, im Schritt zu knappen Hosen die Treppe zur Empfangshalle hoch und sehe Dennis und André, die mit hochroten Köpfen an der Rezeption ein kleines Tänzchen aufführen. Die Feueralarmsirene quäkt wie verrückt, aber niemand scheint sich groß darum zu kümmern. Wie bei einer Autoalarmanlage, die irgendwo in der Straße losgeht und allenfalls Neugierde erweckt, nicht aber das Gefühl vermittelt, daß Gefahr droht. Ich weiß noch, wie das kleine Theater im Savoy Hotel lichterloh brannte und die Gäste trotzdem erst nach längeren Diskussionen bereit waren, ihre Zimmer zu verlassen. Hier nun stehen ein paar Leute aus der Bar herum, Whisky-Gläser in Händen, und harren erwartungsvoll der Dinge, die da geschehen sollen. Nicht mal Patrick, von dem ich erwartet hätte, daß er als erster die Nerven verliert, scheint die Sirene zu registrieren.

»Wir haben Ihnen schon so häufig gesagt, daß das nicht geht«, höre ich, wie Dennis den Restaurantleiter anbrüllt. »Es ist Ihre Schuld, und sie sind heute nacht hier verantwortlich.«

»Sie können mich mal!«, brüllt André zurück und gibt Dennis dummerweise einen kleinen Schubs mit der Hand. »Ich habe meine Augen nicht überall, und ich kann nicht überall zur gleichen Zeit sein.«

»Das müssen Sie aber, das ist Ihr Job!«, brüllt Dennis und gibt ihm den kleinen Schubs mit doppelter Kraft zurück.

»Okay«, rufe ich, während ich hinzueile. »Wo ist das Feuer? Was ist hier los?«

Mein Geschrei läßt die beiden für einen Moment aufhorchen.

»Falscher Alarm«, ruft mir Dennis zu. »Und alles nur, weil dieses Arsch …«

In diesem Moment stellt sich die Sirene von selbst wieder ab. Es herrscht schlagartig Totenstille. Nur das Wort »Arsch …« klingt noch im Raum. Alle sehen Dennis an. Einige Gäste stehen da mit offenem Mund.

»…loch«, fährt Dennis wütend flüsternd fort und fuchtelt heftig mit seinem Zeigefinger in Richtung Restaurantleiter, »nur weil dieses Arschloch es nicht seinlassen kann, seine Crêpe Suzette unbedingt unterm Rauchmelder zu flambieren. Wie häufig soll man dem das noch sagen, diesem Cretin?«

»Cretin? Was soll das heißen?« fragt André.

»Blödmann, Idiot, Schwachkopf!«, faucht Dennis und schneidet fürchterliche Grimassen. Dann wendet er sich wieder mir zu. »Ich bitte dich, was soll man dazu sagen …«

»Wenigstens hat die Sirene aufgehört«, sage ich und kratze mir den Nacken.

»Genau«, seufzt Dennis, »geben wir uns mit dem zufrieden, was wir haben.«

»Ich würde eher vorschlagen, wir bereiten uns schon mal auf die Feuerwehr vor, die hier gleich angerauscht kommt«, sage ich und werf einen Blick nach draußen.

»O verdammter Mist«, sagt Dennis, und seine Stimme hebt sich schon wieder, »du hast recht. Also gut«, ruft er in Richtung der Schaulustigen. »Bitte alle auf ihre Plätze zurück, bitte alle zurück. Gehen Sie bitte wieder in die Bar. Bitte gehen Sie wieder zurück. Hier gibt es nichts zu tun. Gehen Sie zurück, Gino erwartet Sie dort.«

Allerdings – und zwar händeringend. Er dürfte ziemlich stinkig sein. Der Feueralarm hat ihn kostbare zehn Minuten in der heißesten Phase des Abends gekostet. Und das alles nur wegen André! Ich würde zu gern morgen früh dabei sein, um die Diskussion in der Sitzung mitzukriegen.

Mir wird schlecht. Mist. Ich kann die Sirenen der Feuerwehren hören. Das sind mindestens drei Wagen. Wie es scheint, ist niemand vom Hotel auf die Idee gekommen, anzurufen und durchzugeben, daß es sich um einen Fehlalarm handelt. Natürlich ist keiner auf die Idee gekommen! Es ist schließlich meine Aufgabe, das zu tun! O Mann. Es ist doch gut, daß ich morgen früh nicht in der Sitzung bin. Diese Geschichte wird für eine Menge Stunk sorgen.

Die Sirenen kommen näher. Verflucht, das klingt, als wären es sogar vier Wagen. Noch einmal zwei Mille, die das Hotel in diesem Monat an die Londoner Feuerwehr zahlt. Die Londoner Feuerwehr nimmt das sehr ernst. Ein Hotelbrand wäre wirklich eine Katastrophe ersten Grades. Wir haben Gäste, die sich im Tiefschlaf befinden; andere sind noch in den Speisesälen oder in der Bar und sind häufig nicht mehr nüchtern. Es wäre wirklich ein Desaster, und deshalb schikken sie immer mehrere Wagen, und sie treffen für gewöhnlich innerhalb von fünfzehn Minuten, nachdem der Alarm ausgelöst wurde, bei uns ein.

In diesem Moment schießen die Wagen um die Ecke und kommen quietschend vor dem Eingang zum Stehen. Ich überlege, ob ich rausrennen und mit den Armen wedeln soll, zum Zeichen, daß es kein Feuer gibt und sie sich nicht bemühen müssen, aber dann denke ich, es könne so aussehen, als sei ich gerade dem Inferno entkommen und noch ganz in Panik. Es würde sie nur noch mehr anspornen. Also bleib ich stehen, wo ich bin, und laß die Ereignisse auf mich zukommen.

Im nächsten Moment sprinten die Feuerwehrmänner herein, während draußen bereits Schläuche entrollt werden. Einer, der aussieht, als hätte er das Kommando, kommt zu uns zum Tresen. Als er sieht, wie Dennis, André, Patrick und ich ihn anstarren, bleibt er abrupt stehen.

»Okay«, seufzt er und die Anspannung weicht aus seinen Gliedern.

»Fehlalarm«, sage ich und versuche, nicht albern zu klingen.

»Okay«, wiederholt der Feuerwehrmann und hebt einen Arm, der seinen Männern bedeutet, einzuhalten.

»Ja«, sage ich schlapp und lächle. »Es tut mir sehr leid«, füge ich an. »Es war unser Fehler.«

»Alles klar«, nickt der Feuerwehrmann. »Wir müssen uns jedoch selbst davon überzeugen, daß alles in Ordnung ist.«

»Aber ja, aber natürlich«, sage ich. »Es war eine Crêpe Suzette, die den Alarm ausgelöst hat, im Speisesaal.«

»Gut«, sagt er. Er sieht mich an, als hätte ich ihm nur die halbe Wahrheit verraten. Dann fügt er hinzu: »Und wo ist der Speisesaal, bitte?«

»Ach so«, ich nicke. »André wird Sie hinbegleiten.«

André ist sofort zur Stelle. Die Vorstellung, einen so schneidigen Mann in sein Restaurant zu führen, scheint ihm über alle Maßen zu gefallen. Mit großen Sprüngen eilt er dem Feuerwehrhauptmann voran. Auch in der Bar werden die Rotröcke herzlich willkommen geheißen, lautes Hallo und Gläser, die angestoßen werden. So kommen die Jungs doch noch auf ihre Kosten, heute nacht. Und vielleicht holt Gino wieder rein, was das Hotel für den Einsatz löhnen muß.

Bei all der Unruhe, die überall herrscht, hätte ich bald den Scheich in seinem weißen Gewand nicht bemerkt, der ganz allein dem Ausgang zustrebt. Ich frage mich, wo er hinwill um diese Uhrzeit. »Guten Abend, Sir«, rufe ich ihm noch schnell zu, aber er erachtet es nicht für nötig zu reagieren. Er geht durch die Drehtür und tritt auf den Bürgersteig, wo bereits sein Chauffeur mit dem schwarzen Mercedes auf ihn wartet.

Mein Telefon klingelt.

»Rezeption, guten Abend«, sage ich.

»Hallo?«, höre ich eine ziemlich kurzatmige männliche Stimme.

»Ja?«

»Hier ist Zimmer 233«, sagt der Mann.

»Ja bitte, was kann ich für Sie tun, Sir?«

»Können Sie mir wohl Kondome besorgen?« sagt der Mann, und es scheint ihm nicht im mindesten peinlich zu sein.

»Kondome?« frage ich, und Dennis spitzt die Ohren.

»Genau«, sagt der Mann. »Ein Dreierpack.«

»Gut. Eine bestimmte Größe oder Sorte?«

»Nö … das heißt, doch: groß … und mit Noppen.«

»Groß und mit Noppen«, wiederhole ich.

Dennis verdreht die Augen und öffnet eine Schublade in dem linken Schränkchen unter Tonys Pult. Sie ist randvoll mit Kondomen in allen möglichen Ausführungen, hauptsächlich aber in der Ausführung groß und mit Noppen, die aus irgendeinem Grund von den meisten gewählt wird. Dennis holt ein Dreierpack raus und winkt mir damit zu.

»In Ordnung, Sir«, sage ich langsam, »ich will sehen, was ich tun kann. Aber Sie müssen verstehen …«

»Ja, schon klar«, fügt er plötzlich eilig an, »zur Not tut es auch klein und buntgestreift.«

»Gut, Sir«, sage ich und lege auf.

»Du bis mir ja einer!«, sagt Dennis.

»Ich weiß.« Ich grinse ihn an. »Vor zwei Minuten noch sollte das ganze Hotel abbrennen, und der Typ denkt an nichts als an Sex! Außerdem nervt es mich, daß alle die ganze Zeit rumvögeln, nur ich nicht.«

»Ach ja«, ruft Dennis aus und schnipst mit den Fingern, »ich vergaß: Man hat dich sitzen lassen, stimmt's?«

»Man hat«, sage ich, ohne ihn anzusehen.

»Kommt in den besten Familien vor«, versucht Dennis mir Mut zu machen. »Ich hab gehört, Gavin läßt sich scheiden.«

»Unser Gavin?«

»Ebender!«

»Oha«, sage ich. Gavin ist Adrians Geschäftsführungsassistent. Ich kenne ihn praktisch gar nicht. Ich hätte nicht mal sagen können, daß er überhaupt verheiratet ist. »Erzähl.«

»Gern«, sagt Dennis. »Aber vielleicht hast du Lust, uns erst mal einen Kaffee zu besorgen?«

»Ich könnte vielleicht erst mal bei Gino vorbeigehen und sehen, ob da alles in Ordnung ist, wenn du verstehst, was ich meine.«

»Aber sicher doch«, sagt Dennis. »Hey, Patrick!«, ruft er zum anderen Ende der Halle. »Bring mal die Gummis hier auf Zimmer 233. Da ist gerade Not am Mann.«

Ich gehe in die Bar. Hier geht jetzt wirklich die Post ab. Gino strahlt selig, während er einen Cocktail zusammenschüttet. Selbst der ewig mürrische alte Gianfranco sieht einigermaßen entspannt aus. Der Feuerwehrmanneffekt hat voll gezündet. Alle bestellen wie die Weltmeister. Ich sehe Mr. Masterson in der vorderen Sesselgruppe sitzen, links und rechts neben sich je eine der junge Damen, denen er je ein dickes Patschehändchen auf das Knie gelegt hat. Sie haben eine Flasche Dom Perignon Oenothèque Vintage 1988 (270 £) zwischen sich, aber Mr. Masterson himself ist, zu Ginos großer Freude, mit einem doppelten Dalwhinnie-Whisky von 1919 (150 £ das Glas) beschäftigt. Ich lehne in der Tür und sehe dem Treiben eine Weile zu. Ich überlege schon, ob ich mir lieber noch ein paar Koffeintabletten einpfeifen soll, da bemerkt mich Gino endlich und winkt mich zu sich.

»Hallo, gut, daß du kommst«, ruft er und kommt hinter der Theke hervor. Er lächelt und weist mit dem Kinn auf eine Blondine auf einem der Barhocker. »Ich denke, wir haben da ein kleines Problem.« Er legt seinen Arm um meine Schulter und flüstert mir ins Ohr.

Die Blondine sieht in der Tat etwas angeschlagen aus. Ich erinnere mich, sie heute morgen zusammen mit ihrem Mann eingecheckt zu haben. Ich weiß auch, daß beide zusammen im Hotel zu Abend gegessen haben. Aber aus irgendeinem Grund sitzt sie jetzt mit ihrem Drink hier allein.

»Guten Abend, Madam«, sage ich, ganz Strahlemann und Söhne.

»Ja, hallo«, sagt sie, als würde sie sich wirklich freuen, mich zu sehen. Ihre Augen schwimmen bereits in Alkohol, und ihre weiße Seidenbluse ist eindeutig einen Knopf zu weit aufgeknöpft.

»Hatten Sie einen angenehmen Abend?«

»Wenn man mal davon absieht, daß mich mein sauberer Ehemann für irgendeinen beschissenen Termin hier hat sitzenlassen, ja.« Sie schweigt, dann lächelt sie. »Aber seit Sie da sind, geht es mir gleich doch deutlich besser.«

»Das hört man gern, Madam«, antworte ich. Es ist in so einer Situation immer besser mitzuschäkern, besonders, wenn zuviel Alkohol im Spiel ist. Man weiß sonst nicht, wie die Frauen reagieren.

Sie leert ihr Glas und rutscht etwas wackelig vom Barhokker herunter.

»Sie möchten sich zur Ruhe begeben, Madam?«, frage ich.

»Ich denke, ich würde noch gern einen Kaffee auf dem Zimmer trinken. Ob Sie ihn mir wohl hochbringen?«

Das ist nun wirklich nicht meine Aufgabe. Aber Dennis bewacht die Rezeption, und es können leicht zwanzig Pfund drinstecken in diesem Kaffee. Nichts geht über alkoholselige Trinkgelder.

»Selbstverständlich«, sage ich also. »Ich bringe ihn sofort nach oben.«

Ich ruf unten in der Küche an, wecke die Schlaftablette von Zimmerkellner und order ein Kännchen Kaffee sowie ein wenig Gebäck zur Bar. Während ich warte, schenkt mir Gino einen Wodka ein; von bezahlen sagt er nichts. Er murmelt nur was von wegen, so schnell kommt ihm kein Revisor mehr ins Haus. Dann kommt der Zimmerkellner aus der Küche mit einem Tablett. Ich nehme es ihm ab und bringe es selber rauf zur Blondine. Oben angekommen, klopfe ich an.

»Herein«, ruft sie.

Ich trete ein, und vor Schreck gleitet mir beinahe das Tablett aus der Hand. Meine Güte! Sie liegt auf dem Bett und ist splitterfasernackt. Verdammt, ich weiß nicht, wohin ich gucken soll. Ich weiß nicht, was ich sagen soll. Ich merke, wie mir die Röte ins Gesicht schießt, Mist. Es ist ja nicht so, als hätten mich noch nie weibliche Gäste zu verführen versucht. Aber die hier ist wirklich ziemlich direkt!

Selbstverständlich ist Sex zwischen Gästen und Personal strikt untersagt, obwohl es natürlich passiert. Mir ist es noch nicht passiert. Die Sache ist in jeder Hinsicht riskant, vor allem, wenn die Frauen betrunken sind. Am nächsten Morgen kann es sein, daß sie alles bereuen, und wenn man dann derjenige ist, der aus dem Rausch eines weiblichen Gastes Vorteil gezogen hat, dann gute Nacht. Das sieht gar nicht gut aus. Abgesehen davon, daß es strafbar ist. Also selbst wenn es schwerfällt, eine Frau mit Gleichgültigkeit zu betrachten, die sich nackt vor einem spreizt wie ein Seestern, ist es genau das, was ich in diesem Moment zu tun gedenke.

»Wohin möchten Sie Ihren Kaffee serviert haben, Madam?«, frage ich mit etwas belegter Stimme.

»Hier herüber«, sie stützt sich auf die Ellbogen und weist mit dem Kinn auf den kleinen runden Tisch am Ende es Bettes.

»Sehr gern, Madam«, sage ich und stelle das Tablett ab. »Ähäm«, mache ich und betrachte eingehend das Muster des Veloursteppichs, »haben Sie sonst noch einen Wunsch, Madam?«

»Sonst noch einen Wunsch?«, wiederholt sie in Zeitlupe und sieht mir dabei zu, wie ich das Teppichmuster studiere. »Nein«, sagt sie schließlich, »besten Dank, das ist alles.«

»Nun, dann eine geruhsame Nacht, Madam«, wünsch ich und verfüge mich rasch zur Tür.

Ich habe die Tür kaum hinter mir geschlossen, da höre ich einen Schrei von drinnen: »Fick dich doch ins Knie, du Weichei!« Dann folgt ein entsetzliches Klirren, und ich schließe, daß sie den guten Kaffee mit ziemlichem Schwung gegen die Tür gepfeffert hat. Ich bin unentschlossen. Soll ich noch mal rein und aufräumen? Oder soll ich jemandem vom Etagendienst Bescheid sagen? Ich bleibe noch eine Sekunde so stehen, dann sage ich mir, daß ich garantiert der letzte bin, den die Lady jetzt zu sehen wünscht. Also renne ich schnell wieder runter, um Dennis die Geschichte brühwarm aufzutischen. Während sich Dennis noch schlapp lacht, ruf ich den Etagendienst an und sag dem Mädel, das Nachtdienst hat, sie solle bitte hochgehen und die Bescherung wieder aufräumen.

Der Betrieb in der Halle läßt merklich nach. Dennoch muß man gerade jetzt besonders genau hinsehen, wer das Hotel verläßt und, weit wichtiger, wer es betritt. So mancher Stadtstreicher würde seine Dritten dafür opfern, um bei uns im Warmen zu übernachten. Sie versuchen es tatsächlich ständig, an uns vorbeizukommen und irgendwo in den Eingeweiden des Etablissements ihr Lager aufzuschlagen, weswegen wir von jetzt an regelrecht Wache schieben und immer wieder Runden durchs Hotel drehen, wie richtige Nachtwächter. Sie haben leider auch die dumme Angewohnheit, vor dem Schlafengehen noch mal der Honour Bar einen kleinen Besuch abzustatten und die Bestände dort leerzuräumen. Ich überlege, Dennis auf eine erste Runde zu schicken, sobald er mit seinem Telefonat fertig ist und endlich seine neuesten Scherze auf meine Kosten zum besten gegeben hat. Dennis kann besser mit Pennern umgehen. Er ist direkt und hat so schnell keine Angst vor nichts, während ich am Ende immer Mitleid mit ihnen bekomme und ihnen am liebsten eine Miniflasche Wein extra spendieren würde. Aber ich weiß ebensogut, daß ich mir damit nur ins eigene Fleisch schneide.

Ich bin erschöpft. Das Glas Wokda hat nicht gerade Wunder gewirkt. Meine Wangen fühlen sich zwar schön warm an, höchstwahrscheinlich sehe ich sogar einigermaßen munter aus, aber Beine und Arme sind schwer, und ich habe das Gefühl, ich könnte jeden Moment vor Erschöpfung zusammenbrechen. Ich kann es nicht fassen, daß André den Feueralarm wirklich durch eine Crêpe Suzette ausgelöst haben soll. Er ist in der Vergangenheit mehrfach ermahnt worden, nicht soviel

Brandy zu verwenden. Adrian wird Gift und Galle spucken, wenn er das morgen hört.

Ich grinse. Zwei Feuerwehrmänner kommen durch die Schwingtür in die Halle. Ihre Jacken sind offen; ihnen ist anscheinend warm geworden. Die beiden lächeln zufrieden, als sie bei mir vorbeikommen.

»Sehr lustig bei euch in der Bar«, ruft mir der eine zu.

»Na klar«, sage ich. »Dann ist also alles in Ordnung?«

»Claro!«, sagt der andere Typ. »Wir sind die letzten. Es war eindeutig der Pfannkuchen«, fügt er an. »Der Rauch hat den Alarm ausgelöst. Die Kunststoffhülle des Rauchmelders ist leicht versengt, und die Leute im Restaurant habe die Stichflamme vom Brandy gesehen.«

»Verstehe«, sage ich.

»Alle sind wohlauf«, sagt der erste Feuerwehrmann.

»Na, dann ist ja alles in Butter«, sage ich. »Tut mir leid, daß wir Ihnen soviel Scherereien bereitet haben.«

»Keine Ursache, Kumpel«, sagt der zweite, »war uns ein Vergnügen, mal die Bräute in eurer Bar unter die Lupe zu nehmen.«

»Na, dann hat es sich ja gelohnt.«

»Absolut«, sagt er erste und tippt sich mit dem Finger an den Nasenflügel. »Eins-a-Qualität.«

»Gute Nacht dann«, sage ich.

»Nacht«, geben sie zurück.

Ich will mich gerade Dennis zuwenden, um ihn auf Penner-Tour zu schicken, da geht das Telefon los.

»Hallo«, höre ich eine eindeutig betrunkene Stimme, »hier Zimmer 412.«

»Guten Abend, Sir«, sage ich.

»Hören Sie zu«, beginnt er, »ich habe mich an den Etagendienst gewandt, das ist eine halbe Ewigkeit her, man hat mich an Sie verwiesen. Ich hätte gern eine Flasche Champagner.«

»Sehr wohl, Sir«, sage ich. »Der Etagendienst scheint etwas überlastet zu sein zur Zeit.« Ich bring diese Schlafmütze um.

»Also gut«, nuschelt die Stimme weiter. »Dann bringen Sie mir jetzt bitte schön eine Flasche vom Besten.«

»Vom Besten, Sir?«, frage ich. Ich höre im Hintergrund eine junge Frau kichern. Dieser Mensch würde es garantiert nicht merken, wenn ich ihm eine Flasche Asti hochschickte.

»Vom Besten!«, wiederholt er.

»Nun ja, wir haben ganz hervorragenden Champagner, die Flasche ab zweihundertsiebzig Pfund, sie können aber auch tausendvierhundert Pfund ausgeben etwa für einen Dom Perignon Vintage 1959 ...«

»Ach!«, sagt er und klingt schon nicht mehr so begeistert. »Dann bringen Sie mir eine Flasche Veuve Clicquot.«

»Vintage?«

»Nein«, bellt er.

»Das macht dann fünfundsechzig Pfund«, sage ich.

»In Ordnung«, entgegnet der Mann, »klingt vernünftig.«

»Ich werde Ihnen sofort eine Flasche bringen lassen, Sir.«

Ich erwäge eine Sekunde lang, selbst zu gehen, aber dann überlege ich mir, daß ich heute schon genug mit Alkoholisierten zu tun gehabt habe, also schicke ich Patrick hoch und sage ihm, daß der Typ ordentlich getankt hat und daß höchstwahrscheinlich ein schönes Trinkgeld drin ist.

Eigentlich finde ich diese Phase der Nacht immer ganz nett. Jetzt wird ständig der Etagendienst in Anspruch genommen. Die Leute haben einen im Kahn und fangen an, in ihren Zimmern die abwegigsten und kostspieligsten Dinge zu ordern. Eimerweise wird um diese Zeit Kaviar auf die Etagen getragen, und wenn am nächsten Morgen das Zimmermädchen zum Saubermachen kommt, räumt sie das meiste davon wieder ab.

Ich erinnere mich an einen arabischen Typ im Lanesborough, der einmal spätabends eine Magnumflasche Château Petrus zu fünftausend Pfund geordert hat. Ein wirklich erlesenes Tröpfen; die Flasche hatte seit Urzeiten im Keller gelagert; sie war sogar Gegenstand eines Running-Gags in der Küchenmannschaft, weil der Sommelier so verzweifelt versuchte, sie zu verkaufen. Und jetzt bringt er also persönlich das kostbare Gut aufs Zimmer und serviert die Flasche wie flüssiges Gold. Er ist völlig begeistert, daß er seine Flasche losgeworden ist, und das Hotel ist völlig begeistert, daß es die Kosten – um ein Vielfaches – wieder drin hat. Fünf Leute sind im Raum. Der Sommelier schenkt jedem ein Glas ein und vermeidet es, auch nur einen einzigen Tropfen zu verschütten, als gelte es sein Leben. Dann zieht er sich zurück. Nach zehn Minuten kommt er zurück, um zu sehen, ob noch irgend jemand einen Wunsch habe. Er klopft leise an und erwartet, daß alle andächtig an ihrem Wein nippen. Doch als er hereinkommt, sieht er nur diese Frau, die gerade eine Flasche Perrier in ihren absolut einzigartigen Château Petrus 1947 schüttet, weil sie nun mal lieber Schorle mag. Der Sommelier wankte sofort wieder hinaus und brach auf dem Flur zusammen. Er war wochenlang völlig deprimiert.

Dennis ist endlich mit seinem Telefonat fertig.

»O Mann«, sagt er und wischt sich Tränen aus den Augen. »Die im Savoy fanden deine Story wirklich spitzenmäßig«, sagt er und fängt schon wieder an zu kichern. »Selten so gelacht. Echt.«

»Schön, daß ihr euern Spaß habt«, sage ich. Langsam nervt's.

»Nimm's nicht übel, Mann«, sagt Dennis versöhnlich.

»Gehst du mal rum und guckst nach Pennern?« frage ich ihn. »Nach dem ganzen Durcheinander wegen dem Feueralarm und so habe ich das Gefühl, es könnte uns jemand durch die Lappen gegangen sein.«

»Stimmt«, sagt Dennis und steht auf. »Von meinem Kumpel in der Charlotte Street habe ich auch schon gehört, daß es Probleme gegeben hat.«

In der Charlotte Street hat es mal in der Vorweihnachtszeit einen regelrechten Kampf gegeben. Die Vorweihnachtszeit ist sowieso eine völlig abgedrehte Zeit für uns. Man faßt es gar nicht, wie wenig liebenswürdig sich die Leute aufführen, wenn es auf das Fest der Liebe zugeht. Es ist eine Zeit der Maßlosigkeit und allgemeinen Besinnungslosigkeit. Leute übergeben sich unterm Tisch und breiten Servietten darüber in der Hoffnung, daß es keiner bemerkt. Sie kippen stockbesoffen um, sobald sie das Restaurant verlassen. Sie pinkeln in Blumenkübel. Ich mag gar nicht daran denken. Jedenfalls ist mal ein gewisser Regisseur in die Charlotte Street zum Abendessen gegangen, und am Nebentisch saß ein Mann, der den Regisseur ansprach. Anscheinend fing der Regisseur mit ihm zu diskutieren an, worüber es zu einem richtigen Streit kam. Irgendwann stand dann der wütende Regisseur auf, ging zu dem Mann und warf kurzerhand dessen Tisch um. Der Tisch knallte dem Mann voll in die Fresse. Die beiden gingen sich an den Kragen, und schon bald war das ganze Restaurant beteiligt. Eins der Spice Girls war ebenfalls anwesend. Sie saß an ihrem Tisch und drückte ihren persönlichen Alarmknopf, der bewirkte, daß ihre vier Bodyguards aus dem Wagen gesprungen kamen und den Laden erst recht aufmischten. Die meisten Gäste verließen in Panik das Restaurant, dafür kamen nun die Köche hinzu (die Küche in der Charlotte Street ist zum Speisesaal hin offen) und versuchten die kämpfenden Parteien zu trennen. Die Polizei mußte geholt werden. Der Mann vom Nebentisch, der den Stein ins Rollen gebracht hat, kam mit einem gebrochenen Nasenbein davon. Aber das Restaurant sah aus, als sei ein Tornado hindurchgefegt. Es war wie im Film. Phantastisch!

»Was war denn in der Charlotte Street schon wieder los?«, frage ich Dennis, der sich auf den Weg machen will.

»Och«, sagt er, »nur ein paar Schnapsnasen an der Rezeption.«

»Ach so«, sage ich enttäuscht.

Von Ein bis Zwei Uhr

Dennis macht sich auf die Socken. Ich sage ihm, er solle auch in der Honour Bar nachsehen, daß da niemand seinen Rausch ausschläft.

Gäste, die irgendwo ihren Rausch ausschlafen, sind die Krätze für die Nachtschicht. Menschen, die die letzten Meter bis zum Bett nicht schaffen und einfach die Luken dichtmachen, wo sie gerade stehen und gehen. Man findet sie überall. Irgendwo auf dem Flur in sich zusammengesunken, eingekuschelt auf einem Sofa oder auf der Treppe. Und man soll nicht glauben, daß sie sich womöglich auf der Zielgeraden kurz vor ihrem Zimmer befinden. Nein, sie liegen in irgendeiner Etage, in irgendeinem Flur. Es besteht keine erkennbare Beziehung zwischen dem Ort, wo man sie findet, und dem Ort, wo sie hinmüssen. Ich habe schon distinguierte Geschäftsmänner gesehen, die laut schnarchend mitten auf dem Flur lagen, eine geplatzte Tüte Erdnüsse in der einen und die prallgefüllte Brieftasche in der anderen Hand. Aber es sind nicht nur die Hotelgäste. Auch Bar-Besucher verlaufen sich auf dem Weg zurück von der Toilette, sehen irgendwo einen Sessel, und schon sind sie weg. Manchmal entdecken wir sie erst am nächsten Morgen, wenn sie im zerknitterten Anzug in den Speisesaal wanken und etwas kleinlaut ein Frühstück bestellen.

Mein Telefon klingelt.

»Rezeption, guten Abend«, sage ich so schmissig, wie es mir möglich ist. Also nicht sehr schmissig.

»Hallo«, höre ich eine männliche Stimme, »ich krieg den Porno nicht«, schwallt die Stimme sofort weiter.

»Porno, Sir?«, frage ich. »Welche Art von Porno meinen Sie, Sir?«

»Äh, im Fernsehen«, sagt der Mann.

»Aha«, sage ich, »nun, Sie müssen dafür bezahlen, Sir.«

»Das weiß ich selbst«, gibt er zurück, als wäre ich bescheuert.

»Gut«, sage ich und versuche, aufkommenden Ärger zu unterdrücken. Muß ich mir das bieten lassen von einem besoffenen Wichser, der um 1.15 Uhr seinen Porno sehen will? Muß ich wohl. »Haben Sie die Fernbedienung?«, frage ich.

»Ja, ja«, sagt er, und ich sehe ihn förmlich vor mir, wie er das Ding sucht. »Und was jetzt?«

»Ganz oben an der Fernbedienung«, fange ich an.

»Ja«, höre ich ihn schnaufen. Er muß sich wahnsinnig konzentrieren. »Hab ich.«

»Gut«, sage ich, »da drücken Sie jetzt.«

»O.K.«

»Jetzt erscheint auf dem Bildschirm eine Liste, die sie herunterscrollen und mit dem roten Knopf anklicken können.« Das letzte habe ich extra ein bißchen schnell gesagt, um ihn zu verwirren.

»Moment, Moment«, schimpft er. »Wie war das?« Eine goldene Regel lautet: Tritt nicht zwischen einen Besoffenen und seinen Pornofilm. Ich wiederhole also meine Anweisungen. »Gut, alles klar«, sagt er und legt auf.

»Keine Ursache«, sage ich laut und lege ebenfalls auf. »Arschloch.«

Drei junge, sehr leicht bekleidete Mädchen kommen in die Empfangshalle und marschieren auf mich zu.

»Verzeihung«, sage ich, »kann ich Ihnen behilflich sein?«

»Zimmer 450«, sagt eine von ihnen schnippisch, als ginge mich das einen feuchten Kehricht an.

»Vierter Stock«, sage ich.

»Ach was«, sagt eine andere und zieht verächtlich eine Augenbraue hoch.

Sie marschieren weiter zum Lift und warten darauf, daß er herunterkommt. Schließlich hört man das Ping wie bei einer Mikrowelle, und die Türen gleiten auf. Im selben Moment kommt Dennis rausgesprungen. Mit großer Geste winkt er die Mädels in den Lift, dann kommt er zu mir im Laufschritt.

»Wahnsinn«, ruft er schon auf halber Strecke. »Du glaubst nicht, was ich eben erlebt hab.«

»Was?«, frage ich.

»Einfach der reine Wahnsinn«, schwärmt er und schließt genießerisch die Augen. »Den absoluten Klassearsch.«

»Was?«

»Ehrlich«, sagt Dennis.

»Wie, Arsch?«, frage ich nach.

»Na ja«, fängt er an, »ich sollte die Honour Bar überprüfen, oder?«

»Ja doch.«

»Gut, und als ich reinguck, was sehe ich?«

»Keine Ahnung, sag schon.«

»Ein Mädel mit ihrem Typ, und sie sind gerade voll in Aktion.«

»Was?« Ich bin wirklich etwas schockiert.

»Ja!«, sagte Dennis. »Er sitzt auf dem grünen Sofa, die Hosen hat er runtergelassen, und sie hockt auf ihm drauf und reitet ihn wie ein Rodeoreiter. Den Rock hat sie sich unter die Arme geklemmt, ihre Strumpfhose und das Höschen liegen verstreut am Boden. Die hat ihren Arsch so schnell bewegt, so schnell konnt ich gar nicht gucken.«

»Ich glaub's nicht«, sage ich.

»Kannst du aber«, sagt Dennis und grinst.

»Und was hast du gemacht?«

»Na ja, ich hab mich ein paarmal geräuspert, aber die haben mich gar nicht bemerkt. Da hab ich also laut gesagt: ›Tschuldigung, ich komme in fünf Minuten noch einmal wieder.‹ Und jetzt halt dich fest: Da dreht sich das Mädel zu mir um und sagt: ›Ginge auch zehn Minuten?‹«

»Wahnsinn!«, rufe ich aus.

»Sag ich ja.«

»Was soll man dazu sagen!«

»Nichts«, sagt Dennis und zuckt die Achseln. »Ich hab also nach zehn Minuten noch mal nachgesehen, und da waren sie weg.«

»Irre«, sage ich und muß lachen. »Das ist ja fast so schön wie die Geschichte mit der Lady letztens, weiß du noch?«

»Na klar, so was vergißt man doch nicht!«

Das war vor knapp einem Monat, als Dennis und ich ebenfalls zusammen Nachtdienst hatten. Wir hatten da ein Frau, die ziemlich betrunken in der Bar hing und mit jedem anbändelte. Das ging eine Weile lang gut, Gino hat sie jedenfalls gewähren lassen, aber irgendwann wollten wir sie doch ins Bett schaffen. Ich kümmerte mich drum und begleitete sie aus der Bar. In der Halle verschwand sie sofort auf dem WC und kam einfach nicht mehr raus. Ich ließ sie, wo sie war, und ging wieder zum Tresen. Irgendwann fand Dennis sie wieder und zwar, wie sie es im dritten Stock mit jemandem im Stehen an der Wand trieb. Dennis versuchte, die beiden dazu zu bringen, sich auf ihre Zimmer zu begeben. Aber sie haben sich nicht stören lassen. Dennis und ich entschieden, daß wir angesichts der späten Stunde nichts unternehmen wollten. Wir ließen sie machen, lange konnte es ja nicht mehr gehen. Doch keine fünf Minuten später entdeckte ich den Ehemann der Lady, der zurück ins Hotel kam. Dennis sprintete sofort die Treppen bis in den dritten Stock hoch, um die beiden zu trennen, während ich versuchte, den Ehemann in ein Gespräch zu verwickeln und noch ein wenig aufzuhalten. Es war irre. Wir haben deren Ehe gerettet, aber die Lady hat es nicht für nötig befunden, einem von uns beiden auch nur zu danken, geschweige denn beim Auschecken vielleicht ein Trinkgeld zu geben. Manche Leute sind einfach unglaublich unsensibel.

Noch mehr junge Leute betreten die Empfangshalle. Sie sehen bereits ziemlich angeheitert aus.

»Verzeihung«, sage ich. »Kann ich Ihnen weiterhelfen?«

»Nein danke«, sagt ein junger Typ. »Wir besuchen nur einen Kumpel von uns.«

»Ach ja?«

»Ja. Zimmer 450.«

»Zimmer 450«, wiederhole ich.

»Ja«, kichert ein Mädel. »Er hat heute Geburtstag.«

»Na, da gratulier ich aber«, sage ich. Ich habe einfach keine Lust auf Diskussionen.

Dennis ist wieder an seinem Handy zugange und erzählt irgendeinem Cousin die neueste Story aus der Honour Bar. Das Mädchen bittet inzwischen bereits um fünfzehn weitere Minuten, und ich wette, am Ende unserer Schicht treiben die beiden Helden es eine Dreiviertelstunde miteinander, während Dennis draußen Schmiere steht. Ich weiß, ehrlich gesagt, nicht, woher der Mann die Kraft nimmt, pausenlos zu telefonieren. Und es ist mir völlig schleierhaft, über was er und seine Kumpels sich noch unterhalten, wenn sie sich dann mal wirklich treffen. Vielleicht treffen sie sich auch nie, vielleicht kennen sie sich alle nur vom Telefon.

Wenn ich es recht bedenke, dann ist das Problem mit unserem Beruf nicht, daß wir zu lang arbeiten müssen, zuviel saufen und zu wenig verdienen, das Problem sind die ausgedehnten Phasen der Langeweile. Auf Teufel komm raus wach zu bleiben, während der Körper nach Schlaf schreit, ist viel schwieriger, wenn man sich langweilt. Ich weiß nicht, wie häufig ich Patrick jetzt schon seinen blöden Gepäckkuli habe polieren sehen. Ich schwöre, jedesmal wenn er mit dem Ding von der Etage wieder runterkommt, rubbelt er wie verrückt das Messing ab. Es ist deprimierend.

Bescheuert, ich bin wirklich nicht ganz auf der Höhe heute. Was läster ich hier rum. Soll der kleine Patrick seinen Wagen doch polieren, soviel und solang er möchte. Seine Sache. Ich sollte lieber noch mal in der Bar nach dem Rechten sehen. Vielleicht muß Gino noch einen Wodka loswerden, den niemand will.

In der Bar ist es jetzt ruhiger geworden, aber der Zigarrenqualm ist so beißend, daß mir die Tränen in die Augen schießen. Die meisten Hotelgäste sind zu Bett gegangen. Es finden sich noch vereinzelte Kampftrinker oder solche, die einfach zu breit sind, um den Absprung zu schaffen, und natürlich ist da noch Mr. Masterson mit seinen zwei Gespielinnen. Er scheint sich königlich zu amüsieren, er nuckelt an seiner Trinidad Diplomatic, tastet mal hier, mal da an den Frauen rum und erzählt Anekdoten. Die beiden Frauen scheinen inzwischen gut abgefüllt zu sein. Der einen ist der Träger ihres Seidentops heruntergerutscht, und es sieht aus, als müßte sich ihre linke Brust jeden Moment verselbständigen.

Aber entweder sie ist zu betrunken, um was zu merken, oder es ist Teil einer raffinierten Verführungstechnik.

Gianfranco, Alfredo und Francesco machen sich schon daran aufzuräumen, sie wischen Tische ab, räumen hinter der Theke auf, schmeißen Limonenstückchen in den Abfall. Gino ist nach vorn gekommen und hat sich zu einem Gast begeben, hält dessen Stuhllehne von hinten fest und lehnt sich verschwörerisch über die Schulter des Mannes. Er wird ihm ein paar Details aus der aufregenden Welt der Spirituosen verraten. Der nicht mehr ganz nüchterne Herr spitzt die Ohren, die so rot sind wie seine Socken. Ich weiß genau, daß Ginos lockere Art nur Show ist, er leistet in diesem Moment Schwerstarbeit. Dies ist die Zeit des Tages, wo er den richtigen Mann für ein Gläschen Napoleon-Cognac zu siebenhundertfünfzig Pfund sucht. Und tatsächlich ruft der Mann mit den roten Socken in diesem Moment:

»Siebenhundertfünfzig? Das muß aber schon was ganz Besonderes sein bei dem Preis.«

»Wie wär's mit Ihnen, Mr. Masterson?«, fragt Gino und geht quer durch den Raum auf den Texaner zu. Auf halber Höhe zwischen den beiden Herren bleibt er stehen. »Würden Sie gern mal probieren? Es ist einfach eine Schande, diese historische Kostbarkeit aus dem Keller zu holen, wenn nur einer mitmacht. Wie wär's?«

»Was gibt's?« fragt Mr. Masterson.

»Würden Sie vielleicht gern ein Gläschen von meinem Napoleon-Cognac von 1796 probieren?«

»Ah ja, natürlich, warum nicht«, ruft Mr. Masterson lauthals und schlägt einer der Damen auf den Schenkel. »Hatte ich den nicht letztes Mal auch?«

»Exakt«, sagte Gino.

»Sehr gute Idee«, ruft Mr. Masterson. »Und die Damen?« wendet er sich an die Prostituierten. »Auch ein Gläschen?«

»Vielleicht ein ganz kleines …«, schnurrt die eine.

»Gut, dann also dreimal«, ruft Mr. Masterson Gino zu. »Und machen Sie uns gleich doppelte, okay?«

»Kommt sofort«, sagt Gino.

Er wendet sich ab und macht Gianfranco Zeichen, daß er seine Füße in die Hand nehmen soll, um subito die Flasche aus dem Keller zu holen. Im nächsten Moment sieht er mich im Bar-Eingang stehen, aber er hat ganz offensichtlich keine Zeit für mich. Ich weiß, daß man Gino besser nicht anspricht, wenn er in dieser Stimmung ist. Er ist jetzt eine Art Hypnotiseur, der seine Gäste einlullt mit seinem Singsang, in dem er ihnen von vergangenen glorreichen Zeiten und unvorstellbaren Genüssen berichtet.

Die Flasche kommt an, und Gino legt sie vorsichtig in einen besonderen Korb. Dann bringt er sie an den Tisch von Mr. Masterson, pustet nicht vorhandenen Staub von der Flasche, streicht zart über die Korbhülle und beginnt einen Vortrag, der damit anfängt, was alles erfunden wurde seit der Herstellung dieses Cognacs, und irgendwie den Bogen schlägt zur Abdankung Katharinas der Großen. Amerikaner lieben so etwas. Gino schließt für gewöhnlich seine kleine Ansprache mit einer Schilderung der historischen Gegebenheiten in Amerika zu jener Zeit. Dann sind die Kunden aus Übersee im siebten Himmel.

Mir ist klar, daß ich hier im Moment nichts erreiche, also kann ich genausogut wieder zur Rezeption gehen. Die Nacht ist noch lang. Ich komme später wieder.

Dennis telefoniert wieder, als ich ankomme. Das Telefon auf meinem Schreibtisch fängt an zu klingeln.

»Ich kann nicht schlafen«, beschwert sich ein Mann.

»Das tut mir leid, Sir«, sage ich und denke, daß es ihm da geht wie mir.

»Nebenan wird eine Party gefeiert«, fährt er fort. Er klingt wirklich müde. »Kümmern Sie sich drum?«

»Ich schick sofort jemanden hoch, Sir. Sie sind in welchem Zimmer?«, frage ich.

»449«, kommt die Antwort. Immer dasselbe. Mir war doch so, als wenn da ein paar Leutchen zuviel ins Zimmer 450 gestiefelt wären. Aber andererseits, wenn sie sich ruhig verhalten, warum nicht? Nur ist das anscheinend nicht der Fall.

Dennis scheint mit seinem Gespräch so schnell nicht fertig zu sein. Ich kümmer mich besser selber drum, und zwar indem ich zunächst einmal beim Etagendienst anrufe. Denn wenn Zimmer 450 womöglich Essen und Trinken beim Etagendienst bestellt, dann sieht die Sache gleich wieder ganz anders aus.

Wir hatten im Lanesborough einmal ein frischverheiratetes Pärchen zu Gast. Sie nahmen sich eine große Suite und erzählten dem Hotel, sie würden von hier aus ihre Flitterwochen beginnen. In Wirklichkeit aber wollten sie in der Suite ihre Hochzeit feiern. Es kamen etwa sechzig Gäste, und sie bestellten über den Etagendienst vierundzwanzig Flaschen Taittinger (49,50 £ die Flasche) und dazu Kanapees. Sie ließen richtig die Sau raus. Von allen Seiten hagelte es Beschwerden, aber wir entschieden uns, sie zu ignorieren. Der Etagendienst teilte uns mit, die Gäste bestellten am laufenden Band, wir sollten sie um Himmels willen machen lassen. Statt dessen haben wir daher am Ende ein paar Gäste umquartiert und anderen Ohrstöpsel verabreicht. Es war wirklich ein Festtag für uns. Es galt mal wieder die goldene Regel: Je mehr Kohle ein Gast in einem Hotel ausgibt, desto mehr darf er sich erlauben.

Prominente verfahren immer so. Im Covent Garden Hotel hatten Johnny Depp und Kate Moss eine dieser Lange-nicht-gesehen-Pläusche mit einem ganzen Haufen von anderen Bekannten und Freunden. Sie hatten die größte Suite des Hotels gebucht, ein riesiges Loft auf zwei Ebenen. Die Suite ist atemberaubend. Das Bett befindet sich auf einer Empore, von der man über die verschiedenen Sitzgruppen mit dicken Sesseln und Sofas blickt. Alles ist ebenso durchgestylt wie gemütlich. Kostenpunkt: tausendeinhundert Pfund die Nacht. Sie hatten die Suite an einem Freitagabend gebucht. Sie bestellten sechsunddreißig Flaschen Krug-Champagner. So viele hatten wir allerdings nicht im Hotel. Wir klapperten wie blöd sämtliche Bars, Pubs und Hotels im Westend ab, um sie zu besorgen. Sie bestellten auch jede Menge zu essen beim Etagendienst. Nach und nach kamen immer mehr Leute, und die wurden von den Gastgebern aufs Zuvorkommendste bewirtet und zwar die ganze Nacht. Die Rechnung belief sich auf phantastische zwölftausend Pfund. Einfach wunderbar.

Verglichen mit Miss Moss' Party anläßlich ihres dreißigsten Geburtstags in der Viertausendpfund-Suite im Claridge's vor nicht allzu langer Zeit war das allerdings gar nichts. Sie hat sich den Spaß rund Zwanzigtausend kosten lassen. Getrunken hat sie Louis-Roederer-Cristal-Champagner, dessen Jahrgang 1994 zweihundertfünfzig Pfund die Flasche kostet.

Tja, aber in Zimmer 450 ist man von solchen Exzessen leider weit entfernt, die jungen Damen und Herren haben bislang anscheinend drei Flaschen Moët bestellt. Ich seh mich also zum Einschreiten gezwungen. Ich schaffe es sogar, Dennis von seinem Telefon loszueisen und ihn zu überreden, nach dem Rechten zu sehen. Entweder sie sind leise, oder wir müssen sie rausschmeißen. Dennis ist einverstanden, und es macht ihm anscheinend nichts aus, nach oben zu gehen. Ich habe den Verdacht, er will bei dieser Gelegenheit auch noch überprüfen, ob sein vögelndes Pärchen vielleicht woanders rummacht. Aber nichts da: Er ist in Null Komma nichts wieder unten.

»Warmduscher«, schnaubt er verächtlich, als er am Empfangstresen vorbeigeht. »Ich hab bloß angeklopft, da waren die schon mucksmäuschenstill – 'ne Kindergartengruppe, unterwegs mit Papis Kreditkarte. Die machen uns keinen Ärger mehr. Überhaupt glaube ich, haben wir das Schlimmste hinter uns. Ich hab so im Gefühl, daß das eine ruhige Nacht wird.«

Dennis ist gerade hinter seinem Pult angekommen, da betritt ein Mann mit einem Prince-of-Wales-Karomuster-Jakkett die Halle und macht dann einen Slalom auf uns zu. »Oje, zu früh gefreut«, murmelt Dennis.

Der Mann hat es schließlich bis zur Rezeption geschafft und läßt seinen Oberkörper schwer auf den Tresen fallen.

»Guten Abend, Sir. Kann ich Ihnen helfen?«, frage ich.

»Jones mein Name, ich hab meine Zimmernummer vergessen«, sagt er. Sein Atem ist toxisch und garantiert leicht entzündbar; die Augen sind gerötet, und die Prince-of-Wales-Jacke stinkt entsetzlich nach Zigarre. Er muß in irgendeinem Club gewesen sein.

»In Ordnung, Sir«, sage ich. So was kommt nicht selten vor. »Ich seh im Computer nach.«

Ich tippe seinen Namen ein, doch es erscheint kein Eintrag. »Wie es aussieht, sind Sie nicht eingecheckt, Sir«, sage ich.

»Was ist los?«, lallt Mr. Jones alarmiert und stellt sich aufrechter hin.

»Wie es aussieht, sind Sie nicht eingecheckt«, wiederhole ich.

»Natürlich bin ich eingecheckt«, rumort er.

»Unser Computer sagt aber nein.«

»Dann sehen Sie noch mal nach.«

»Das will ich gerne tun, Sir«, sage ich, »aber es wird nichts nützen.«

»Was soll das heißen, es wird nichts nützen? Das wird jede Menge nützen, verdammte Scheiße. Ich habe hier selbst eingecheckt. Vor sechs Stunden. Gucken Sie noch mal in den beschissenen Computer.« Mr. Jones ist lauter geworden und fuchtelt mit dem Zeigefinger Richtung Computer. Die roten Adern auf seiner Nase drohen zu platzen.

»Ich hatte an der Rezeption Dienst vor sechs Stunden, Sir, und ich bedaure, aber ich kann mich nicht daran erinnern, Sie eingecheckt zu haben.«

»Es ist mir egal, woran Sie sich verdammt noch mal erinnern oder nicht, verdammt noch mal. Mein Name ist Jones! Und jetzt bin ich hier! Und jetzt geben Sie mir den verdammten Zimmerschlüssel!« Mr. Jones brüllt, so laut er kann, und bläst mir seinen faulen Atem um die Ohren wie ein Fön kurz vorm Durchschmoren.

»Es tut mir leid, aber wir führen Sie nicht als Gast in unserer Kartei«, sage ich, so ruhig wie möglich.

»Es ist mir egal, wenn Sie mich nicht in Ihrer beschissenen Kartei haben. Ich habe selbst eingecheckt vor sechs Stunden, verdammte Kacke noch mal!«

»Sind Sie sich ganz sicher, Sir?«

»Wollen Sie mich einen Lügner nennen, verdammt?« Er haut mit der Faust auf den Tresen.

Dennis steht von seinem Schreibtischstuhl auf und kommt langsam zu uns herüber. Für jemanden, der kein Blut sehen kann, sieht er in diesem Moment ziemlich mutig aus.

»Beruhigen Sie sich, Sir«, sagt er.

»Beruhigen?« Mr. Jones dreht sich zum ihm um. »Wer sind Sie denn, verdammt?«

»Ich bin der Portier, Sir«, sagt Dennis.

»Na, dann können Sie mich doch mal kreuzweise, verdammt!«, brüllt Mr. Jones ihn an, die Hände auf die Hüften gestützt. Dann bin ich wieder dran. Mr. Jones haut jetzt mit beiden Fäusten auf den Tresen. »Ich will mein beschissenes Zimmer, verdammte Kacke!«

»Bedaure, aber Sie haben kein Zimmer bei uns«, versuche ich es erneut.

»Lügner, ich habe immer ein Zimmer im Dorchester, verdammte Scheiße!«, schreit er mir ins Gesicht. »Jeden Monat, verdammte Kacke. Jedes Mal, wenn ich nach London kommen, kapiert?«

»Das kann wohl sein. Vielleicht sollten Sie in dem Fall einmal ins Dorchester gehen und dort nachfragen.«

»Hm?«, macht Mr. Jones. »Ist das hier nicht das Dorchester?«

»Nein, Sir«, sage ich.

»Das Dorchester ist am Ende der Straße«, sagt Dennis, faßt Mr. Jones sanft bei den Schultern und bugsiert ihn vorsichtig in Richtung Drehtür.

»Gut«, verkündet Mr. Jones störrisch und geht zur Tür. »Zum Glück, denn hier steige ich nie ab, das ist hier nämlich ein Saftladen, ein beschissener!«

»Ganz Ihrer Meinung, Mr. Jones«, sagt Dennis und gibt der Drehtür einen Schwung. »Ficken Sie sich ins Knie«, flüstert er, als er höflich lächelnd hinter dem Mann herwinkt.

Von Zwei bis Drei Uhr

Dennis winkt noch ganz versunken vor sich hin, da kommt der Scheich zurück ins Hotel, bei ihm eine Gruppe von sechs Männern, die eindeutig wie er der Golfregion entstammen. Sie scheinen etwas verwundert über die zuvorkommende Begrüßung, nicken Dennis kurz zu und eilen dann weiter in ihren weißen Gewändern in Richtung Bar.

Oje, wie Gino das wohl noch alles auf die Reihe bekommen will. Es ist ziemlich spät für ihn – um diese Zeit möchte er am liebsten den Laden dichtmachen und nach Hause gehen –, aber die Ankunft von sieben Ölscheichs dürfte Grund genug für ihn sein, den Mantel noch mal in den Spind zu hängen und ein paar Kostbarkeiten aus dem Giftschrank zu holen. Aber vielleicht ist Gino ohnehin noch beschäftigt; ich habe jedenfalls Mr. Masterson und seine beiden neuen Freundinnen die Bar nicht verlassen sehen.

»Was sind denn das alles für Leute?«, fragt Dennis, als er sich wieder an Tonys Pult setzt. Er zieht verschiedene Schubladen auf, schiebt sie wieder zu.

»Keine Ahnung«, sage ich.

»Ob das seine Kumpels sind?«

»So richtig kumpelhaft sehen die nicht aus.«

»Kunden?«

»Mag sein.«

»Die machen immer zu den unmöglichsten Tageszeiten Geschäfte, diese Typen«, sagt Dennis. »Deren innere Uhr tickt anders. Echt merkwürdig.«

Es ist aber nicht nur die innere Uhr, die bei den Saudis anders tickt. Ich hatte in einem anderen Hotel mal Nachtdienst, und irgendwann rief jemand aus der Zweitausendfünfhundertpfund-Suite an und bestellte Wasser oder irgendwas in der Art. Ich bin mit meinem Tablett hochgegangen, hab angeklopft und bin eingetreten. Was ich sah, ließ mich erstarren. Mitten im Zimmer lag ein totes Schaf. Es war frisch geschlachtet, und der Teppich drumherum war blutdurchtränkt. Das meiste Blut war aber im Badezimmer – auf dem Boden, an den Wänden; anscheinend hatte man das Tier in der Badewanne geschächtet. Ich dachte für einen Moment, ich wäre in die Hände perverser Killer geraten. Ich war völlig verwirrt. Keine Ahnung, was sie weiter mit dem Tier gemacht haben. Ich bin nicht lang genug geblieben, um das rauszufinden. Und das ist weiß Gott kein Einzelfall gewesen. Andere Kollegen erzählen auch von rituellen Schlachtungen in Hotelzimmern, sogar im Four Seasons. Was ich aber am allerwenigsten begreife, ist, wie die mit dem Schaf überhaupt ins Hotel reingekommen sind. Ich würde meinen, daß das doch irgendwie auffällt, wenn plötzlich ein Schaf quer durch die Halle zum Lift getrieben wird. Aber nichts da. In keiner der Schafschächtergeschichten wird berichtet, wie das Tier vorher ins Hotel gekommen ist. Das ist anscheinend eins der neueren urbanen Mysterien, die man nie lösen wird.

»Was machst du?«, fragt Dennis.

»Nichts«, sage ich und stecke mir drei Gratis-Pfefferminzbonbons in den Mund. Mann, ist mir langweilig. Ich mag eigentlich gar keine Pfefferminzbonbons.

Neben der Langeweile gibt es noch etwas, das tödlich ist

in unserem Beruf, und das ist die Einsamkeit. Wenn wenigstens meine Freundin mich nicht verlassen hätte, dann könnte ich sie jetzt anrufen. Ich hab das immer gern gemacht. Sie ist drangegangen, ohne richtig aufzuwachen. Sie hat mit mir im Halbschlaf geredet, und am nächsten Tag hatte sie vergessen, daß ich sie überhaupt angerufen habe. Ich wußte Dinge von ihr, von denen sie nicht wußte, daß sie sie mir verraten hatte. Sehr lustig. Aber später ist ihr der ewige Nachtdienst nur noch auf den Keks gegangen. Ich kann es ihr nicht verdenken. Umgekehrt hätte ich es auch zum Kotzen gefunden. So sitz ich also hier, niemand da, den ich anrufen könnte, und überlege, ob ich noch eine Tablette nehmen soll. Ob die mich wachhält oder wieder nur bewirkt, daß ich Herzrasen kriege? Meine Augenlider sind bleischwer, und ich habe Mühe, meinen Blick auf irgendeinen Gegenstand scharfzustellen. Ich bin ein Versuchskaninchen in einem Schlafentzugsexperiment. Die Gefahren des Nachtdiensts sind Koffeinabhängigkeit und Mangel an UV-Licht. Kein Wunder, daß wir alle so blaß um die Nase sind.

Dennis ist wieder am Handy und schwallt wieder irgendeinem Cousin in irgendeinem Londoner Luxusschuppen die Ohren voll. Ich tue so, als würde ich nichts hören, aber aus dem, was ich von Dennis' Rückfragen mitkriege, kann ich mir zusammenreimen, daß bei denen irgendeine Party mit Größen aus dem Show-Geschäft abgeht, und anscheinend mußte Dennis' Cousin irgendeinen Sänger aus einer dieser Reality-Casting-Shows daran hindern, sein Wasser in einem Hydrokulturbeet abzuschlagen.

Es ist immer wieder erstaunlich, wie schnell Hotelgäste vergessen, daß sie sich in einem Hotel befinden, und sich aufführen, als wären sie bei sich zu Hause. Ich will damit nicht sagen, daß die Leute bei sich zu Hause in Blumentöpfe pinkeln. Aber sie scheinen hier sofort jede Achtung vor dem Hoteleigentum zu verlieren. Sie denken anscheinend, sie haben bezahlt, jetzt dürfen sie tun, was sie wollen. In einem Hotel, in dem ich gearbeitet habe, stürmten regelmäßig nachts ein paar Witzbolde das Schwimmbad. Sie drehten die Jacuzzis auf, zogen sich nackt aus, trieben es rudelweise miteinander. Das Personal konnte darüber nur milde lächeln und zwar, weil sie das alles schon tausendmal erlebt hatten. Aber die Gäste glaubten, sie seien wer weiß wie verwegen, verrucht und originell. Dabei war das die älteste Schote der Welt.

Ab und an gibt es dann allerdings auch mal interessante Abweichungen. Ich erinnere mich, daß Pamela Anderson und Tommy Lee in dieser Hinsicht mal ein gewisses Maß an Originalität an den Tag gelegt haben. Sie sind nachts ins Fitness-Studio eingebrochen und haben es erst einmal auf dem Heimfahrrad miteinander getrieben. Dann sind sie nach und nach alle Heimtrainer durchgegangen und haben sie in einer Weise benutzt, die vom Konstrukteur dieser Maschinen eindeutig nicht intendiert war. Dummerweise liefen in dem Fitness-Studio aber Überwachungskameras. Die hielten nun jede einzelne Turnübung der beiden Athleten fest, sehr zur Freude der Angestellten, die am nächsten Morgen die Aufnahmen überprüften.

»Ich glaube, ich geh noch mal zu Gino rüber, nur zur Sicherheit«, sage ich zu Dennis und schlucke den letzten Pfefferminzbrei hinunter.

»Was ist?«, fragt Dennis und hält eine Hand übers Handy.

»Ich guck noch mal bei Gino nach dem Rechten.«

»Ja, mach das«, sagte Dennis. »Ich schick Patrick los, er soll die Penner-Tour machen.«

»Gute Idee«, sage ich und sehe zu dem Rotschopf hinüber, der ziemlich schlaff in den Seilen hängt bei seinem Kuli. »Er sieht aus, als würde er jeden Moment einnicken.«

»Ey, Patrick«, bellt Dennis. Der Junge schreckt auf. »Beweg deine müden Knochen und mach mal 'ne Runde, ob irgendwo ein Penner oder eine Schnapsleiche rumliegt!« Patrick spurtet los, als sei Dennis persönlich hinter ihm her. »Und paß auf, daß keiner in der Honour Bar rumvögelt!« brüllt der ihm nach, bevor er sich wieder seinem Telefon zuwendet. »Tschuldigung, Kumpel«, sagt er. »Was, das hab ich dir nicht erzählt? Die Maus ist auf ihm rumgehüpft wie auf einem Trampolin. Ihr blanker Arsch ist direkt vor meinen Augen geschwebt, ich dachte, der Mond geht auf ...«

Ich bin wieder in der Bar. Es sieht aus, als hätte jemand eine Nebelmaschine angeschmissen. Der Zigarrenrauch ist zum Schneiden dick. Tatsächlich ziehen die, die noch anwesend sind, alle heftig an ihren Monte Cristos. Gianfranco, Alfredo und Francesco sehen völlig ausgelaugt aus. Sie lehnen müde an der Theke. Ihre Mäntel sind in Griffweite; sie warten nur auf ein Zeichen, um nach Hause gehen zu können. Alles um sie her strahlt und glänzt; die ganze Bar ist picobello aufgeräumt und geputzt, jedes Glas steht an seinem Platz, jeder Cocktail-Shaker ist in seine Bestandteile zerlegt und trocknet auf einem ausgebreiteten Geschirrtuch. Nur Gino ist noch mit Feuereifer im Einsatz. Wer noch immer viel Geld für Alkohol ausgeben will, wird mit einem Lächeln und guten Worten belohnt.

Mr. Masterson entscheidet schließlich, daß es jetzt gut sei. Er steht schwerfällig auf, wobei er sich auf die beiden Frauen stützt.

»Gino«, ruft er und wirft eine dicke Hand in die Luft. »Komm her, komm zu mir, mein Junge.«

»Ja, Mr. Masterson«, sagt Gino. »Haben Sie noch einen Wunsch, Sir?«

»Ich glaube, für heute habe ich genug gehabt, meinst du nicht, Gino?« Er gluckst vergnügt. Gino lächelt ebenfalls. »Da«, sagt Mr. Masterson und reicht Gino hundert Pfund. »Kaufen Sie Ihrer Frau was Schönes!«

»Vielen Dank, Mr. Masterson, sehr freundlich von Ihnen.«

Ginos Jungs hinter der Theke grinsen dreckig. Gino hat es so sehr mit den Frauen wie Victoria Beckham mit dem Kochen. Aber Mr. Masterson kriegt nichts mehr mit.

»Prächtig«, sagt der und wankt entschlossen Richtung Ausgang. »Gute Nacht, Jungs«, ruft er dem Scheich und seinen weißgewandeten Begleitern zu. Sie murmeln irgendwas zur Antwort. Während Mr. Masterson weitermarschiert, kramt er heftig in seiner Brusttasche, und als er bei der Theke vorbeikommt, steckt er Francesco, Alfredo und Gianfranco jeweils eine Fünfzigernote in die Jackett-Tasche. Das zaubert etwas Farbe ins Gesicht der drei. Mir steckt er auch einen Fünfziger zu, nur weil ich da stehe. Ich denke an die Szene heute nachmittag. Diesmal sage ich lieber nichts. Wenn der Mann so hackezu ist und nichts lieber tut, als mit seinem Geld rumzuwerfen, soll er doch. Wer bin ich denn? Also lächle ich und murmel ein verstohlenes Dankeschön wie die anderen.

Die Prostituierten hingegen sehen etwas genervt aus. Mr. Masterson ist eindeutig zu besoffen, um es noch mit ihnen zu treiben. Wie es scheint, kommt keine von ihnen auf ihre Kosten heute abend. Bislang haben sie nur mitansehen dürfen, wie er anderen das Geld hintenrein steckt.

»Kommen Sie, Mr. Masterson«, sagt eine von beiden. »Immer schön einen Fuß vor den anderen.«

»Ich kann sehr gut noch alleine gehen«, knurrt Mr. Masterson. »Und auch sehr gut noch alleine stehen. Und stehen soll er ja, nicht wahr?« Mr. Masterson lacht keuchend. »Alles kein Problem. Wozu gibt es denn Viagra, meine Hübschen?« Er klatscht einer der beiden auf den Hintern. Die stößt ein begeistertes Quieken aus. »Also dann«, sagt Mr. Masterson, als er den Flur erreicht hat, und hält abrupt an. »Ene-mene-mu«, zählt er, »und ab bist – du!« Aus seiner Hosentasche holt er ein Bündel Scheine und reicht es der ausgeschiedenen Kandidatin, ohne sie anzusehen. »Gute Nacht«, fügt er an und schlägt seinen Arm um seine Auserwählte. Die andere wendet sich ab. Sie sieht von einer Sekunde auf die andere komplett ernüchtert aus. Mit wütendem Stiletto-Geklacker strebt sie durch die Halle dem Ausgang zu. Die andere Prostituierte kreischt gerade wieder wie vor Entzücken und hilft dem Texaner, den direktesten Weg zum Lift einzuschlagen.

Ich hole tief Luft. Was für ein erbärmliches Schauspiel. Ich habe das schon so häufig erlebt, aber es macht mich immer wieder fertig. Ich solidarisiere mich nur allzugern mit den Prostituierten. Denn natürlich tun wir im Hotelleriegewerbe nicht viel anderes als sie. Wir liebedienern den ganzen Tag vor irgendwelchen Pappnasen herum, vorzugsweise vor reichen Pappnasen, und reißen uns auf ein Fingerschnipsen hin einen Arm aus, nur um am Ende vielleicht ein Trinkgeld zu bekommen. Ich taste nach dem Fünfziger in meiner Brusttasche. Nun, fünfzig Pfund sind fünfzig Pfund. Die unten in der Küche kriegen so was nicht einmal aus der Distanz zu sehen.

Gino macht seinen Jungs Zeichen, daß sie langsam nach Hause gehen können. Sie länger hierzubehalten, wäre wirklich übertrieben; er hat noch den Tisch mit dem Scheich und seinen Freunden. Und der Scheich macht um diese Zeit keine große Arbeit mehr. Er spielt Karten und leert mit seinen Kumpels ganz allmählich die Flasche Dalwhinnie-Whisky 1919. Dazu rauchen sie Davidoff-No. 1-Zigarren zu hundertfünfundsiebzig Pfund das Stück. Gino kann zufrieden sein.

Gianfranco, Francesco und Alfredo stiefeln an der Theke vorbei und verlassen die Bar. Ich folge ihnen.

»Meine Güte«, stöhnt Gianfranco und reckt die Arme in die Höhe, als er außer Hörweite ist. »Was für ein beschissener Kacktag. Also echt. Figlio di putà.« Er schüttelt den Kopf. »Scheiß Revision.«

»Erinner mich nicht«, gähnt Alfredo. »Wichser.«

»Wer geht mit einen trinken?«, fragt Francesco.

»Ich könnte was zu trinken gebrauchen«, sage ich, »aber ich muß noch bis sieben machen, verdammt.«

»Du Ärmster«, sagt Alfredo und legt seinen Arm um meine Schulter, als wir gemeinsam durch die Schwingtür in die Halle treten. »Hier«, fügt er an und zieht was aus seiner Jackentasche. »Du kannst es dringender gebrauchen als wir«, und händigt mir eine halbvolle Mineralwasserflasche aus.

»Was ist das?«, frage ich.

»Wodka«, sagt Alfredo und grinst bis über beide Ohren. »Hab ich mir irgendwann am Mittag organisiert, für alle Fälle.«

»Sehr nett«, sage ich und versuche, ihm die Flasche wieder in die Hand zu drücken. »Aber das kann ich nicht annehmen. Das ist deiner.«

»Ach was, laß gut sein«, sagt er und hebt die Hände hoch. »Dank Mr. Texas können wir heute anständig einen trinken gehen.«

»Wie wär's mit dem Hombres?«, fragt Francesco. Er sieht auf einmal putzmunter aus.

»Ich bin am Ende, Mann«, sagt Gianfranco.

»Da wirst du wieder munter, ich versprech's dir«, sagt Francesco und haut ihn an. »Na los, Mann! Ist nur bis zur Oxford Street.«

»Na schön«, sagt Gianfranco. »Einen Absacker, aber mehr nicht.«

»Einen?«, ruft Alfredo in gespieltem Entsetzen. »Wer kann auf einem Bein stehen? Wenn du einen trinken kannst, kannst du auch noch einen trinken, Mann.«

»Okay, zwei dann eben«, sagte Gianfranco.

»Zwei?«, lacht Alfredo. »Wenn du zwei trinken kannst …«

Und die drei verschwinden durch die Drehtür nach draußen und lassen mich mit meiner Flasche mit Wodka stehen. Ich sehe ihnen eine Weile nach, wie sie in die Nacht eintauchen, dann gehe ich zurück zur Rezeption.

Dennis ist am Telefonieren, als ich mit der Flasche ins Hinterzimmer gehe auf der Suche nach Kaffeebechern. Ich finde zwei, die nicht allzu schmuddelig aussehen, und gieße in jeden ein gutes Quantum lauwarmen Wodka. Ich muß Dennis eigentlich nichts abgeben, aber ich weiß, wenn er welchen hätte, würde er mir auch einen spendieren. Ich trage die Becher nach vorn und gebe Dennis einen.

»Was ist das?«, fragt er, als er sein Gespräch beendet hat.

»Wodka«, sage ich.

»Riecht aber gar nicht so«, sagt er und schnüffelt an der Tasse.

»Das kommt, weil er in einem schlecht abgewaschenen Kaffeebecher ist.«

»Stimmt«, sagt er, als er mit der Nase nah genug rangegangen ist. »Na dann, Prost allerseits!«, sagt er und kippt den Inhalt auf ex hinunter. »Ah! Da geht's mir doch schon gleich viel besser. Danke, Kumpel.«

»Dank nicht mir«, sag ich, »sondern Alfredo.«

»Die Spaghettifresser sind schwer in Ordnung«, sagt Dennis. »Gute Leute.«

»Allerdings«, sage ich und nippe am Becher.

»Du kippst den am besten auf ex runter. Schmeckt sonst ein bißchen nach Kaffee.«

»Stimmt«, sage ich und kippe das Zeug weg. »Ja, schmeckt nach Mellow Birds.«

»Ich hasse die Sorte«, sagt Dennis.

»Ich auch.« Ich muß husten. Meine Augen tränen. Aber mein Hals fühlt sich schön warm an, ebenso mein Magen. »Ich glaub, ich mach mal unten eine Runde, hm?« Ich fühl mich augenblicklich gestärkt und unverwundbar.

»Tu das«, sagt Dennis. »Wo ist Patrick, der Versager? Der ist hoffentlich nicht irgendwo eingepennt, sonst ist morgen die Hölle los, das kann er von mir schriftlich haben.«

»Ich halt mal die Augen nach ihm offen«, sage ich.

»Bis später dann«, sagt Dennis. »Und noch mal danke für den Wodka.«

»Gern geschehen«, sage ich und marschier ab.

Wie ich so die Treppe hinuntersteige und den fast stockdunklen Personaltrakt betrete, muß ich gestehen, daß mir doch etwas unwohl zumute ist. Nicht nur sieht man fast nichts, sondern es ist auch erschreckend still. Ich öffne eine Brandschutztür nach der anderen, und meine Beklemmung nimmt von Tür zu Tür nur noch zu. Schließlich erreiche ich die Küche. Es ist sonderbar, die Räume so still vorzufinden. Weiter hinten sehe ich jemanden, der noch mit dem Scheuern des Bodens beschäftigt ist. Ich grüße, aber er reagiert gar nicht. Ziemlich unhöflich, denke ich. In diesem Moment dreht er sich zur Seite, und ich sehe, daß er einen Walkman trägt.

Ich gehe weiter. Die Angestelltentoilette ist bereits geputzt. Von den korrodierten metallenen Waschbecken tropft noch blaue Reinigungsflüssigkeit, und die Mülltüten in den Behältern sind ausgewechselt. Ein paar Leutchen sitzen im Raucherraum und quarzen, aber sie stehen sofort auf und machen die Zigaretten aus, als ich eintrete. Ich lächle und sage guten Abend, kriege aber keine Antwort. Sie laufen an mir vorbei und gehen wieder an ihre Arbeit. Nachdem sie verschwunden sind, überprüfe ich die Spinde, wer weiß, ob doch mal jemand darin pennt. Fehlanzeige. Ich gehe wieder raus und weiter den Flur entlang zu den Lagerräumen. Auch ein beliebtes Plätzchen für ein Nickerchen. Aber höchstwahrscheinlich hat sich schon die Nachricht verbreitet, daß ich unterwegs bin. Ich kann jedenfalls niemanden finden. Weiter in die Eingeweide des Hotels mag ich nicht vordringen. Ich bin einfach zu schlapp. Also mach ich kehrt und geh wieder zurück in die Halle.

»Keine besonderen Vorkommnisse«, sage ich zu Dennis, der eine von Tonys Broschüren studiert, als hätte er sie noch nie zuvor bemerkt.

»Hm-m«, macht er. »Hier auch nicht.«

Wenig später kommt auch Patrick wieder. Er schlurft die Treppe herunter in die Halle und geht mit schweren Schritten auf uns zu. Er scheint wirklich erschöpft zu sein. »Ich war in jedem Flur und in jedem Gang. Ich hab nichts Besonderes bemerkt.«

»Na bestens«, sagt Dennis, dessen eigene Penner-Tour bloß zehn Minuten gedauert hat, und da war eine Klopause schon enthalten. »Also dann«, fügt er an, »willst du eben runtergehen und dir einen Kaffee holen? Siehst aus, als könntest du einen gebrauchen.«

»Vielen Dank«, murmelt Patrick und schleicht sich.

Dennis und ich bleiben in der allgemeinen Stille zurück. Ab und an ist Gelächter aus der Bar zu hören. Es ist nicht zu fassen, daß Gino noch immer herumwieselt und bedient, und zwar garantiert mit einem Lächeln auf den Lippen, als sei er eben erst nach einer geruhsamen Nacht in einem warmen Bett aufgewacht. Dennis fängt zu kichern an.

»Was ist?«, frage ich, dankbar für jede Ablenkung.

»Wie, was ist?«, fragt Dennis zurück.

»Du hast gelacht.«

»Hab ich das?«

»Allerdings.«

»Na ja, ich mußte gerade an was denken.« Er grinst. »An den Typ letzte Woche, weißt du noch, der so zu war, daß ich ihn die Treppen hochschieben mußte. Hm?«

»Ja«, sage ich und grinse ebenfalls. »Von dem hast du mir erzählt.«

Der arme Dennis mußte den Mann fast die Treppe hochtragen, so entsetzlich breit war der. Als sie dann im Zimmer angekommen waren, gingen die Scherereien erst richtig los. Der Typ bückte sich, um sich die Schuhe auszuziehen. Dabei verlor er das Gleichgewicht, versuchte sich am Vorhang festzuhalten und krachte mit voller Wucht gegen die Balkontür. Das Glas ging zu Bruch, die Vorhänge kamen runter, und der Mann lag draußen auf dem Balkon, begraben unter Vorhangstoff und Glas- und Holzsplittern.

»Was für ein Chaos«, sinniert Dennis und kichert wieder. »Wir waren ausgebucht und konnten ihn nirgendwo anders einquartieren. Weißt du noch?« Ich nicke und muß lachen. »Der Typ hat sich überhaupt nichts getan. Der lag da auf dem Balkon und hat sich halb schlappgelacht. Der fand die ganze Geschichte zum Brüllen komisch. Das Zimmer war hinüber. Aber ihm war das Wurscht. Aber groß was sagen konnte er auch nicht mehr. Er wollte nur noch pennen. Wir haben dann die Vorhangstange irgendwie wieder befestigt und den Mann ins Bett gepackt. Die Balkontür haben wir uns dann am nächsten Morgen angeguckt.«

»Stimmt«, sage ich. »Und Adrian fand das gar nicht so komisch.«

»Ganz und gar nicht. Ich wette, er hat dem Typ die Vorhänge und die Balkontür in Rechnung gestellt.«

»Darauf kannst du einen lassen.«

»Allerdings.«

»Kann ich dich mal einen Moment allein lassen hier, Dennis?«

»Na klar«, sagt er und guckt auf die Uhr. »Das Schlimmste dürften wir überstanden haben. Die Plagegeisterstunde pakken wir jetzt auch noch.«

»Mal nicht den Teufel an die Wand«, sage ich und will los in Richtung WC. Ich habe gerade zwei Schritte getan, als ich ihn sehe. Dennis hätte besser nichts gesagt. Denn da kommt der erste Plagegeist die Treppe herunter. Ein Typ im Morgenmantel, der uns beglückt erspäht und schon von weitem zuruft:

»Ach, halli-hallo, wie nett. Ich kann einfach nicht schlafen, und da dachte ich, ich komm Sie mal kurz besuchen, auf einen kleinen Plausch, nicht wahr.«

Von Drei bis Vier Uhr

Es gibt nichts, was einem die Nachtschicht so gründlich vermiesen kann wie diese Männer im Morgenmantel. Sie sind der Fluch jedes geistig gesunden Hotelmenschen. Senile Bettflüchter, die die Treppe runterkommen, wenn man vor Müdigkeit kaum noch die Augen offenhalten kann, sich in Pantoffeln zu einem setzen und anfangen, aus ihrem Leben zu erzählen. Ich hab auf diese Weise mehr Lebensgeschichten zu hören bekommen als so mancher Seelenklempner – und der läßt sich wenigstens dafür bezahlen, daß ihm die Leute die Ohren vollsülzen mit ihren sterbenslangweiligen Problemen mit der Frau, der Geliebten, den Kindern. Vielleicht sollte ich es auch nur noch gegen Bezahlung machen.

»Guten Abend, Sir«, sage ich, während ich ihn am liebsten mit fuchtelnden Armen wieder ins Bett scheuchen würde. »Kann ich Ihnen irgend etwas bringen? Einen Drink aus der Bar? Allerdings dürfte die Cocktail-Bar gleich schließen. Aber die Honour Bar ist die ganze Nacht offen.«

»Nein, besten Dank«, sagt der Mann im Morgenmantel mit der Humorlosigkeit des Asketen. »Ich wollte Ihnen nur ein wenig Gesellschaft leisten, wo ich ohnehin nicht schlafen kann.«

»Schön«, sage ich und lächle mit zusammengebissenen Zähnen. »Tja, ich bin mal eben verschwunden. Aber mein Kollege Dennis wird sich gern um Sie kümmen.«

»Dennis«, wiederholt der Mann und wendet sich Dennis zu.

»Ja, das tu ich doch gern«, sagt Dennis und zeigt mir unter seinem Pult diskret den Stinkefinger.

»Prächtig«, sagt der Mann im Morgenmantel und läßt sich auf dem gelben Chintz-Sofa nieder, das gleich neben Tonys Pult steht. Er lehnt sich zurück und schlägt die Beine übereinander. Dabei entblößt er für einen Moment seine weißen Hühnerbeine. Wenigstens hat er eine Unterhose an, was auch nicht selbstverständlich ist für unsere Freunde im Morgenmantel. »Terence ist mein Name«, schießt Terence los, »aber meine Freunde nennen mich Terry.«

»Sehr schön, Terence«, sagt Dennis, »seit wann wohnen Sie bei uns, Terence?«

»Schon ein paar Tage.«

»Ach. Und wie haben Sie die anderen Nächte geschlafen, Terence?«, fragt Dennis, und es klingt, als würde es ihn wirklich brennend interessieren.

»Im Grunde genommen gar nicht schlecht«, teilt ihm Terence mit, »aber ich muß sagen, gestern nacht habe ich mich ziemlich hin und her gewälzt.«

»Wie schrecklich«, jammert Dennis, »was gibt es Unangenehmeres als sich im Bett hin und her wälzen zu müssen, so ganz allein?«

Ich flüchte lieber schnell, bevor ich mir das Grinsen nicht mehr verkneifen kann. Und wenn dann womöglich noch Dennis heimlich rübergrinst, dann kann es passieren, daß ich laut schreie. Also, nichts wie weg. Als ich die Schwingtür hinter mich gebracht habe, atme ich erst mal durch.

Unten im Personalklo kommt mir alles unappetitlicher denn je vor. Obwohl hier gerade saubergemacht wurde, bringe ich es nicht über mich, eines der Urinale zu benutzen. Irgendwo tropft es unaufhörlich, und an den Wänden prangen Graffiti in vermutlich sieben verschiedenen Sprachen, aber höchstwahrscheinlich besagen sie alle dasselbe: Ich arbeite in einem Hotel, holt mich hier raus! Ich öffne eine der Kabinentüren, deren Schlösser noch nie richtig funktioniert haben, seit ich hier bin. Ich kriege keinen kleinen Schreck. Einer aus dem Reinigungstrupp hockt auf dem Boden, den Rücken an die Wand gelehnt, und pennt ganz offensichtlich tief und fest. Seine Hände stecken in gelben Gummihandschuhen. In einer Hand hält er noch sein Wischtuch. Er hat dunkle Haut und trägt einen Schnurrbart. Er sieht ganz zufrieden aus. Trotzdem huste ich, und er zuckt zusammen, sein Wischtuch gleitet ihm aus der Hand.

»O Mann, o Mann, o Mann«, jammert er verschreckt und richtet sich ängstlich auf. »Bitte, Sir, bitte, Sir«, sagt er pausenlos und faltet die gelben Hände.

»Beruhigen Sie sich«, sage ich und gehe einen Schritt zurück. »Ist schon gut. Ich wollte nur pinkeln.«

»Entschuldigung, Sir, Entschuldigung«, sagte er und sieht mich ratlos an.

»Ich wollte nur auf Toilette«, sage ich ganz langsam.

»Ich versteh«, sagt er ebenfalls sehr langsam.

»Sie verstehen mich?«

»Ja, Sir.«

»Sie müssen nicht ›Sir‹ zu mir sagen«, sage ich.

»Ja, Sir.«

»Aus welchem Land kommen Sie?«

»Irak.«

»So.«

»Aus Norden.«

»So, so«, sage ich und sehe ihn mir von oben bis unten an. »Wie lang sind Sie schon hier?«

»In Hotel?«

»Ja.«

»Drei Monat. Vorher, ich Arbeit in andere Hotel, Bayswater.«

»Verstehe.«

»Ist drei Sterne«, fügt er an.

»Stimmt«, ich nicke. »Und wie lang sind Sie in Großbritannien?«

»Achtzehn Monat. Vorher ich war Doktor.«

»Sie sind Arzt?« Ich sehe ihn entsetzt an.

»Arzt, ja«, er nickt. »Aber ich putz und mach Bett. Nicht schlimm«, fügt er schnell hinzu.

»Natürlich«, sage ich, um ihn nicht zu beunruhigen.

»Nein«, bestätigt er noch einmal.

»Na gut«, sage ich und lächle. »Dann haben Sie Ihre Schicht ja bald geschafft, was?«

»Ja«, sagt er.

»Dann geht's zurück zu Ihrer Frau?«

»Frau in Irak.«

»Oh.«

»Gute Nacht«, sagt er unvermittelt und geht an mir vorbei zur Tür.

»Gute Nacht, ähm …«, sage ich und merke, daß ich mich nicht nach seinem Namen erkundigt habe.

Als ich zurückkomme, merke ich bereits an der Treppe, daß Dennis gleich die Krise kriegt. Ich höre den leiernden Monolog von Terence und die wahllos dazwischengeworfenen Kommentare von Dennis: »Hm-mm«, »Jajaaa« und »Genau«. Einfach nicht zu fassen, daß Terence glaubt, Dennis würde ihm ernsthaft zuhören.

»Na, da ist er ja wieder!«, ruft Dennis aus, als er mich in der Halle sieht. Er schießt hoch wie ein Springteufel. Die Erleichterung steht ihm ins Gesicht geschrieben. »Ich glaube, ich geh auch mal schnell aufs WC.«

»Äh, was? Ach so, ja«, sagte Terence. »Lassen Sie sich nur Zeit.« Er klopft mit der flachen Hand aufs Sofa. »Ich bleib hier einfach sitzen.«

»Dann ist ja gut«, sagt Dennis und haucht mir ins Ohr: »Verräter«, um dann abzudampfen.

»Alles zu Ihrer Zufriedenheit, Terence?«, frage ich und gehe hinter meinen Tresen.

»Alles bestens«, sagt er und verlagert sein Gewicht von einer Pobacke auf die andere. »Wirklich sehr nett, Ihr Portier.«

»O ja«, sage ich. »Es ist schon seit Jahren bei uns.«

»Ja, das erzählte er mir.«

»Genau.« Ich beuge mich über den Schreibtisch und tue wahnsinnig beschäftigt.

Gerade holt Terrence tief Luft, um ein neues Thema anzuschneiden, da betreten der Scheich und sein Gefolge die Empfangshalle. Das Auftauchen der Araber verschlägt ihm fürs erste die Sprache. Der Scheich verabschiedet seine Gäste mit heftigen Küssen auf die Wangen und begleitet sie bis zur Drehtür. Patrick eilt hinzu, um ihnen bei der Tür behilflich zu sein. Der Scheich winkt zum Abschied und steckt Patrick eine Zehnpfundnote zu, bevor er sich zurück Richtung Lift begibt.

»Gute Nacht, Sir«, rufe ich ihm hinterher.

»Gute Nacht«, gibt er zurück.

»Ich hoffe, Sie hatten einen angenehmen Abend.«

»Mehr als angenehm«, sagt er, als die Lifttüren sich öffnen. »Ich werde dennoch heute etwas früher zu Bett gehen.« Er lächelt, sieht auf seine goldene Uhr und betritt den Fahrstuhl.

»Schlafen Sie gut«, sage ich, als sich die Lifttüren wieder schließen.

Bevor Terence sich auf das gefundene Fressen stürzen und seinen unvermeidlichen Fragenkatalog abhaken kann, der ihm bereits unter den Nägeln brennt – Wer war das? Woher kommt er? Wie lange ist er schon hier? Wie lange bleibt er noch? Ist er geschäftlich hier? –, klingelt zum Glück das Telefon.

»Rezeption, guten Abend«, sage ich.

»Oh, hallo«, höre ich eine aufgekratzte Männerstimme. »Entschuldigen Sie bitte die Störung, ähm …«, fängt er an.

»Ja, Sir«, muntere ich ihn auf.

»Es ist nur so, daß ich mal bei Ihnen Gast war …«

»Ja …«

»Und ich dachte, ob Sie mir vielleicht weiterhelfen könnten …«

»Tja, das will ich gern tun, wenn mir das möglich ist«, sage ich. Ich habe keine Ahnung, was er wohl will.

»Gut«, sagt er. »Also, ich hab einen Maiskolben und weiß nicht, wie ich ihn zubereiten soll.«

»Verzeihung?«

»Also, ich hab hier einen Maiskolben, und ich weiß nicht, wie man den zubereitet«, wiederholt er.

»Einen Maiskolben?«

»Ja, genau, einen Maiskolben.«

»Aha«, sage ich.

»Das heißt, also tu ich den in die Pfanne? Das wird ja jetzt viel gemacht, heutzutage, oder?«

»Verzeihung«, sage ich, »wann sagten Sie, waren Sie bei uns zu Gast?«

»Oooch«, sagt der Mann, »also …« Er holt tief Luft. »Das dürfte jetzt auch schon wieder ein paar Jährchen her sein.

Ich bin mit meiner Frau für ein Wochenende gekommen. Wir sind inzwischen längst geschieden. Na ja, deswegen brauch ich ja jetzt auch die Hilfe, nicht wahr ...«

»Verstehe«, sage ich. »Also, ich würde ihn nicht braten.«

»Nicht braten?«

»Nein. Tut mir leid, aber was Maiskolben angeht, bin ich ganz konservativ. Kochen, nach dem Kochen Butter drüberlaufen lassen und salzen. Und das Ganze einfach mit den Fingern essen.«

Terence sieht zu mir herüber, als wäre ich durchgedreht. Selbst Patrick ist wieder etwas munter geworden und scheint jedes Wort zu verfolgen.

»Verblüffend«, sagte der Mann und scheint beeindruckt. »Klingt, als verstünden Sie was von der Sache.«

»Danke schön.«

»Nein, ich habe zu danken«, sagt der Mann. »Sie haben mir wirklich sehr geholfen.«

»Freut mich. Sagen Sie, noch eins: Sie klingen etwas weit entfernt. Von wo aus rufen Sie an?«

»New York«, sagt der Mann. »Wiederhören, und noch mal vielen Dank.«

»Wiederhören«, sage ich und lege auf.

»Das war wohl ein ziemlich sonderbarer Anrufer, was?« versucht es Terence.

»Nein, eigentlich nicht«, sage ich und widme mich wieder intensiv meinem Schreibtisch.

Ich muß nicht einmal lügen. Kulinarische Anfragen gibt es bei uns immer wieder. Aber zugegeben, normalerweise fragen die Leute nach dem Rezept eines Gerichts, das die Küche vor kurzem auf der Speisekarte hatte und das jetzt zu Hause nachgekocht werden soll. Gino bekommt auch regelmäßig Cocktail-Anfragen – Leute, nüchtern oder besoffen, rufen an und fragen, wie man einen Chocatini macht oder einen Himbeer-Martini. Es rufen sogar manchmal andere Restaurants an und sagen, sie hätten da einen Tisch für sechs, und die Herrschaften verlangten White Russians, aber so, wie wir sie machten, ob wir wohl mal das Rezept durchgeben könnten? In Sachen White Russians müssen wir die Leute schon bitten, zu uns zu kommen, aber ansonsten werden Rezepte bereitwillig herausgeben. Selbst die aufgelöste Hausfrau, die in einer Stunde Gäste erwartet und wissen will, wie eine Béchamelsoße geht oder eine Champagnercrème, wird nicht abgewiesen. Ich selbst habe bereits so häufig Schritt für Schritt die Zubereitung von Sauce Hollandaise erklärt, daß ich das Rezept im Schlaf herbeten kann. Das ist Teil unserer Dienstleistungen. Die Leute sollen das Gefühl haben, sie gehören zur Hotelfamilie.

Gino kommt durch die Schwingtür. Er trägt einen Parka und hat sich einen Kaschmir-Schal umgeworfen. Er kommt in seinem üblichen theatralischen »Bin ich fertig!«-Gang auf den Empfangstresen zugewankt. Angekommen, klammert er sich an den Tresen wie der Ertrinkende an eine Schiffsplanke.

»Erfolgreich?«, frage ich.

»Anstrengend«, antwortet er.

»Na ja …«, sage ich.

»Aber …«, schmunzelt er, schon nicht mehr so schiffbrüchig. »Aber immerhin achthundert Trinkgeld, und ich bin eine Flasche von den Dalwhinnies 1919 losgeworden und eine halbe von dem Napoleon-Cognac.«

»Gottogott«, sage ich.

»Nein«, sagt Gino, »Masterson, der Scheich und seine Freunde vom Golf.«

»Na, dann kannst du ja beruhigt schlafen.«

»Ich wollte eigentlich was trinken gehen zur Feier des Tages. Weißt du, wo die anderen hin sind?«

»Mist, ich hab nicht genau zugehört. Das Hombres oder das Samantha's.«

»Ich geh mal gucken, irgendwer wird schon da sein.« Er grinst. »Gute Nacht«, fügt er an und schlägt seinen Kragen hoch. »Bis morgen.«

»Ich hoffe nicht«, sage ich.

»Dann bis demnächst«, sagt er und geht zur Drehtür.

Dennis kommt durch die Schwingtür in die Halle, und Terence setzt sich erwartungsvoll aufrechter hin.

»Schon wieder zurück?«, sage ich.

»Ja, Mann«, schimpft Dennis. »Ich wollte noch schnell in die Küche und mir einen Hering genehmigen, und dabei hab ich drei von denen hinten im großen Vorratsschrank gefunden. Die haben sich's darin gemütlich gemacht«, sagt er. »Ich hab ihnen ordentlich die Meinung gegeigt. Ich hab gesagt, sie sollen sich einen Kaffee holen und dann gefälligst weiterarbeiten, verdammter Mist. Ah, Terence, Sie sind noch da?«

»Ja, ja«, sagte Terence. »Wenn ich um diese Zeit wach werde, dann geht das für gewöhnlich ziemlich lange so.«

Dennis setzt sich an sein Pult, schnappt sich eine von Tonys Theater-Broschüren und fängt mit einem Kuli an, darauf herumzukritzeln, als hätte er dringende Schreibarbeiten zu erledigen. Terence sieht sich unterdessen in der Halle um, betrachtet den riesigen Kronleuchter, betrachtet die großen Pflanzenkübel, die überall verteilt sind, betrachtet schließlich das exotische Blumengesteck, das auf meinem Tresen aufgebaut ist.

»Diese Blumen sind wirklich prächtig«, fängt er an. »Ich habe mich schon häufig gefragt, also wie ...«

Zum Glück klingelt in diesem Moment mein Telefon. Ich hebe meine Hand. »Tut mir leid«, flüstere ich dramatisch und nehme den Hörer ab, »ich muß rangehen ... Rezeption, guten Abend?«

»Hm, hallo«, höre ich eine ziemlich ängstliche weibliche Stimme. »Sie müssen mir helfen.«

»Natürlich, Madam«, hauche ich zurück. »Was kann ich für Sie tun?«

»Vor meinem Zimmer steht ein Mann«, sagt sie. »Er klopft die ganze Zeit an meine Tür. Ich glaube, er will einbrechen.«

»Gehen Sie nicht an die Tür«, sage ich.

»Das hatte ich auch nicht vor«, zischt die Frau. »Können Sie mir wohl jemanden hochschicken? Holen Sie die Polizei oder sonst jemanden. Der Mann soll weggehen!«

»In Ordnung, Madam, selbstverständlich«, sage ich. »Ich bin schon unterwegs.«

»Beeilen Sie sich«, sagt sie. »Bitte. Zimmer 306.«

»Bin schon unterwegs.« Ich lege auf. »Tut mir leid«, sage ich zu Terence. »Es gibt da einen kleinen Notfall in der dritten Etage. Dennis«, sage ich und springe hinter dem Tresen hervor, »eine Frau sagt, vor ihrer Tür steht irgendein Sittenstrolch, ich geh mal nachsehen.«

»Gut«, sagt er. »Soll ich mitkommen?«

»Ich ruf durch, wenn ich Hilfe brauche.«

»Na gut«, sagt er, während ich durch die Schwingtür und die Treppe hoch ins dritte Stockwerk laufe. Als ich oben ankomme, bin ich völlig aus der Puste. Ich muß aufhören, zu rauchen, denke ich und gehe den Gang Richtung Zimmer 306 entlang. Ich versuche, wieder zu Atem zu kommen. Wie soll ich mit meiner schlechten Kondition gegen einen wildentschlossenen Triebtäter ankommen? Es ist ziemlich schummrig hier. Die Beleuchtung ist runtergedimmt, damit kein störendes Licht unter den Türen in die Zimmer dringt. Meine Phantasie schlägt Purzelbäume. Ich stelle mir einen schwarzgekleideten Perversling vor, der Chauffeurshandschuhe trägt und seine Haare zu einem langen, straffen Pferdeschwanz zusammengebunden hat. Als ich vorsichtig um die Ecke linse, die zu Zimmer 306 führt, verschlägt es mir für einen Moment die Sprache. Vor mir steht ein Mann, der etwa die Statur von Danny De Vito hat, und er ist splitterfasernackt.

»Du meine Güte«, sage ich, als ich um die Ecke herumkomme.

»Gott sei Dank«, sagt der Danny-De-Vito-Imitator und versucht, mit den Händen seine Blöße zu bedecken. »Gott sei Dank, daß Sie da sind«, sagt er noch einmal. Seine runden Augen sehen mich beschwörend an. »Ich habe mich ausgeschlossen, und jetzt komme ich nicht mehr rein.«

»Pardon?«, sage ich. Ich muß zugeben, daß ich nicht ganz folgen kann. Und ich hatte wirklich eine etwas andere Figur erwartet.

»Ich mußte mal aufs Klo, und ich habe die falsche Tür erwischt. Bevor ich wußte, was los war, stand ich schon draußen, und die Tür ist zugeschlagen. Und jetzt klopf ich die ganze Zeit wie verrückt an, aber meine Frau wacht nicht auf.«

»So ist das«, sage ich und sehe schlagartig klar. »Und Ihre Zimmernummer ist …?«

»308«, sagt er.

»Es tut mir leid, Sir, aber Sie haben an die falsche Zimmertür geklopft, was erklären dürfte, warum Ihre Gattin nicht aufwacht. Tatsächlich haben Sie der Dame, die in diesem Zimmer zu schlafen wünscht, einen gehörigen Schrekken eingejagt.«

»O nein«, stöhnt der Mann und will sich mit der rechten Hand den Mund zuhalten, läßt sie aber sofort wieder an Ort und Stelle sinken. »O nein, wie unangenehm.«

»Machen Sie sich keine Gedanken, Sir«, sage ich und hole meinen Generalschlüssel heraus. »Sie gehen wieder zu Bett, und ich erkläre der Dame nebenan, was passiert ist.«

Ich öffne ihm die Tür und versuch die Dame in 306 zu beruhigen. Es dauert knapp fünf Minuten, bis sie sich bereit erklärt, die Tür aufzumachen. Und als sie es dann endlich tut, ist sie so aufgelöst, daß sie mir um den Hals fällt und in Tränen ausbricht. Es stellt sich heraus, daß der kleine nackte Mann seit etwa einer halben Stunde gegen ihre Tür gehämmert hat, während sie immer verzweifelter und panischer wurde. Ich sage ihr, daß sie mich jederzeit anrufen kann, wenn irgend etwas sie beunruhigen sollte, und ich gebe ihr den Rat, sich auf diesen Schreck einen Brandy zu genehmigen, um besser wieder einschlafen zu können. Sie lächelt. Anscheinend ist ihr die Sache jetzt auch schon etwas peinlich. Aber wer will ihr verdenken, daß sie es nach der Polterei mit der Angst zu tun gekriegt hat?

Wieder unten sehe ich, daß Dennis noch immer von Terence vollgequasselt wird. Man kann anscheinend so beschäftigt tun, wie man will, gegen diese Labertasche ist kein Kraut gewachsen.

»Alles klar, da oben?«, fragt Dennis sofort, als ich aus dem Lift trete.

»Alles in Butter«, gebe ich zurück. »Der Vergewaltiger stellte sich als ein kleiner nackter Mann heraus, der sich ausgeschlossen hatte.«

»Aha«, sagt Dennis. »Die Nummer.«

»Nur«, ergänze ich, »daß er an die falsche Tür geklopft hat, um wieder reinzukommen.«

»O Mann«, sagt Dennis. »Die Leute nebenan müssen sonst was gedacht haben.«

»Kann man wohl sagen«, sage ich. »Eine Frau. Sie war völlig am Ende.«

»So etwas kommt wohl häufig vor, nehme ich an?«, fragt Terence.

»Häufig?«, sinniert Dennis, »nö-nö, das kommt so gut wie nie vor.«

»Ach«, macht Terence. »Das ist ja interessant.«

»Hm-mm«, grummelt Dennis und schnappt sich einen wichtigen Prospekt von Tonys Stapeln.

Terence erhebt sich und glättet seinen Morgenmantel. Dennis beobachtet ihn aus den Augenwinkeln und verfolgt angespannt, wie der Morgenmantel Richtung Schwingtür schlendert. Auch ich beobachte ihn. Wir beide haben keinen sehnlicheren Wunsch als den, daß er verschwinden, sich verpissen, sich ins Knie ficken, einfach nicht mehr da sein möge. Terence steckt die Hände in seine Manteltaschen, während er interessiert eine der großen Topfpflanzen von oben bis unten mustert. Hau ab! Geh weiter! Husch! Dennis und ich halten den Atem an und wagen uns nicht zu rühren. Eine falsche Bewegung, und er ist wieder bei uns, mit einem neuen interessanten Thema. Da passiert es. Patrick, der Obertrottel, steht auf.

»Will jemand vielleicht einen Kaffee, ich könnte jedenfalls einen gebrauchen?«, fragt er und blickt in die Runde.

»O nein«, stöhnt Dennis und bricht auf seinem Pult zusammen.

»Ah, Kaffee«, sagt Terence, dreht sich um und reibt sich die Hände. »Keine schlechte Idee.«

»Patrick will nach unten in die Cafeteria, da gibt es nur Personalkaffee«, versucht Dennis zu intervenieren.

»Och«, sagt Terence enttäuscht.

»Schmeckt auch nicht besonders«, fügt Dennis hinzu und versucht, freundlich zu klingen. »Wenn Sie einen Kaffee wünschen, müssen Sie auf Ihr Zimmer gehen und ihn beim Etagendienst bestellen und im Zimmer konsumieren.«

»Ja«, springe ich Dennis bei, »am besten gehen Sie auf Ihr Zimmer und trinken ihn dort.«

»Ach nein«, sagt Terence und trottet zu uns zurück, »so wichtig ist der Kaffee auch wieder nicht. Außerdem«, sagt er und läßt sich wieder aufs Sofa sinken, »außerdem kann ich nach Kaffee immer so schlecht einschlafen. «

Mein Telefon klingelt, und aus irgendeinem Grund glaube ich, daß es die Frau aus 306 ist.

»Geht es Ihnen gut?«, frage ich, ohne nachzudenken.

»Eher nicht!«, höre ich eine männliche Stimme.

»Oh, verzeihen Sie bitte«, sage ich. »Ich habe gedacht, Sie wären jemand anders.«

»Ich kann jemand anders sein, wenn Sie das wünschen«, sagt er.

»Nein, bitte entschuldigen Sie nochmals, wie kann ich Ihnen helfen?«

»Aaach«, sagt er, »Sie können mir ganz einfach helfen.«

»Schön.«

»Jaaa, Sie können mir ganz einfach … helfen.«

»Sir?«

»Hmmm …« Ich meine zu hören, wie der Typ sich einen runterholt. »Wollen Sie hochkommen und weitermachen?«, haucht er.

»Wie bitte?«

»Kommen Sie hoch und lutschen Sie mich«, stöhnt er.

»Sir, ich bedaure sehr …«

»Ich geb Ihnen Geld.«

»Nein.«

»Bitte.«

»Nein, Sir. Ganz ausgeschlossen.«

»Gibt es irgendwen im Hotel, der mir für Geld einen runterholt?«

»Nein, Sir«, sage ich, »und ich sehe mich leider gezwungen, das Gespräch jetzt zu beenden.«

Von Vier bis Fünf Uhr

Perverslinge rufen immer in den frühen Morgenstunden an. Es ist ein weiterer unangenehmer Aspekt des Nachtdiensts, daß man regelmäßig mit solchen Anrufen konfrontiert wird. Aus diesem Grund versucht es die Geschäftsführung möglichst zu vermeiden, daß Frauen nachts den Empfang machen müssen. Aber natürlich werden doch ständig Frauen im Nachtdienst eingesetzt, und die können sich dann wirklich was anhören. Sehr unangenehm. Auch die Kellner und Barkeeper werden ständig angemacht. Ihnen wird Geld angeboten, wenn sie später noch aufs Zimmer kommen, und ich weiß von Kollegen, die darauf eingegangen sind. Es ist ein Spiel mit dem Feuer. Aber vielleicht ist es gerade der Ruch des Verbotenen, der die Sache so interessant macht.

Es ist im übrigen nicht so, daß weibliche Gäste in dieser Hinsicht zurückhaltender wären. Die Lady mit ihrem Kaffeetablettweitwurf war vielleicht etwas extrem, aber die Anmache an sich ist keine Männerdomäne mehr. Frauen kneifen Kellnern inzwischen häufiger in den Hintern als Männer den Zimmermädchen, hab ich das Gefühl. Ich habe von einem Kumpel, der in einem Hotel in New York arbeitet, von einer Geschäftsfrau gehört, die sich bei ihnen einquartiert und einen Butler für das Wochenende reserviert hatte; drei Tage lang hat sie nichts anderes getan, als mit ihm rumzuvögeln.

Ich möchte nur wissen, ob der Typ hinterher irgendwelche Sonderwünsche in Rechnung gestellt hat.

Häufig sind es auch Anrufe von außerhalb des Hotels, und die sind in der Regel richtig unangenehm. Es rufen eben nicht nur ehemalige Gäste an, um nach irgendeinem Rezept zu fragen. Wir hatten einen Hechler, der entweder das Hotel beobachtet hat oder in der Nachbarschaft wohnte und hier regelmäßig vorbeikam. Jedenfalls rief er immer nur an, wenn ein bestimmtes Mädchen Dienst hatte und zwar allein. Er sagte Sachen wie: »Ich kann dich sehen«, und beschrieb dem Mädchen, was es anhatte, wobei er sich einen runterholte. Wir haben die Polizei eingeschaltet, aber die können in so einem Fall nur sehr wenig ausrichten.

Wir haben es auch mit Depressiven und Suizidgefährdeten zu tun. Es ist schrecklich. Sie rufen an, weil sie wissen, daß hier immer einer rangeht, wie spät es auch ist, und sie müssen einfach mit jemandem reden. Wir haben auch immer die Nummer des Samariterbundes zur Hand. Aber die Leute wollen nur quatschen. Gerade letzte Woche hatte ich einen an der Strippe, der damit drohte, sich umzubringen. Es war Horror. Der Typ war betrunken und wütete rum und sagte, er werde jetzt diese Pillen schlucken. Man will natürlich helfen, aber wie? Ich brachte ihn dazu, mir von seiner Freundin zu erzählen, die ihm abgehauen war. Sie hatte das gemeinsame Kind mitgenommen. Schließlich hab ich es geschafft, daß er mir seine Adresse gab, und Dennis hat die Polizei verständigt. Ich hab keine Ahnung, was aus ihm geworden ist, aber Dennis meint, die werden ihn schon rechtzeitig zu fassen gekriegt haben. Wenn einer sich wirklich umbringen will, dann tut er es einfach, der telefoniert nicht erst noch in der Weltgeschichte herum. Wenn er das tut, ist er eben gerade nicht dazu entschlossen. Frauen hingegen, meint Dennis, machen es anders: Die nehmen die Pillen, wenn sie wissen, daß gleich jemand nach Hause kommt und sie findet. Normalerweise sind sie geschickter darin, Aufmerksamkeit zu erregen. Ich weiß nicht, ob Dennis recht hat, aber ich rede mir zuweilen ein, daß ich den Typ letzte Woche davon abgehalten habe, sich umzubringen. Damit ich nachts ruhiger schlafen kann.

Apropos Schlaf: Ich faß es nicht, daß dieser Terence immer noch da auf dem Sofa hockt. Er ist eindeutig einer der hartgesotteneren Plagegeister.

»Haben Sie es schon mal mit Schlaftabletten versucht, Terence?«, frage ich ihn, um auch mal was zu sagen.

»Das ist komisch, daß Sie das fragen«, sagt Terence und beugt sich auf dem Sofa vor, wobei er seine knochigen Beine entblößt. Ich bereue schon jetzt, gefragt zu haben.

»So?« Er wartet offenbar auf eine Reaktion von mir.

»Ja«, sagt er. »Ich habe tatsächlich bereits mehrfach Tabletten genommen. Und ich verrat Ihnen was: Es hat nicht das geringste genützt. Nicht das geringste.«

»Ach«, sage ich.

»Verrückt«, sagt Dennis.

»Ja, nicht wahr?«, sagt Terence. »Aber es muß nicht unbedingt an den Tabletten liegen. Meine Meinung ist: Ich gehör einfach zu den Leuten, die nur sehr wenig Schlaf brauchen.«

»Hm-mm«, macht Dennis, ohne von seinen Prospekten aufzusehen.

»Margaret Thatcher zum Beispiel: Die kam immer mit vier Stunden Schlaf aus.«

»Das würde einiges erklären«, sagt Dennis.

Terence stutzt. Dann ist der kleine Scherz angekommen. Er schlägt eine wiehernde Lache an, die mir endgültig den allerletzten Nerv raubt. In diesem Moment hält draußen vor der Tür ein großer weißer Lieferwagen. Dennis springt sofort von seinem Stuhl auf und läuft zur Drehtür. Er schnipst und bedeutet Patrick, ihm zu folgen. Die Morgenzeitungen sind da. Dennis und Patrick gehen dem Lieferanten entgegen und helfen ihm. Dennis liebt diese Arbeit. Aber was heißt Arbeit: Er steht zehn Minuten bei dem Lieferanten, während Patrick hin und her läuft und die dicken Packen in die Halle schleppt. Dennis ist nur deshalb so sehr an dem Zeitungslieferanten interessiert, weil der die große Tour zu allen Luxushotels macht, und Dennis will einfach das Neueste vom Neuesten aus den anderen Häusern hören. Er lacht laut, albert rum und hüpft von einem Bein aufs andere. Es ist ganz offensichtlich kalt draußen. Keiner der beiden Männer beachtet Patrick. Als sie sich nach ihm umsehen, ist der gerade mit dem letzten Packen fertig. Dennis klopft dem Lieferanten noch einmal auf die Schulter und kommt wieder rein.

»Meine Güte«, sagt er und reibt sich die Hände, »ist das arschkalt draußen.« Er geht hinter sein Pult. »Anscheinend haben die im Claridge's gestern abend tierisch Party gemacht. Auf der Straße hängen anscheinend noch immer stockbesoffene Typen in Smokings rum auf der Suche nach Taxis. Jeff – «, er nickt mit dem Kinn dem Lieferwagen hinterher, »Jeff meint, es war irgendeine Film-Party; er schwört, er hat ein paar Stars nach Hause torkeln sehen. Laß uns mal in der Zeitung nachsehen. Vielleicht ist es drin.«

»Du sollst die Finger von den Zeitungen lassen. Das gibt noch mal Ärger«, sage ich. Die Zeitungen sind ausschließlich den Gästen vorbehalten. Was Dennis natürlich nur zu gut weiß.

»Ach, vergiß es«, sagt Dennis und hat schon eine Schere in der Hand, um ein Bündel aufzuschneiden. »Merkt doch keiner.«

Die Ankunft der Zeitungen hat Terence anscheinend etwas die Show gestohlen. Er entschließt sich jedenfalls, endlich wieder zu Bett zu gehen.

»Na, so was«, sagt er und sieht auf die Zeitungen runter, »es ist ja schon Morgen. Also, ich geh dann mal, selbst wenn ich nicht mehr einschlafe.«

»Hm-mm«, macht Dennis, der mit dem Bündel beschäftigt ist.

»Gute Nacht«, sagte Terence.

»Hm-mm«, mache ich, der ich Dennis im Auge behalte.

»Arbeiten Sie nicht mehr so viel«, ruft er auf dem Weg zum Lift.

»Hm-mm«, machen Dennis und ich unisono.

»Ich dachte, der würde nie mehr gehen«, sage ich, als der Lift unsern Mann im Morgenmantel verschluckt hat.

»Du hast ja wohl keinen Grund zu meckern«, schimpft Dennis. »Du hast dir ja den ganzen Sermon nicht anhören müssen.«

»Die Highlights hab ich mitbekommen.«

»Mach keine Scherze, Mann. Du hast dich ständig verpißt und hast dich wer weiß wo rumgetrieben. Und mich hast du mit diesem Dummschwätzer allein gelassen. Ich bin fast durchgedreht, Mann.«

»Der war doch nett«, hören wir plötzlich Patricks Stimme hinter uns.

»Was?« Wir drehen uns gleichzeitig um.

»Also ich fand ihn nett«, sagt Patrick noch einmal.

»Ich faß es nicht«, flucht Dennis. »Er fand den Vollidioten nett. Vielleicht erklärst du mir lieber mal, warum du noch keine Schuhe putzt?«

»O nein«, sagt Patrick und läßt den Mund offenstehen.

»Ja, ›O nein‹«, kriegt er von Dennis zu hören. »Hättest du nicht längst die Schuhe einsammeln sollen? Oder hast du schon wieder die einfachsten Dinge verlernt?«

»Nein, Sir«, sagt Patrick.

»Jawohl, Sir«, sagt Dennis und nickt Richtung Schwingtür. »Und jetzt ab. Die Leute wollen schon bald ihre Schuhe zurückhaben.«

Patrick läuft zur Treppe. Es ist wirklich reichlich spät geworden für die Schuhe. Er hätte eigentlich seit einer Stunde am Putzen sein müssen. Glücklicherweise ist heute Samstag, und es kommt kein junger Broker an, der um sieben zu seinem Meeting muß. Hätten wir heute einen Wochentag, hätte Patrick jetzt ein echtes Problem an der Backe. Er kann jetzt nur hoffen, daß niemand irgendeine Frühmaschine erwischen muß.

Draußen ist es inzwischen nicht mehr ganz so stockduster. Aber es ist immer noch ein weiter Weg bis zum wohlverdienten Dienstschluß. Ich kann nicht mehr. Ich will nicht mehr. Ich kann mich nicht mehr konzentrieren, und ich habe einen metallischen Geschmack im Mund. Das Licht in der Halle will mir zu grell erscheinen. Auch ist mir kalt. Ich hole mir noch zwei Koffeintabletten und versuche, sie ohne Wasser zu schlucken. Mann, schmecken die bitter. Dafür müssen die jetzt aber auch ihre Wirkung tun, verdammt. Es ist zu früh am Morgen, um sich so mies zu fühlen, wie ich mich eindeutig fühle. Ein bißchen Bewegung wird mir guttun.

Dennis ist endlich zu seiner Gesellschaftsseite in der Morgenzeitung vorgedrungen und guckt nach, ob bei der Soirée wirklich Filmstars waren und ob hinterher besoffene Promis die Straßen von Mayfair unsicher gemacht haben. Patrick kommt zurück. Auf seinen Armen stapeln sich Filztüten mit Schuhen. Sieben Paar, alles in allem – und alle gehören Mr.

Masterson, sagt Patrick. Er legt sie in die Ecke, wo für gewöhnlich der Gepäckkuli steht, und sowohl Dennis als auch ich kommen zu ihm rüber.

»Nicht gerade Designertreter«, sagt Patrick und schnappt sich einen. »›Lobb‹? Das ist doch keine Marke.«

»Die sind alle maßgefertigt, du Witzbold«, sagt Dennis. Er nimmt sich ebenfalls einen Schuh und sieht ihn sich von nahem an. »Das ist ganz erlesenes Schuhwerk, mein Lieber. Du mußt noch viel lernen, Patrick, noch viel lernen.« Er grinst.

»Ja, Sir«, sagt Patrick und riecht an dem Leder. »Sie riechen gut.«

»Na ja«, sagt Dennis und rümpft die Nase. »Man kann's auch übertreiben. Hast du die Frühstücksbestellungen eingesammelt, als du oben warst?«

»Du hast nicht gesagt … also …«, stammelt Patrick, der sofort wieder ganz fleckig im Gesicht wird. »Wenn du was gesagt hättest … ehrlich …«

»Ich mach das«, sage ich, »laß gut sein, Dennis, ich kann ein bißchen Bewegung gebrauchen. Ich fall vor Müdigkeit sonst noch um.«

»Na gut«, sagt Dennis. »Aber nächstes Mal«, wendet er sich wieder an Patrick, »machst du ein paar Sachen gleichzeitig, verstanden?«

Ich mach meine Runde und sammel die Bestellungen ein. Eigentlich fällt diese Aufgabe in den Etagendienstbereich. Aber aus irgendeinem Grund ist das bei uns Aufgabe der Rezeption. Was ich immer komisch finde bei den Bestellkarten, ist, daß die Gäste sie bis spätestens 23.30 Uhr am Vorabend rausgehängt haben müssen, aber wir kommen nie – in Worten: nie – vor halb fünf am Morgen dazu, sie einzusammeln. Wer also irgendwann kurz vor Morgengrauen seine Bestellung aufgibt, kriegt auch noch sein Frühstück.

Am Wochenende bestellen viel mehr Leute Frühstück aufs Zimmer als unter der Woche. Unter der Woche sind die meisten Geschäftsleute um acht bereits zu einer Sitzung unterwegs. Da wird vorher nicht groß getafelt. Aber der Wochenendgast liebt nichts mehr als ein dickes fettes englisches Frühstück mit Rührei und Champagner.

In den Fluren herrscht immer noch Totenstille; die Beleuchtung ist immer noch schummerig. Nur hier und da verrät ein beherzter Schnarcher, daß hier tatsächlich Menschen wohnen. Es gibt unter den Schnarchern eine unglaubliche Artenvielfalt, vom hohen Damenschnarchen über melodiöse Baritone bis hin zum tiefsten Kontrabaß, den man kaum noch hört, dafür um so mehr in der Magengegend spürt.

Als ich mit meinen gesammelten Frühstückskarten wieder die Treppe hinuntertrotten will, höre ich in einem Gang im vierten Stock ein verdächtiges Kratzen. Ich bleibe mucksmäuschenstill stehen und versuche, das Geräusch zu lokalisieren. Meine Nackenhaare kribbeln. Ich starre in den dunklen Gang und frage mich, was für ein Krabbeltier hier dem Kammerjäger entwischt sein mag. Meine Kellnerhose hat auch schon lange nicht mehr so gejuckt. Aber es nützt nichts, ich muß nachsehen, was das ist. Also gehe ich langsam zurück in den Gang. Am Ende des Gangs befindet sich die Honour Bar. Die Bar-Beleuchtung wirft einen schwachen Schein nach draußen. Das Kratzen und Schaben scheint aus der Bar zu kommen, und nach dem Geräusch zu urteilen, muß die Ratte ein ziemlich dickes Vieh sein. Ich erreiche den Eingang. Im selben Moment höre ich, wie die Kühlschranktür geöffnet wird. Ich spähe um die Ecke und sehe den Rücken eines Mannes im verwahrlosten Habit des Stadtstreichers, der mit seinem Oberkörper fast vollständig im Bar-Kühlschrank verschwunden ist.

»Ey«, rufe ich und gehe mit zügigen Schritten, die Autorität ausdrücken sollen, in die Bar. »Was machen Sie denn da?«

Der Penner zuckt wie verrückt zusammen und kriecht aus dem Kühlschrank heraus. Neben dem Kühlschrank findet sich jede Menge Leergut. Er scheint schon eine ganze Weile dabeizusein.

»Ach du dickes Ei«, lallt er und versucht mich zu fokussieren. Er ist eindeutig nicht mehr nüchtern. »Ich hab doch nur …« Er hält inne. Es dämmert ihm, daß er auf frischer Tat ertappt wurde und es keinen Zweck hat, irgendwas zu leugnen. Also hebt er die Hände, die in fingerlosen Handschuhen stecken, als würde ich eine Waffe auf ihn richten, und sagt einigermaßen klar und deutlich: »Ich geh ja schon. Kein Problem.« Er erhebt sich. »Aber bitte keine Polizei.«

»Kommen Sie mit«, sage ich und packe ihn am Mantelkragen. Ein Klirren von Flaschen ist zu hören. »Was haben Sie da drin?«

»Gar nichts«, sagte er.

»Leeren Sie mal Ihre Taschen«, befehle ich ihm.

»Dazu haben Sie kein Recht«, protestiert der Mann.

»Nun, dann zwingen Sie mich, die Polizei zu rufen«, sage ich.

»Ist ja schon gut«, lenkt er ein, vergräbt die Hände in seinen Manteltaschen und fördert eine ganze Batterie Bombay-Sapphire-Flaschen zutage. Er stellt sie in Reih und Glied auf die Bar-Theke.

»Noch mehr?«, frage ich.

»Nein, Sir«, sagt er.

»Was haben Sie in den Hosentaschen?«

»In den Hosentaschen?«

»Na los, machen Sie schon!«, sage ich. »Ihnen ist hoffentlich klar, daß ich eigentlich dazu verpflichtet bin, die Polizei zu rufen.«

»Ist ja schon gut«, grummelt er. Er schlägt seinen Mantel auf, greift tief in seine schmierigen Hosentaschen und holt nach einigem Wühlen zwei Handvoll Penhaligon-Shampoofläschchen heraus.

»Shampoo?«, frage ich völlig baff. »Wozu stehlen Sie Shampoofläschchen?«

»Weiß auch nicht«, sagt er, »der Schrank stand offen, da hab ich zugegriffen.«

»Aha«, sage ich, während der Mann brav eine Plastikflasche nach der anderen auf die Theke stellt und dann auch noch ein paar Seifenstücke herausrückt. »Und was ist mit dem Bombay Sapphire?«

»Den mag ich«, sagt er. »Das beste, was es in der Welt gibt.«

»Verstehe. Könnte es sein, daß ich Sie bei uns schon mal gesehen habe?«

»Na ja«, sagt er und sieht auf den Boden.

»Sie waren schon häufiger hier!«

»Paar Mal.«

»Auch diese Woche.«

»Möglich.«

»Und jedes Mal haben Sie sich Bombay Sapphire besorgt!«

»Was weiß ich«, weicht er aus wie ein Teenager.

»Sie wissen es so gut wie ich«, sage ich.

»Glauben Sie doch, was Sie wollen.«

»Das tu ich auch.«

»Sie können mir nichts beweisen, Mann.«

»Und ob«, sage ich. »Ich habe Sie dabei erwischt, wie

Sie gerade aus dem Kühlschrank Spirituosen entwendet haben, und in Ihren Taschen habe ich jede Menge weiterer gestohlener Gegenstände gefunden. Das sollte Beweis genug sein.«

»Das beweist gar nichts«, bleibt er störrisch.

»Von wegen«, sage ich. Ich stutze. Was tu ich hier eigentlich, verdammt noch mal? Es ist Viertel vor fünf in der Früh, und ich steh in der Honour Bar und diskutier hier mit diesem Dickschädel von Penner! Die ganze Szene will mir auf einmal etwas surreal erscheinen. »Schluß jetzt«, sage ich. »Sie kommen mit.«

»Mitkommen, wohin?«

»Raus.«

»Och nööö …«, nörgelt er.

»Doch, raus. Zack-zack«, sage ich. »Hier können Sie ja wohl kaum bleiben. Los.«

Er gibt klein bei und folgt mir raus, aber nicht ohne vorher noch zwei Miniflaschen Bombay Sapphire wieder eingesteckt zu haben. Ich sage nichts dazu. Tony wird einfach nur froh sein, daß der Dieb gefunden ist; zwei Fläschchen mehr oder weniger werden ihn auch nicht mehr kratzen. Wir fahren schweigend mit dem Fahrstuhl hinunter. Die Belüftung ist schon bald überfordert mit dem Odeur des Mannes. Ich bin froh, als wir endlich im Erdgeschoß ankommen und ich wieder Frischluft atmen kann. Ich bedaure, ihm nicht auch noch ein paar Flaschen Shampoo spendiert zu haben. Nötig hätte er's.

»O nein«, ruft Dennis, als ich mit meinem Gefangenen zur Rezeption komme. »Nicht du schon wieder, Spike!« Dennis verdreht die Augen. »Wie häufig sollen wir dich noch rausschmeißen, bevor du's endlich kapierst? Du hast hier nichts zu suchen, geht das mal in deinen alten Schädel rein?« Dennis schafft es, was mir unmöglich war. Der Penner wirkt beschämt, wie ein kleines Kind, das unartig gewesen ist. Spike scharrt mit den Füßen und wäre jetzt ganz offensichtlich überall lieber als hier im Hotel. »Laß gut sein, Kumpel«, sagte Dennis zu mir. »Ich kümmer mich um Freund Spikey.« Er geht zu Spike, legt ihm einen Arm um die Schulter und schiebt ihn Richtung Drehtür. »Abmarsch, Spike. Und daß das klar ist: Beim nächsten Mal holen wir die Bullen. Das war das allerletzte Mal, verstanden?«

Ich beobachte Dennis, wie er Spike hinauseskortiert. Er ist nicht brutal, nicht mal unhöflich zu ihm. Im Gegenteil, jetzt wo Dennis ihn durch die Tür schiebt, sehe ich, wie er in seine Tasche greift und Spike einen Geldschein zusteckt. Dann klopft er Spike noch einmal auf die Schulter und schickt ihn hinaus.

»Hast du Spike da gerade Geld gegeben?«, frage ich konsterniert, als Dennis sich wieder an sein Pult setzt.

»Wer, ich?«, fragt Dennis ganz schockiert. »Für wen hältst du mich?«

»Schon gut«, sage ich. Ich weiß, daß der Kerl lügt.

Dennis und ich sitzen da und schweigen vor uns hin. Ich höre nur das Geräusch von Patricks Schuhbürste hinten in seiner Ecke. Er ist noch immer schwer beschäftigt. In meinem Magen rumort es. Ich könnte wirklich gut was zu essen gebrauchen. Die Frühstücksköche dürften jede Minute kommen, überlege ich, und beuge mich tiefer über meinen Schreibtisch. Ein Sandwich mit gebratenem Speck, ein Königreich für ein Sandwich mit gebratenem Speck! Ich könnte nach unten gehen. Die Leute, die Nachtschicht im Etagendienst geschoben haben, sind noch da, aber ich bin ehrlich gesagt immer schon der Meinung gewesen, daß die keine Sandwiches zubereiten können, geschweige denn einen anständigen Salat und einen Hamburger. Die meisten von denen können nicht mal Wasser kochen.

Ich werde trotzdem runtergehen, überlege ich, um ihnen die Frühstücksbestellungen zu bringen. In diesem Moment sehe ich, daß die ersten beiden Köche zur Tür hereinkommen. Sie sehen ziemlich durchgefroren aus.

»Morgen«, rufen sie zu uns rüber.

»Morgen? Schon?«, ruft Dennis zurück.

»Leider ja«, sagt der größere von beiden.

»Wie lang braucht ihr für eure Sandwiches, Jungs?«, fragt Dennis, der meine Gedanken gelesen haben muß.

»Ja, genau«, sage ich. »Wie lang?«

»Fünf, sechs Minuten«, sagt der kürzere.

»Großartig«, sagt Dennis und reibt sich die Hände. »Wir kommen gleich zu euch, Jungs.«

Es ist eigentlich nicht die Aufgabe dieser beiden, uns das Frühstück zu machen, aber sie machen es trotzdem. Ihre Aufgabe ist es, alles für den Morgenservice vorzubereiten, der so ab acht losgeht. Sie braten am Fließband die Würste und den Speck, damit sie dann später alles nur noch aufwärmen müssen und schnell bei der Hand haben, wenn die Bestellungen reinkommen.

Mir läuft jetzt schon das Wasser im Mund zusammen. Jetzt erst merke ich, wie unterernährt ich bin. Es liegt an der Ankunft der Köche. Das ist der reinste Pawlowsche Reflex.

Das Telefon klingelt.

»Rezeption, guten Morgen.«

»Warum sind wir hier? Wer sind wir?«, fragt mich eine Frau mit träumerischer Stimme.

»Tut mir leid«, sage ich, »ich hab keine Ahnung«, und lege auf.

»Wer war das?« fragt Dennis.

»Ach, die Bekloppte, die seit ein paar Tagen bei uns ist und sich in ihrem Zimmer eingeschlossen hat«, sage ich. »Die fragt ständig so einen Quatsch.«

»Aha«, sagt Dennis.

Das Telefon geht wieder los.

»Rezeption, guten Morgen«, sage ich.

»Sie haben einfach aufgelegt«, sagt sie.

»Ähm, tut mir leid«, lüge ich.

»So geht man nicht mit mir um. Nicht mit mir!«, schimpft sie. »Niemand! Ich komme runter.« Sie legt auf.

»O verdammt«, sage ich zu Dennis. »Die Bekloppte kommt runter.«

Von Fünf bis Sechs Uhr

Dennis und ich sitzen da, beobachten den Lift und warten darauf, daß die verrückte Frau herauskommt. Vielleicht bin ich ungerecht, wenn ich sie verrückt nenne, aber sie ist seit drei Tagen bei uns, hat sich in ihrem Zimmer verbarrikadiert, und nur die Leute vom Etagendienst haben sie mal zu Gesicht gekriegt.

Bei uns buchen immer wieder Leute, die hier in Klausur gehen und sich abschotten, aber meistens sind es Männer, und meistens sind Drogen im Spiel – reiche Junkies, die sich ungestört ihrem Heroin widmen wollen, Leute, die mit Gleichgesinnten eine Drei-Tage-Party feiern, koksen, was das Zeug hält und dann beim Auschecken aussehen, als wären sie gerade exhumiert worden. Ich erinnere mich an eine Gruppe junger russischer Neureicher, die sich in drei Suiten einquartiert hatten. Sie hatten drei atemberaubend gutaussehende Zuckerpüppchen dabei und ganz offensichtlich säckeweise Koks. Sobald sie in ihren Zimmern waren, verrammelten und verriegelten sie alles und ließen sich das ganze Wochenende über nicht mehr blicken. Sie orderten an die dreißig Flaschen Cristal-Champagner und praktisch nichts zu essen. Als sie am Sonntag wieder abreisten, überlegte ich, ob vielleicht ein Krankenwagen das angemessene Transportmittel wäre, so fertig sahen sie aus.

Dennis und ich starren noch auf den Lift. Die Anzeige verrät uns, daß jemand nach unten kommt. Dann ertönt das unvermeidliche »Ping«, und die Türen öffnen sich. Ich wappne mich innerlich. Niemand da. Die verrückte Lady ist nicht gekommen. Ich steck mir nervös noch einen Pfefferminzbonbon in den Mund.

»Sie hat es sich anders überlegt«, überlege ich laut und verfolge, wie die Lifttüren sich wieder schließen.

»Sieht ganz so aus«, sagt Dennis.

»Ein Segen«, sage ich.

»Hm-mm«, macht Dennis.

»Meinst du, die Sandwiches könnten schon fertig sein? Ich hab schon Bauchschmerzen vor Hunger.«

»Tja«, Dennis sieht auf seine Uhr, »gib ihnen noch ein paar Minuten.«

Die Hosen beginnen wieder zu jucken. Je eher ich nach Hause kann, desto früher kann ich aus diesen Dingern raus. Ich überlege, ob es dem Mann, der sich im Klo langgelegt hat, wohl einigermaßen geht. Vielleicht sollte jemand von uns mal im Krankenhaus anrufen.

»Meinst du, der Typ mit seinem Unfall im Klo ist wieder auf den Beinen?«, frage ich Dennis.

»Was ist? Ach so, na klar«, antwortet er. »Sonst hätte man uns schon benachrichtigt.«

»Ja«, sage ich, »wirst recht haben. Wie sieht es mit den Schuhen aus, Patrick«, rufe ich in seine Ecke.

»Noch den hier«, sagt er und wedelt mit einem glänzenden Exemplar in der Luft rum. »Danach ist Schluß.«

»Ich guck mir die lieber noch mal vorher an, bevor du sie raufbringst, hörst du?«, ruft Dennis ihm zu.

»Glaubst du, ich weiß nicht, wie man Schuhe putzt?« Patrick fühlt sich anscheinend in seiner Schuhputzerehre gekränkt.

»Ach was«, sagt Dennis. »Es gibt einfach gewisse Dinge, die beachtet werden müssen, das ist alles.«

»Ja, ja. Ich mach das ja schließlich nicht zum ersten Mal, ich ... «

Patrick hält abrupt inne. Ein Geräusch ist auf der Treppe zu hören. Eine Art Gesang. »Da da da da da da, New York! New York!« Wir reißen die Augen auf und sehen die Bekloppte, die in der Art eines Showgirls die Treppe hinabschreitet, sich lasziv in den Hüften wiegt und auf jeder Stufe mit der Fußspitze in die Luft kickt. Sie trägt den Hotel-Bademantel, aber er ist nicht verknotet, und man sieht bis hier, daß sie darunter splitterfasernackt ist. »Da da da da da da, New York! New York!« Dennis und ich sind starr vor Schreck. Patrick fährt wie hypnotisiert fort, seinen Schuh zu wienern, während er mit offenem Mund die merkwürdige Erscheinung auf der Treppe anstarrt. Die Frau scheint nichts von ihrer Umgebung zu bemerken. Den Kopf hält sie hochgereckt, die Augen funkeln dämonisch. Sie ist ganz in ihrer Show-Welt gefangen. Ihr Gesicht ist leichenblaß, die Ringe unter ihren Augen sind dunkelrot, und das blondierte Haar steht in alle Richtungen ab. Wenn es nicht so furchtbar wäre, wäre es nur komisch.

Sie kommt immer weiter die Stufen herunter, bein- und hüftschwingend, »New York, New York«-singend. Jetzt hat sie den Kopf gesenkt. Ihr Blick hat mich erfaßt. Sie starrt mich an, als wäre ich der einzige Gast ihrer Show. Jetzt zieht sie sich auch noch einen imaginären Handschuh aus wie eine Stripperin im Nachtklub. Sie schleudert ihn ein paar Mal über ihrem Kopf wie ein Lasso, dann wirft sie ihn in meine Richtung. Ich habe das Gefühl, daß sie ein wenig enttäuscht ist, daß ich keine Anstalten mache, ihn zu fangen. »New York, New York!« singt sie, und ich weiß, was jetzt kommt. In einer schwungvollen, peitschenden Bewegung reißt sie sich den Bademantel vom Leib und steht vor mir, wie Gott sie vor bereits einigen

Jährchen geschaffen hat. »So«, haucht sie, »vielleicht schenken Sie mir jetzt Ihre Aufmerksamkeit.«

Das Lift-Klingeln ist zu hören. Die Türen gehen auf, und heraus kommt ein Geschäftsmann. Er bemerkt die Frau zunächst nicht; er ist zu sehr damit beschäftigt, seine Krawatte zu binden, während er seine Tasche zwischen Arm und Oberkörper geklemmt hält. Als er schließlich sieht, was da am Empfangstresen abgeht, hält er verschreckt inne. Die Frau scheint ihrerseits nichts bemerkt zu haben, oder es ist ihr nur recht, daß sich ihr Publikum soeben vergrößert hat.

»Guten Morgen, Sir«, rufe ich dem Mann zu, der sich nicht traut, näherzukommen.

»Guten Morgen«, antwortet er leise, als wolle er nicht stören.

»Sie möchten auschecken?«

»Ähm, ja«, sagte er und stellt sich vorsichtig an den Tresen. »Zimmer 14.«

Die Frau hat unterdessen wieder zu singen begonnen. Hüftenschwingend starrt sie mich an und haucht »New York, New York!«

»Wie möchten Sie zahlen, Sir!«, frage ich den Gast.

»Was?« Er hat Mühe, sich zu konzentrieren. Aus den Augenwinkeln beobachtet er das Treiben der Frau. »Ach so«, sagte er. »Ähm, Visa.«

»Visa«, wiederhole ich.

»Ja«, sagt der Mann und wühlt in der Innentasche seines Jacketts nach seinem Portemonnaie.

»Hatten Sie etwas aus der Minibar, Sir?«, frage ich.

»Ähm, ja«, antwortet er. »Rotwein.«

»Eine Flasche?«, frage ich.

»Ja.«

»Irgendwelche Snacks?«

»Nein.«

»Okay, Sir, das macht dann 385,70 £.«

»Gut«, sagt er und reicht mir seine Karte.

»Möchten Sie sich die Rechnung noch einmal ansehen?«

»Nein, keine Zeit, ich muß schnell zum Flughafen.«

»Verstehe, Sir.«

Ich gehe schnell ins Hinterzimmer und ziehe seine Karte durch die Maschine. Ich spüre förmlich, wie die Bekloppte mir wütend auf den Rücken starrt. Sie murmelt jetzt nur noch mechanisch vor sich hin: »New York, New York ...«

»Hatten Sie einen angenehmen Aufenthalt, Sir?«, höre ich Dennis fragen, ganz offensichtlich, um den Mann abzulenken.

»Ja, doch«, sagt der Mann.

»Waren Sie das erste Mal bei uns?«, fragt Dennis tapfer.

»Was ist? Nein«, antwortet der Mann. »Nein, schon dreimal.«

»Schon dreimal«, ruft Dennis aus, als hätte der Mann ihm eine unglaubliche Geschichte aufgetischt. »Na, da kann man Sie ja direkt einen Stammgast nennen, Sir.«

»Kann man«, sagte der Mann und sieht mich erleichtert an, als ich mit seinem Kreditkartenbeleg zum Unterzeichnen wieder aus dem Büro komme. Er kritzelt seinen Namen auf den Streifen, reißt seine Tasche an sich und stürzt Richtung Drehtür.

»Möchten Sie eine Quittung haben, Sir?«, frage ich.

»Behalten Sie sie«, ruft er zurück, ohne sich umzudrehen.

»Soll ich Ihnen ein Taxi rufen?«

»Nein, nein«, ruft er. »Bemühen Sie sich nicht.« Und weg ist er.

»Also gut«, sage ich mit gepreßter Stimme zu Dennis, »ich würde vorschlagen, du rufst jetzt dic Polizei oder einen Krankenwagen oder irgendwas in der Art.«

»Weißt du was«, sagt Dennis, als wäre ihm gerade eine umwerfend komische Sache eingefallen, »ich versuch's mal mit der guten alten 999, hm?«

»Sehr gute Idee, Dennis.« Ich lächle. »Am besten sofort.«

Ich gehe langsam um den Empfangstresen herum. Durch das riesige Tropenpflanzengesteck halte ich die Lady im Auge. Ich lächle, was das Zeug hält, und nicke im Takt ihres mittlerweile tonlosen Gesangs. Vorsichtig nähere ich mich ihr, dann – sehr langsam – bücke ich mich und hebe den Morgenmantel auf, der einen Meter hinter ihr auf dem Boden liegt. Die Frau zeigt auf mich in provokanter Revuegirl-Pose. Langsam komme ich wieder hoch und schwinge ihr wie selbstverständlich den Mantel um die Schultern, um der Frau wenigstens ein wenig Würde wiederzugeben. Aber sie schreit sofort los, starrt mich an und brüllt aus vollem Hals: »Tun Sie das weg! Tun Sie das weg! Tun Sie das weg!« Sie klingt wirklich, als wäre sie besessen. Vielleicht sollte Dennis lieber einen Exorzisten rufen.

Dennis sieht besorgt aus am Telefon: »Können Sie sie hören?«, höre ich ihn sagen. »Ich glaube, die Sache ist ziemlich ernst. Vielleicht irgendeine drogenbedingte Psychose oder so.«

Ich weiche zurück, hebe die Hände. Die Frau macht mir wirklich angst. Ich will jetzt einfach nur, daß sie mich in Ruhe läßt. Soll sie singen, soll sie tanzen, meinetwegen auch nackt, was kümmert's mich.

»Ja, ja, sehr schön«, sing-sangt Dennis, »sie sind gleich da, dauert nur ein paar Minuten.«

»Ein paar Minuten?«, frage ich.

»Jaha«, ruft Dennis zurück.

»Und bis dahin?«

»Bis dahin genießen wir einfach die Vorstellung, was meinst du?«

»Sehr gute Idee«, sinniere ich.

Die Lady hat es aufgegeben, mich anzustarren. Statt dessen bekundet sie jetzt großes Interesse für unseren großen Kronleuchter. Sie beginnt sich wiegend im Kreis zu drehen, starrt nach oben, schlingt ihre Arme um die Schultern. Keine Ahnung, was sie da inzwischen singt. Höchstwahrscheinlich eine Eigenkomposition. Dennis und ich sehen uns an. Ich mache lautlos »Puh«; ich bin wirklich froh, daß sie ein neues Publikum gefunden hat.

Auf die Polizei ist Verlaß; in weniger als fünf Minuten sind sie da, eine Frau und ein Mann. Die Polizistin nähert sich der Tanzenden, die nichts von der Ankunft der Ordnungshüter bemerkt hat. Sie starrt weiter Löcher in die Decke und ist mit ihrer Königin-von-Saba-Nummer beschäftigt.

»Hallo, Verzeihung, hören Sie mich?«, wendet sich die Polizistin vorsichtig an sie. Sie dreht sich zu mir: »Wie lange ist sie schon in dem Zustand?«, fragt sie.

»Ein paar Minuten«, antworte ich. »Aber sie ist seit drei Tagen auf ihrem Zimmer.«

»Seit drei Tagen?«, fragt die Polizistin.

»Ja«, sage ich.

Die Polizistin hebt den Bademantel auf und nähert sich der Frau.

»Das würde ich besser nicht tun«, versucht Dennis zu intervenieren.

Aber zu spät. Kaum spürt die Frau das Stück Stoff auf ihren Schultern, bricht die Hölle wieder los. Sie kreischt und zetert. Es ist einfach nicht auszuhalten. Sie weckt noch die Gäste auf. Jetzt windet sie sich auch noch auf dem Boden, schlägt sich auf die Arme, als hätte der Bademantel sie dort versengt.

»Ich denke, wir nehmen sie besser mit«, sagt der männliche Kollege, der sich bislang im Hintergrund gehalten hat. »Im Krankenhaus wird sich zeigen, was sie für Sachen genommen hat.«

»Das ist wohl das Beste«, schaltet sich Dennis ein. »Wir müssen auch an die übrigen Gäste denken.«

»Können Sie uns ihren Namen sagen?«, fragt die Polizistin.

»Ähm, einen Moment«, sage ich, »ich seh mal nach.« Ich seh in der Kartei im Computer nach. »Sie heißt Claire Parker.«

»Also gut, Claire«, wendet sich die Polizistin an unsere Mrs. Parker, »mein Kollege und ich werden Ihnen helfen.«

Die Frau scheint ihren Namen überhaupt nicht zu registrieren; unbeirrt windet sie sich auf dem Boden der Empfangshalle. Unterdessen ist ihr Kollege zum Wagen zurückgegangen und kommt jetzt mit etwas zurück, was sehr wie eine Zwangsjacke aussieht. Es ist eine Zwangsjacke, und ich kriege sofort das Frösteln. Das ist für mich die reinste Zimmer-101-Horrorvorstellung, der Gedanke, in so ein Ding gesteckt und abgeholt zu werden. Ich kann nicht hinsehen. Aber die Ohren mag ich mir nicht auch noch zuhalten. Also höre ich, wie sie sich noch einmal mächtig ins Zeug legt und wie ein Berserker brüllt und flucht, als man sie mit dem Ding fesselt. Mir ist klar, daß sie anders nicht fortzuschaffen ist, aber das macht die Sache nicht besser. Als ich mich wieder traue hinzusehen, ist Mrs. Parker eingepackt und verschnürt und wird zum Wagen nach draußen geschleppt. Ihre weißen Beine versuchen in eine andere Richtung zu laufen, aber die beiden Polizisten haben sie fest im Griff.

Als die drei durch die Drehtür das Hotel verlassen, kommt ein anderer Gast gerade an; er muß direkt vom Flughafen gekommen sein. Er sieht entsetzt aus, als er am Empfangstresen angekommen ist.

»Du liebe Zeit«, sagt er und stellt seine Tasche ab. »Was ist mit der Frau geschehen?«

»Die wollte nicht bezahlen«, ruft Dennis von seinem Pult herüber. »Das machen wir immer so.«

»Äh …« Der Gast sieht verwirrt von Dennis zu mir und wieder zu Dennis.

»Keine Ahnung«, beschwichtige ich den Mann, »er macht nur Witze.«

Ich checke einen etwas verstörten Mr. Armstrong ein. Man sieht ihm förmlich an, wie er überlegt, ob er hier gut aufgehoben ist. Als ich ihm jetzt auch noch erzähle, daß er noch nicht auf sein Zimmer könne, da es noch gemacht werden müsse, befürchte ich eine Sekunde lang, daß er auf dem Absatz kehrtmacht und wieder durch die Drehtür verschwindet. Aber ich teile ihm mit, daß er eigentlich eine Früh-Anreise hätte buchen müssen, wenn er um diese Uhrzeit einchecken wolle, und er gibt klein bei und trollt sich in den Speisesaal. Er will dort warten, bis das Frühstück serviert wird. Normalerweise geschieht dies am Wochenende um sieben Uhr, aber ich sichere ihm zu, daß ich in der Küche nachfragen werde, ob es nicht auch schon früher ginge.

Unten in der Küche ist bereits Leben in der Bude. Die beiden Köche klappern und knallen mit ihren Küchengerätschaften herum und unterhalten sich laut miteinander. Der Geruch von gebratenem Speck überlagert schon fast den Chlorgeruch, der in der Nacht vorgeherrscht hat. Die beiden Köche haben bislang nicht nur Speck und Würste zubereitet, ich sehe auch einen ganzen Stapel fertiger Toastscheiben und einen Bottich mit Rührei.

Ich will gerade ein großes englisches Frühstück für unseren erschöpften Mr. Armstrong in Auftrag geben, da betritt der Chef die Küche. Er ist verdammt früh dran. Höchstwahrscheinlich steht heute eine Hochzeit oder so was an. Ich habe mit ihm schon zusammengearbeitet. Er heißt Matthew, und er ist ein launischer alter Hund. Ich erzähl ihm, was Sache ist, aber er scheucht mich nur weg, deutet mit den Händen an, daß er bei dem Lärm ohnehin nichts verstehen könne.

»Bitte«, flehe ich ihn an, »es würde mir wirklich das Leben erleichtern.«

»Ich bin nicht dazu da, Ihnen das Leben zu erleichtern«, brüllt er mich an. »Regeln sind nun mal Regeln und dazu da, befolgt zu werden. Gäste bekommen Frühstück nicht vor sieben Uhr und damit basta. Er soll warten.«

Ich bin so müde und fertig, daß ich ohne ein weiteres Wort einfach aus der Küche marschiere. Dann dreh ich mich noch einmal um und zeige ihm den Stinkefinger. Er tut, als ob er nichts bemerkt hätte, aber ich weiß, daß er mich gesehen hat. Doch das kann mich auch nicht aufmuntern. Ich überlege, ob ich Dennis und mir ein paar Sandwiches mache, und gehe weiter bis zur Kantine. Eine kleine Gruppe Bangladeschis ist da. Sie unterhalten sich vergnügt und futtern irgendwas Warmes, das nach einem Curry aussieht. Sie beachten mich nicht, als ich zu den Warmhaltebottichen gehe. In einer Terrine befinden sich ein paar gebratene Speckscheiben. Sie sind zu wenig durch und scheinen schon wieder eiskalt zu sein. Die waren höchstens einen Minute in der Pfanne, verdammt. Ich finde getoastetes Weißbrot auf einem Stapel. Die Scheiben sind alles andere als knusprig und natürlich noch kälter als der Schinken. Ich schmier vier Scheiben und bereite zwei Sandwiches zu; eins mit viel brauner Sauce für Dennis, sonst kann ich gleich alles wieder runtertragen. Ich schnappe mir zwei Pappteller und mach mich auf den Rückweg. Als ich bei der Tür ankomme, begegne ich dem irakischen Arzt. Ich lächle. Er schaut weg, und ich gehe weiter, ohne ein Wort gesagt zu haben.

Als ich wieder oben ankomme, telefoniert Dennis mal wieder, diesmal allerdings mit dem Telefon auf seinem Schreibtisch. Er ruft um diese Zeit für gewöhnlich in Heathrow an, um zu erfahren, ob irgendwelche Flüge Verspätung haben oder ob welche frühzeitig angekommen sind, um herauszukriegen, mit welchen Gästen wir womöglich schon jetzt zu rechnen haben. Am Samstag ist das meist keine so große Sache, aber unter der Woche, wenn wir noch Zimmer freimachen und reinigen müssen, können womöglich Minuten darüber entscheiden, ob wir den Geschäftsmann aus New York noch an der Rezeption hinhalten müssen oder ihn sofort in sein Zimmer hinauflassen können.

Dennis legt den Hörer auf. »Schneesturm in Washington«, sagt er, »und in Paris herrscht Nebel, aber sonst scheinen alle Flüge planmäßig zu sein.«

»Gut«, sage ich.

Irgendwie scheint Dennis nicht zu kapieren, daß mich das so was von gar nicht kratzt. Ich bin noch eine Stunde hier, und in der Zeit will ich nur keinen Streß mehr. Ich überlege sogar, ob ich mich nicht noch ins Hinterzimmer packe und versuche, für ein Dreiviertelstündchen die Augen zuzumachen. Was Ben, der Sack, kann, werde ich doch wohl auch noch dürfen.

»Ist das mit Speck?«, fragt Dennis und kommt zu mir zum Tresen.

»Aber sicher«, sage ich. »Mit brauner Sauce, extra für dich.«

»Du wirst noch mal ein guter Hausmann«, sagt Dennis und folgt mir nach hinten ins Büro. Eigentlich dürfen wir nicht im Empfang essen, aber, Mann, wozu haben wir das Hinterzimmer. Wir gehen ständig nach hinten, um was zu futtern – ein Sandwich, eine Tüte Chips; daher ja auch ein Teil des muffeligen Geruchs, der hier herrscht. Dennis hat sein Sandwich mit drei Happen weggeputzt. Er ist ein vielbeschäftigter Mann, der keine Zeit fürs Essen hat. Schon klar. Ich laß mir lieber Zeit, kaue jeden Bissen, als hätte ich es mit Rohkost zu tun. Ich habe gerade den ersten Bissen herunter, da schellt die Klingel auf dem Empfangstresen. Ich lege mein Sandwich ab und eile nach vorn. Vor mir steht die Frau, die mit der Kaffeekanne nach mir geschmissen hat. Neben ihr ganz offensichtlich der Herr Gatte.

»Guten Morgen«, sage ich.

»Guten Morgen«, sagt sie und schaut in ihre Handtasche, ohne mit der Wimper zu zucken. Aber wenigstens hat sie den Anstand, ein wenig zu erröten.

Von Sechs bis Sieben Uhr

Ich checke die Kaffeeverächterin und ihren Gatten mit geringstmöglichem Aufwand aus. Das Komische ist, wie ich die Frau jetzt so betrachte, erscheint sie mir entschieden attraktiver als bei ihrem nächtlichen Auftritt, ja, ich wünschte fast, ich hätte mir ihr geschlafen. Sie hat ein wirklich süßes Stupsnäschen, große Lippen, die immer leicht spöttisch lächeln, und das Ganze wird umrahmt von jeder Menge echtem Blondhaar. Ich bin jetzt plötzlich auch überzeugt, daß sie durchaus verlegen ist. Als ich ihr die Kreditkarte zurückgebe, sehe ich mir den hochgeprägten Namen genauer an. Ihr Vorname lautet Ciara. Ich liebe den Namen Ciara! Vielleicht nächstes Mal, denke ich, als die beiden das Hotel verlassen … Mein Gott, es muß am Schlafentzug liegen, daß mir ein derartiger Schwachsinn durch die Rübe rauscht.

Dennis telefoniert wieder am Handy. Er erzählt irgendeinem Verwandten die Geschichte von Salome und ihrem Schleiertanz bei uns in der Empfangshalle, und wie er die Geschichte erzählt, klingt sie wie ein Witz. Sich so was anzuhören, ist immer unterhaltsam; es zu erleben, ist etwas ganz anderes. Dennis lacht Tränen. Ich wäre der letzte, der ihm das zum Vorwurf machen würde; man muß in unserem Job zu solchen Sachen auf Distanz gehen.

Weitere Köche kommen zur Tür herein, ebenso die ersten Zimmermädchen. Sie gehen nach unten in die Kantine für ein erstes Frühstück. Sie sind früh zu Hause los und waren mit den öffentlichen Verkehrsmitteln eine ganze Weile unterwegs. Zum Essen war da nicht viel Zeit.

Mr. Armstrong kommt in die Empfangshalle. Der Mann sieht müde und hungrig aus und ist eindeutig genervt. Ich war so beschäftigt, für Dennis und mich Sandwiches zu machen, daß ich ihn ganz vergessen habe.

»Was meinen Sie, ob ich wohl bald mal was zu essen bekomme?«, fragt er.

»Es geht jede Minute los, Sir«, sage ich.

»Gut«, sagt er und klingt wenig überzeugt. »Im Speisesaal ist keiner, der bedient«, fügt er an. »Ob ich vielleicht schon mal einen Kaffee kriegen könnte oder egal was …?« Es klingt eher verzweifelt als genervt.

»Ich würde vorschlagen, Sie gehen zurück in den Speisesaal. Ich werde sofort jemanden zu Ihnen schicken, der Ihre Bestellung aufnimmt und Ihnen ein Kännchen Kaffee bringt.«

»In Ordnung«, sagt er. »Aber bitte sorgen Sie dafür, daß es ein bißchen zügig geht, ja?«

»Sehr wohl, Sir«, sage ich so engagiert, wie es mir eine absolvierte Vierundzwanzigstunden-Schicht ermöglicht.

Ich ruf den Etagendienst in der Küche an. Es dauert eine Ewigkeit, bis jemand rangeht. Ich bestelle schließlich einen Kaffee in den Speisesaal und bitte darum, einen Kellner zu Mr. Armstrong zu schicken. Aus irgendeinem Grund muß ich meinen Wunsch dreimal vorbringen. Entweder der Typ am anderen Ende versteht kein Englisch, und er stellt sich stur.

Ich bin an dem Punkt, wo ich diesen Beruf nur noch hasse. Noch eine Stunde, der Countdown läuft, und ich zähle wirklich die Sekunden. Ich sehe auf die Uhr auf dem Schreibtisch. Ich muß mich zwingen, es nicht zu tun. Die Zeit vergeht sonst nur noch langsamer.

Auch Dennis mit seinen Dauertelefonaten am Handy bringt mich jetzt fast um den Verstand. Ich werde ihn nächstesmal bitten, das Ding auszuschalten. Patrick verkündet in diesem Moment, daß er mit seinen Schuhen fertig sei, läßt sein Poliertuch fallen und kommt mit seinen Arbeitsergebnissen zu uns herüber. Ich hatte gedacht, er wäre schon längst fertig. Aber anscheinend nicht. Dennis begutachtet die Schuhe und scheint zufrieden. Er hält jeden einzelnen glänzenden Schuh ins Licht, kontrolliert, ob auch die Sohlen und Absätze sauber sind. Schließlich klopft er Patrick auf die Schulter, streckt anerkennend einen Daumen in die Höhe und schickt den Jungen hoch zu Mr. Masterson. Stolz wie Oskar schreitet Patrick zum Lift. Er sieht richtig erfrischt aus. Erstaunlich, wie ein klein wenig Lob Wunder wirken kann.

Mein Telefon klingelt.

»Rezeption, guten Morgen«, sage ich.

Einer der Jungs vom Etagendienst steht mit dem Tee vor Mrs. Robertsons Tür und kann nicht rein. Er hat jetzt schon zehn Minuten gegen die Tür gehämmert. Ich erkläre ihm, daß das nicht verwunderlich sei, weil Mrs. Robertson nun einmal furchtbar schwerhörig sei. Dann kommt mir die Sache aber doch etwas spanisch vor. Solange sie bei uns wohnt, also seit zweieinhalb Jahren, trinkt sie jeden Morgen um 6.15 Uhr ihren Tee. Das ist immer so gewesen und gehört auch für uns zur Hotel-Routine. Mrs. Robertson kriegt ihren Tee, und wir machen Schichtwechsel. Es ist also in der Tat sonderbar, daß Mrs. Robertson nicht die Tür öffnet. Ich rufe bei ihr an und laß es lange klingeln. Den Fernseher hat sie um diese Zeit noch nicht an; sie müßte das Klingeln also hören. Mir wird mulmig zumute. Ich ahne nichts Gutes.

Ich rufe Dennis zu, daß ich nach oben gehe, um was zu überprüfen. Er scheint es sogar mitbekommen zu haben. Ich steige in den Fahrstuhl und fahre in den obersten Stock. Mit wachsender Sorge steige ich aus und gehe den Flur bis ans Ende, wo mich der Junge mit seinem Teetablett bereits erwartet.

»Haben Sie es noch mal mit Klopfen versucht?«, frage ich.

»Ständig«, antwortet er. Er sieht blaß und verängstigt aus. »Ich bringe ihr fast jeden Morgen den Tee, und sie hat mich bislang immer gehört.«

Wir sehen uns beide an. Ich bemerke einen leichten Anflug von Panik in seinem Gesicht. Uns ist beiden klar, was wir vorfinden werden, wenn ich die Tür öffne.

»Mrs. Robertson«, rufe ich beherzt und hämmere gegen die Tür. Der Junge hämmert mit, wird aber schnell schwächer, weil er weiß, daß unser Tun vergeblich ist. »Es nützt nichts«, sage ich, »ich muß die Tür öffnen.« Ich hole meinen Generalschlüssel heraus. Der Junge weicht erschreckt ein paar Schritte zurück. Seine Augen beginnen zu glänzen, er ist kurz davor, in Tränen auszubrechen. »Ich geh rein«, sage ich. »Sie müssen nicht mitkommen.« Er antwortet nichts darauf. Er steht wie angewurzelt da und klammert sich an sein Tablett.

Ich öffne die Tür und trete ein. Die Vorhänge sind zugezogen, und alles ist dunkel. Es ist stickig im Zimmer. Es riecht nach Mottenpulver, Talkumpuder und Lavendel. Was fehlt in diesem Gemisch, ist ein Quentchen Sauerstoff. Ich gehe zum Fenster und ziehe die Vorhänge zurück. Ich öffne ein Fenster. Irgendwo habe ich gelesen, wenn jemand gestorben ist, soll man das Fenster öffnen; angeblich kann dann erst die Seele entweichen. Ich wende mich um und gehe zum Bett. Mrs. Robertson liegt auf dem Rücken, die Bettdecke hat sie bis zum Hals hochgezogen, ihre dünnen Händchen halten noch den Rand der Decke fest. Die Frau ist eindeutig tot. Das erkenn ich so. Ich brauche keinen Spiegel vor ihre Lippen zu halten. Ich gehe näher ran. Sie hat die Augen fest geschlossen, der Mund steht ein ganz klein wenig offen, ihr Gesicht ist noch eingefallener als sonst. Die ganze Person sieht kleiner aus als sonst, nichts als Haut und Knochen. Es heißt, die Seele wiegt einundzwanzig Gramm. Ihre muß entschieden schwerer gewesen sein.

Ich höre, wie der Junge sein Tablett abstellt und ins Zimmer geschlichen kommt. Als er die tote Mrs. Robertson sieht, stößt er einen kleinen Schrei aus. Er sieht höchstwahrscheinlich zum ersten Mal in seinem Leben einen toten Menschen. Er beginnt zu zittern, und eine Träne läuft seine Wange hinunter.

Man glaubt es kaum, wie viele Menschen in Hotels sterben. Es gibt zwei Arten: die, die hier sterben wollen, und natürlich diejenigen, die alles andere wollen, und dann passiert es doch. Zum Beispiel Mrs. Robertson. Sowohl wir als auch sie wußten, daß es so kommen würde. Nachdem ihr Mann gestorben war, hat sie sich das Hotel ausgesucht, um hier ihren Lebensabend zu verbringen und zwar wirklich bis zum Schluß. Und das gibt es immer wieder. Hotels werden auch gern von Leuten aufgesucht, die Selbstmord begehen wollen. Der Grund ist klar: Man bezieht ein Zimmer, und man wird tagelang nicht gestört, wenn man es nicht will. Vielleicht denken solche Leute auch an ihre Familie, der sie keine Scherereien machen wollen: die Entdeckung der Leiche, das Aufräumen und Saubermachen – alles bleibt an uns hängen.

Es gibt natürlich auch regelrechte Unfälle: Leute, die aus Versehen eine Überdosis Drogen nehmen, Menschen mit Herzinfarkt, auch Sexunfälle kommen vor; andere ersticken an Erbrochenem oder rutschen einfach unglücklich aus, weil sie nicht mehr ganz nüchtern sind, wie unser Freund im Klo vorhin. Bislang hatte ich erst einen Fall von Herzinfarkt. Der Typ hatte jede Menge Kokain intus, hat es dann mit einer Prostituierten getrieben und sich dabei anscheinend überanstrengt. Viele männliche Hotelangestellten witzelten, das wäre doch die beste Art abzugehen. Aber sie haben die Leiche nicht gesehen, dann hätten sie anders geredet. Ein schöner Anblick war das wirklich nicht.

Mrs. Robertson ist erst mein zweiter natürlicher Tod. Der erste war ein alter Mann in einem Hotel, in dem ich früher mal gearbeitet habe. Er war alles andere als beliebt im Haus, und ich muß zugeben, daß wir es mehrere Tage nicht bemerkt haben. Er blieb eigentlich nie lang im Hotel. Als er am zweiten Tag morgens nicht öffnete, haben wir das Frühstück einfach vor der Tür abgestellt. Auch am nächsten Morgen öffnete er nicht. Erst am Nachmittag meinte jemand ganz nebenbei, ob das nicht merkwürdig sei, daß man von dem Mann so gar nichts zu sehen und zu hören kriegt. Nun, die Zimmermädchen wollten vor allem endlich mal ins Zimmer, deswegen wurde mir aufgetragen, ihn endlich dazu zu bewegen, aufzumachen. Irgendwann im Laufe des Tages habe ich mir dann Zutritt zum Zimmer verschafft und fand den Mann tot auf dem Boden. Er war steif wie ein Brett und mußte schon eine ganze Weile so dagelegen haben. Als dann der Krankenwagen auftauchte und den Mann fortschaffen wollte, gab es ein Problem. Wir hatten eine Hochzeitskutsche vor dem Hoteleingang mit allem Drum und Dran. Der Wagen konnte einfach nicht in unmittelbarer Nähe des

Vordereingangs abgestellt werden. Also mußten wir die Leiche zum Hintereingang schaffen, und das ging nur über die hintere Fluchttreppe und durch die Küche. Ich weiß, man lacht nicht über Tote, aber es war irgendwie auch ziemlich komisch. Wir hatten ihn in ein Bettlaken gewickelt und so Stock für Stock runtergetragen. Mein Kumpel hatte ihn bei den Beinen gepackt, ich bei den Schultern, aber in der Küche hatte mein Kumpel einen kleinen Schwächeanfall und ließ los. Ich konnte nicht mehr vor Lachen, und so lag dann die Leiche eine Weile in der Küche rum, während wir auf dem Boden hockten und wie hysterisch kicherten. Ich möchte nicht wissen, was das Gesundheitsamt dazu gesagt hätte.

Bei Mrs. Robertson liegt der Fall etwas anders. Alle mochten sie, auch wenn sie Trinkgelder von zehn Pence gab. Der Junge neben mir schnieft und erinnert mich daran, daß wir was unternehmen müssen. Ich rufe unten in der Rezeption an und teil Dennis die traurige Nachricht mit, und selbst Dennis kommt nicht auf die Idee, einen dummen Scherz zu machen. Er wird sogar ganz stumm, murmelt nur was von wegen Leiche zudecken, und ich solle wieder nach unten kommen, während er den Notarzt ruft.

Ich gehe zurück zu Mrs. Robertson, löse vorsichtig die Bettdecke aus ihren Händen und ziehe sie höher bis übers Gesicht. Der Zimmerkellner bekreuzigt sich und fängt an, ein Gebet in einer fremden Sprache zu sprechen. Dann verlassen wir beiden den Raum und schließen die Tür. Der Junge nimmt sein Tablett wieder auf, und wir gehen schweigend zum Lift.

Dennis scheint schon alles organisiert zu haben, als wir unten ankommen. Er sieht mich ganz ernst an, als ich zum Empfangstresen komme.

»Alles in Ordnung, Kumpel?«, fragt er ehrlich besorgt.

»Ja, ja«, sage ich. »Ich seh sowas nicht zum ersten Mal.«

»Dann geht's ja«, sagt er.

»Ja«, sage ich und nicke. »Aber ich hab sie gemocht. Das ist nicht dasselbe.«

»Allerdings«, sagt Dennis. »Sie war 'n netter Vogel.«

Daß Dennis Mrs. Robertson einen netten Vogel nennt, will mir im Moment gar nicht gefallen. Ich geh nach hinten ins Büro, um einen Moment allein zu sein. Mir will das Bild von der kleinen Frau nicht aus dem Kopf, die eingefallenen Wangen, der leicht geöffnete Mund. Ich setze mich auf einen Stuhl und schließe die Augen.

Als ich sie wieder öffne, sehe ich durchs Fenster, wie die Jungs vom Putztrupp durch den morgendlichen Nebel nach Hause gehen. Sie plaudern, lachen, sehen vergnügt und ziemlich munter aus, während sie bei uns im Haus immer traurig und müde wirken. Höchstwahrscheinlich kann man nur traurig aussehen, wenn man den Boden einer Großküche schrubbt. Gleichzeitig kommen jetzt vermehrt Zimmermädchen und Kochgehilfen zum Hintereingang herein. Sie haben die Mantelkragen hochgeschlagen und blicken zu Boden. Ich schließe wieder müde die Augen.

Im nächsten Moment klingelt das Telefon im Büro. Ich zucke zusammen – ich muß für eine Sekunde weg gewesen sein. Ich reibe mir die Augen und gehe ran. Als ich mich gemeldet habe, höre ich eine aufgeregte PR-Agentin jammern, sie erwarte in Heathrow gerade eine Band aus den USA und ob wir noch Zimmer für die Bandmitglieder und die Crew frei hätten. Sie erzählt noch eine komplizierte Geschichte, wonach der Leadsänger der Gruppe anscheinend nicht in das Hotel will, das die Plattenfirma für die Band ausgesucht hat, ich kann ihr nicht ganz folgen. Ich sage ihr, daß wir leider ausgebucht seien und ich nichts für sie tun könne.

Ich muß nicht mal lügen, aber selbst wenn wir Platz hätten, ich denke, ich hätte sie ebenfalls abgewiesen. Hotels sind nicht so erfreut über allzu große Trupps. Finanziell ist das natürlich attraktiv. Wenn jemand acht Zimmer auf einem Flur haben möchte, lassen wir ihn dafür auch heftig bluten. Aber nur, um die Unannehmlichkeiten, die das fürs Hotel bedeutet, zu kompensieren. Ich erinnere mich an Mike Tyson, der im Grosvenor House Hotel jemanden an den Füßen zum Fenster hat rausbaumeln lassen. Der Sicherheitsdienst konnte nicht einschreiten, weil die ganze Etage von Tysons Security-Leuten abgeriegelt worden war. Auf solche Geschichten kann das Hotel wirklich gut verzichten.

Als ich wieder nach vorne komme, teilt mir Dennis mit, daß die Polizei und die Sanitäter nach oben gegangen seien. Man geht zwar von einem natürlichen Tod aus, aber die Polizei muß das überprüfen.

Ich nutze die relative Ruhe und hole schon mal meinen Mantel aus der Personalumkleide. Ich bin kaum zurück, da ruft jemand an und möchte seine Rechnung haben. Ich drukke sie aus und stelle fest, daß wir schon wieder einen Fan von Servicenummern zu Gast haben. Er hat 487,30 £ vertelefoniert. Ich seufze. Ich hoffe nur, daß Liz rechtzeitig da ist, wenn der Typ runterkommt und zu debattieren anfängt. Für mich ist das einfach nichts mehr heute. Ich kann es noch gar nicht glauben, daß ich es wirklich bis hierher geschafft habe. Ich sehe hoffnungsfroh auf die Uhr. Tatsächlich. Nur noch fünf Minuten. Dennis muß noch eine Stunde hierbleiben, aber er räumt trotzdem schon mal seine Papiere zusammen und packt seine Sachen.

Endlich seh ich Liz zur Tür hereinkommen. Der Nebel hat sich in Nieselregen verwandelt. Sie geht leicht gebückt und hält am Kragen den Mantel zusammen. Ich sacke vor Erschöpfung ein wenig in mich zusammen. Der letzte Rest von notwendiger Anspannung weicht aus meinen Gliedern. Meine Augen haben Mühe, geradeaus zu sehen.

»Ach du liebe Zeit«, sagt Liz, als sie zu mir hinter den Tresen kommt. Ihr Haar ist blonder denn je, ihr Make-up sieht aus wie auf die Haut gebrannt, und auch ihr Parfum hat etwas Massives. »Du siehst ja furchtbar aus.«

»Ach ja?«, sage ich und denke, daß ich von ihr dasselbe sagen könnte.

»Aufregende Nacht gehabt?«, fragt sie grinsend.

»Ach was«, antworte ich. »Reine Routine. Man macht das ja schließlich nicht erst seit gestern, nicht wahr ...«

»Bestens«, sagt sie, schüttelt ihren Regenschirm aus und hängt ihren Mantel im Hinterzimmer auf. »Irgendwas, was ich wissen muß?«

»Eigentlich nicht«, sage ich schlaff. »Höchstwahrscheinlich kommen hier gleich ein paar Leute mit 'ner Leiche runter. Aber sonst ...«

»Na klar«, murmelt Liz und ist schon mit ihren Papieren beschäftigt. »Dann gute Nacht.«

»Nacht«, brumme ich, ziehe meinen Mantel an und schleich mich zur Drehtür.

Ich setze mühsam einen Fuß vor den andern, und ich bin noch nicht sicher, ob ich es wirklich bis nach Hause schaffe. Aber was ich sicher weiß, ist, daß ich am Montag wieder hier am Empfang stehe und alles wieder ganz von vorn losgeht.